Os últimos dias de
Isabela Garbocci

NATÁLIA NORONHA

Os últimos dias de
ISABELA GARBOCCI

Mentes atormentadas merecem descanso

TALENTOS DA LITERATURA BRASILEIRA

São Paulo - 2016

Os últimos dias de Isabela Garbocci
Copyright © 2015 by Natalia Noronha
Copyright © 2015 by Novo Século Editora Ltda.

AQUISIÇÕES
Cleber Vasconcelos

COORDENAÇÃO
SSegovia Editorial

CAPA
Marina Ávila

PREPARAÇÃO
Andrea Bassoto

DIAGRAMAÇÃO
Fernanda Salles (AS Edições)

REVISÃO
Paulo Franco
Lótus traduções

Texto de acordo com as normas do Novo Acordo Ortográfico da Língua Portuguesa (1990), em vigor desde 1º de janeiro de 2009.

Dados Internacionais de Catalogação na Publicação (CIP)
(Câmara Brasileira do Livro, SP, Brasil)

Noronha, Natalia
Os últimos dias de Isabela Garbocci / Natalia Noronha. -- Barueri, SP : Novo Século Editora, 2016. -- (Coleção talentos da literatura brasileira)

1. Ficção brasileira I. Título. II. Série.

16-00916   CDD-869.3

Índice para catálogo sistemático:
1. Ficção : Literatura brasileira   869.3

NOVO SÉCULO EDITORA LTDA.
Alameda Araguaia, 2190 – Bloco A – 11º andar – Conjunto 1111
CEP 06455-000 – Alphaville Industrial, Barueri – SP – Brasil
Tel.: (11) 3699-7107 | Fax: (11) 3699-7323
www.novoseculo.com.br | atendimento@novoseculo.com.br

Dedicatória

Dedico esta obra à Laís Malek, por ter sido minha primeira leitora e por ter me ajudado a ter forças para continuar quando eu mesma duvidava de mim; à Paula Rodrigues, por tirar minha foto e ser uma ótima amiga; e também à minha avó, cujo sobrenome peguei emprestado para minha doce Isabela.

Rio de Janeiro, 2013.
Uma cidade velha.

Post-mortem

Sempre fui o tipo de pessoa que, no final do dia, com a cabeça sobre um travesseiro, sente medo de não ter a oportunidade de dormir na noite seguinte ou de, mesmo naquele instante, poder facilmente morrer. Sei que isso soa neurótico e sei *como* isso soa neurótico. O mais incrível é que, não importa o quão louco isso pareça, é verdade.

Todos nós vamos morrer.

A morte não escolhe etnia, sexo, idade ou posição social. Ela está ali para todos, sempre soando injusta, sempre parecendo inesperada. Pergunto-me se as datas já foram estabelecidas pelo destino ou se a foice é erguida ao acaso. Acredito que jamais irei saber.

Talvez por essa incerteza, que me perseguiu durante toda a minha adolescência, eu acabei gostando da maneira como faleci. Não posso dar mais detalhes, pois você irá saber os "comos" e os "porquês" ao longo da minha história. Só posso dizer que, de certa forma, ao menos para mim e meus pesares, era algo inevitável.

Mentes atormentadas merecem descanso.

Trinta dias

Foi minha amiga quem me tirou de minhas divagações.

Ava agitou uma folha de papel na frente de meu rosto. Pisquei, voltando ao mundo externo, e sorri para ela, que sorriu de volta para mim.

— Você estava em outro mundo.

— É... — admiti. — Ninguém merece esta aula.

Na nossa frente, a professora de Matemática explicava alguma coisa sobre polinômios.

— Vou estudar assim que chegar em casa. Agora não tenho cabeça para nada — suspirei.

Grande parte dos alunos não prestava atenção na professora escrevendo avidamente com o giz na lousa, focada nas próprias palavras.

— Você merece! — concordou Ava. — Nós merecemos! Falta apenas um dia e este ano foi difícil o suficiente para matar qualquer Einstein.

Assenti com a cabeça.

Comecei a desenhar um lobinho no cabeçalho do caderno, enquanto Ava voltou a prestar atenção na aula que restava.

Quinze minutos intermináveis, aparentemente sempre iguais. Depois, o sinal tocou e eu me levantei com um bocejo. Puxei a saia do uniforme para baixo e comecei a guardar o material. Quando me agachei para catar uns lápis que haviam caído, Vlad surgiu de algum canto da sala e me deu um tapa na traseira. Eu soltei um gritinho. Ava riu atrás de mim e Vlad gargalhava, enquanto saía da sala, com Breno em seu encalço.

Eu e Ava nos despedimos da professora e fomos em direção aos portões da escola sem dizer nada. Eu estava muito cansada e sonolenta. Ava sabia disso e respeitava. Não era um silêncio incômodo. Chegava a ser, inclusive, agradável.

— Minha mãe chegou — anunciou Ava, depois de uns minutos, já na saída, ao avistar seu carro. Aproximou-se para me abraçar, e os cabelos ruivos e cacheados fizeram cócegas em minha bochecha.

— Tchau — sussurrei em meio às mechas.

Resolvi voltar andando para casa em vez de pegar um ônibus, a fim de pensar.

O caminho era sempre o mesmo, fixo, sem mudanças. As mesmas pedras de paralelepípedo, os mesmos postes prateados de iluminação, as mesmas árvores frondosas que não me agradavam — sempre preferi as mortas e retorcidas. O céu estava abafado, quente e cinzento.

Andei ouvindo meus sapatos sociais fazendo toc, toc, toc na calçada. Uma chuva fina começou a cair e a amaldiçoei, pois estragaria meu cabelo. Quando cheguei a minha casa, disse em voz alta:

— Apenas mais um dia. Mais um dia e estarei livre.

Minha casa, assim como a rua, permanecia igual. Uma casa de classe média em um condomínio no Leblon, decorada em branco, branco e mais branco, devido à mania de minha mãe com espaço e limpeza. Tirei meus sapatos com os pés quando cheguei às escadas e os segurei com uma das mãos, andando somente com as meias soquetes até meu quarto.

Chegando lá, a diferença se fazia notável. Na porta, um aviso: "Perigo de choque". Ao abri-la, havia aquele ambiente que eu me esforçava tanto para transformar em meu: as cortinas de renda branca, os móveis cor-de-rosa e lilás, os desenhos coloridos presos na parede e frases depressivas sobre a cama — todas retiradas de grandes livros. *Geração prozac e As virgens suicidas* estavam sobre o criado-mudo, ao lado de uma luminária cheia de adesivos de estrelinhas que brilhavam no escuro.

Sobre a cama estava Mel, a gata. Aproximei-me dela, sorrindo para aquele ser felpudo, cinza e de olhos amarelados, e a beijei na testa. Ela estava dormindo e reclamou com um miado ao ser acordada, espreguiçando-se à meia-luz do crepúsculo que começava a avermelhar meu quarto.

Deitei-me ao seu lado na cama, desabotoando a blusa e olhando para a luminária desligada no teto, como se aquilo me entretivesse de forma inexplicável.

Tão logo eu relaxei, o celular começou a tocar, e o irritante barulho do modo de vibração envolveu meus ouvidos, vindo de dentro de minha bolsa. Revirei os olhos e me levantei, agitando os cabelos louros, pesados e lisos.

Peguei o aparelho e deslizei o dedo na tela para aceitar a ligação.

— Alô?

— Oi, Isa! — falou uma voz masculina ao fundo. — Está ocupada?

— Acabei de chegar à minha prisão, Vlad. Aconteceu alguma coisa? — perguntei, andando em direção à janela. A chuva estava engrossando, mas logo passaria nesse longo e tedioso dia de verão.

— Sua criaturinha fúnebre — brincou ele. — Vai ter uma festinha social na casa do Breno hoje. Gostaria de ir?
— Nós temos prova amanhã. Quem teve essa ideia?
— Eu — respondeu, ofendido. — Ninguém vai passar, de qualquer forma. É Matemática. Ainda temos as aulas de recuperação.
Revirei os olhos.
— Que horas será?
— Vai começar agora. Corre!
— Não me apresse, criança. Vejo você lá.
— Falou, assanhada.
E desligou, fazendo-me rir para o quarto.

Meus pais estavam viajando pela Europa e voltariam dia 15 de janeiro. Estavam em uma segunda lua de mel. Agradeci a Deus pela minha temporária liberdade, enquanto abria o armário em busca de uma roupa rebelde, pois não havia ninguém para questionar meus atos ou me manter em minha redoma. Mel costurava por entre minhas pernas, enquanto eu retirava um vestido preto e um colar cheio de cruzes prateadas.

Prendi o cabelo em uma trança e fiz uma forte maquiagem rapidamente. Coloquei as botinhas de couro e passei um perfume doce. Por último, peguei a ração da Mel e servi em seu pratinho, enquanto ela observava, ansiosa. Acariciei suas orelhas e saí de casa.

Fui, um tanto quanto apressada, até o ponto de ônibus no fim da rua. Acendi o cigarro mentolado, mas tive de apagá-lo logo, pois o ônibus chegou em cinco minutos. Dentro dele, assisti de camarote — sentada ao lado da janela — ao restante da chuva que começava a desvanecer, tendo um pingo aqui, outro ali contra o vidro.

Levantei-me quando o ponto pelo qual eu esperava se aproximou. Desci do ônibus e caminhei rapidamente até a casa do Breno, fugindo dos respingos. A bota fazia um som molhado ao caminhar sobre as poças. Ao chegar à porta grandiosa da mansão, toquei a campainha. Ninguém veio em meu encalço. Toquei duas, três vezes, até que ouvi passos errôneos e fortes virem até a porta.

Vladimir a abriu com um sorriso no rosto e uma vodca na mão. Estava lindo, como sempre — o cabelo louro para cima, os olhos azuis enormes no rosto felino. A delicadeza de sua ossatura magra e alta estava exposta, pois não usava camisa, trajando somente uma calça com cinto desafivelado. Abraçou-me empolgadamente e me arrastou, ainda me envolvendo com os braços, para dentro da casa.

— E que a festa comece! — gritou ele em meus ouvidos, porque, subitamente, estávamos em uma sala repleta de música.

A luz no interior da casa era vermelha e os móveis haviam sido afastados para os cantos — com exceção de uma mesa com bebidas localizada no centro da sala. Havia ali pelo menos trinta pessoas, que pareciam ter brotado daquele ambiente, pois trajavam preto, vermelho e prata, em vampiresca sincronia. O ambiente estava infestado de fumaça de cigarro, cheiro de álcool e de drogas açucaradas.

— Então, esta é sua ideia de "festinha social"?! — gritei para ele, que riu em resposta.

Peguei dois cigarros de meu maço, de forma mecânica, e os acendi em meus lábios. Entreguei um a Vlad, que me mandou um beijo e começou a cantar a música pesada que preenchia a sala.

Eu conhecia apenas de vista a maioria dos rostos naquele salão libertino, apesar de meus amigos íntimos se resumirem a um grupo de três — Breno, Vladimir e Ava —, que, por sua vez, não costumava ir a essas festas.

Breno, inclusive, estava beijando um garoto bonito que eu ainda não conhecia — provavelmente um novo namorado —, em um dos cantos do local. Ele aparecia com um novo sempre que tínhamos uma festa. Próximas a ele estavam Violeta e Lis, com suas roupas rasgadas, cabelos coloridos e botas masculinas.

Os convidados que eu não conhecia estavam espalhados pelo salão, divertindo-se. Como eu gosto de ficar apenas observando nessas festas, servi-me de um copo da bebida alcoólica colorida que estava em uma bacia no centro da mesa, como um ponche, e fiquei bebericando, enquanto fumava e olhava para todos com grande interesse.

Nada é real.

Sentei-me com as costas apoiadas na parede. Tirei um lápis e um pedaço de papel de dentro de um bolso secreto do vestido e comecei a escrever um poema no estilo byroniano. Apaguei o cigarro no chão. Antes que pudesse terminar a poesia, uma voz interveio:

— Oi.

Olhei para minha distração.

Era, definitivamente, uma bela distração.

— Oi — respondi, sem fazer o mínimo esforço para parecer simpática.

Sentou-se próximo a mim, sem rodeios.

Seu cheiro era de lua, mar e tabaco. Não olhei imediatamente para seus olhos, mas fui subindo a mira. Em seus pés havia um par de botas de couro, velhas e desamarradas. As calças eram feitas de um jeans claro e pouco folgado. Subindo mais um pouco, vi que usava uma blusa branca e justa em seu abdômen magro e definido. Os ombros eram largos e os braços eram pálidos. Os cabelos eram azuis cor de menta e os olhos eram da cor do chocolate amargo.

— Escritora? — perguntou ele, sentando-se ao meu lado, fazendo referência ao papel em minhas mãos.

— Poetisa — eu o corrigi, descansando imediatamente o papel sobre meu colo.

— Sabe, eu também escrevo — anunciou ele, passando a mão nos cabelos coloridos, tentando disfarçar a timidez com a arrogância. — Mas não acredito que seja algo muito bom — emendou.

— Nunca sabemos até ouvir opinião externa.

— Como você sabe que não mostro minha escrita para outras pessoas? — perguntou ele, com a voz divertida e um meio sorriso no rosto.

— Sua postura segura. Quer aparentar ser mais forte do que é, mas é frágil e sensível, como quase todo artista.

— Uau! Perceptiva!

Eu sorri com os olhos, mas somente com eles.

Ele colocou uma mecha de meu cabelo atrás de minha orelha.

De uma coisa eu sabia naquela noite: eu não o deixaria me beijar. Esse garoto era muito bonito para que eu pudesse tocá-lo sem que meus sentidos reagissem de uma forma indesejada dentro de mim. Eu não podia me envolver, eu não podia sentir. Ou eu iria me ferir. E ele era belo demais para se brincar.

O primeiro passo para uma paixão é o interesse físico. E eu não precisava disso naquele momento. Não era a hora certa. Eu mal voltara a caminhar pelos próprios pés. Não poderia deixar uma semente brotar, pois sabia que seria uma planta carnívora extremamente venenosa.

Se eu ainda estivesse indo ao psicólogo, talvez ele me dissesse para dar uma chance ao destino, relaxar. Sou ansiosa demais — prevejo um futuro distante, não existente, em seu núcleo. Como se eu fantasiasse com medo de me machucar, com medo de ter medo de me machucar. Essa precaução é perturbadora e forma uma gaiola dourada ao meu redor. Talvez eu devesse me libertar.

Mas, como eu já disse, eu não vou mais ao psicólogo.

— Você tem um nome? — perguntou ele, fazendo carinho em meu ombro desnudo.

— Tenho — respondi, contendo um arfar. O toque dele na minha pele fez com que eu sentisse um arrepio por toda a minha espinha. Uma sensação de deleite e de desejo crescentes começava a se instalar em meu corpo, contra toda a minha vontade.

— E qual seria? — continuou ele, descendo a mão pelo meu braço até encontrar minha mão.

— Preciso de um pouco de ar — respondi, levantando-me com um copo vazio na mão. Coloquei-o sobre a mesa, único móvel presente e utilizável naquela sala.

— Posso ir com você? — questionou ele esperançosamente, seguindo-me. Olhei em seus olhos, avermelhados pela luz.

— Não, por favor — supliquei, esperando sinceramente que ele entendesse meu recado.

E fui em direção à varanda de Breno.

Meu anfitrião estava lá, sozinho, sorvendo um energético. Apoiando-se pelos cotovelos sobre um balcão que dividia a casa do gramado, observava a paisagem à sua frente: uma pequena fonte e, ao lado, uma piscina grande, com piso de pedra. Algumas esculturas renascentistas adornavam o jardim, com pequenas palmeiras e uma grande cerejeira, pálida ao luar. A relva úmida brilhava sob a luz prateada.

— Tudo bem? — perguntei, bagunçando seu cabelo liso cor de ébano, como fazemos em crianças.

— Tudo.

Não foi muito convincente.

Tentei puxar assunto.

— Quem era aquele garoto com você? — perguntei, verdadeiramente curiosa.

— O nome dele é Diego... — Pausa. — Isa, você sabe como essas coisas são comigo. — Sua voz era pesada. — Eu estava em um bar na Lapa e o conheci. Mas, como sempre acontece, acho que estou sentindo que está apagando o que existe entre a gente. Durou apenas duas semanas. É tão difícil encontrar alguém que se mantenha fixo... — suspirou ele. — De qualquer forma, temos que valorizar a nós mesmos, individualmente. Somos capazes de caminhar com nossas próprias pernas. — E, ao concluir, levantou a latinha para o céu, tornando seu discurso inicialmente pessimista em algo que mais me parecia um livro de autoajuda.

— Fácil para você dizer. Nunca tive alguém que durasse mais de uma noite — admiti, acendendo um cigarro. — Às vezes acho que sou fácil demais. Estou cansada disso.

— Você acha isso um problema? — Quando ele percebeu que ainda não havia compreendido a essência da pergunta, foi mais extenso. — Quero dizer, ser sozinha. Acho isso tão livre, sabe? Poder se satisfazer consigo mesmo.

— Acho que é um problema, sim. Eu não sou uma pessoa completa — respondi secamente.

— Você é insegura, Isabela — comentou ele.

— Sim, eu sou.

O motivo de eu não protestar contra essa difamação era que nos conhecíamos havia tanto tempo, que negar qualquer verdade sobre mim não fazia sentido. Era mais um comentário pensado em voz alta do que uma descoberta infame.

Ele colocou um braço ao meu redor e deu mais um gole no energético.

— Não está fácil para ninguém, Isa.

— É, eu é que sei — respondi.

— À solidão — anunciou ele subitamente, levantando sua bebida.

— À solidão — concluí.

Brindamos, eu com o maço de cigarros e ele com o energético dele.

Após uns instantes de silêncio, daqueles minutos vagos nos quais não pensamos em absolutamente nada e em tudo de uma forma geral, Breno se manifestou:

— Bem, tenho que voltar — sussurrou ele para mim, dando-me um beijo breve na bochecha, ao qual respondi:

— Para seu macho, você diz.

— Para meu macho.

Ele se virou para entrar na escuridão avermelhada da casa, deixando-me só. Ainda de frente para o jardim, apoiada na bancada, decidi acabar meu cigarro antes de retornar à festa — o qual eu sorvia com calma deliberada. Olhei para o céu, onde estrelas estavam visíveis e o luar se tornava cada vez mais intenso.

Uma pessoa se aproximava. Ouvi os passos fortes. Pensei ser Vlad e virei meu rosto com um sorriso aberto, mas que se desbotou ao perceber que quem se aproximava era a minha distração.

Ele se pôs ao meu lado, novamente sem medo de uma recusa. Apoiou as costas no balcão e virou a cabeça para melhor me observar.

Seus cílios eram longos sobre o chocolate.

Joguei meu cigarro fora e arqueei uma sobrancelha irônica para o rapaz.

— Você é insistente, não?

Assim que tencionei sair dali, ele segurou-me pelo braço. Olhei para baixo, surpresa. Retornei para seu rosto e vi olhos arredondados me encarando como os de um cachorrinho pedinte.

— Fique, por favor. Eu quero te conhecer.

Eu olhei em volta, em busca de algo ou alguém que servisse de desculpa para que eu saísse dali, mas obviamente eu não encontrei nada, então tive de ficar.

Foi embaraçoso. Cocei a cabeça e olhei para baixo. Evitei olhá-lo a qualquer custo. Então, ele levou sua mão até meu queixo e levantou meu rosto para que meus olhos mirassem os dele.

Senti meu coração palpitar mais forte.

Quem seria este menino de cabelos azuis?

Agora que estávamos em um lugar um pouco mais iluminado, menos vermelho, pude ver melhor que os lábios eram delicados e róseos. O rosto era afilado, mas o suficiente para ser másculo e delicado ao mesmo tempo.

— Meu nome é Isabela, respondendo sua pergunta anterior — falei, libertando meu rosto de sua mão e da beleza de seu rosto.

— Prazer em conhecê-la, Isabela. Meu nome é Miguel — disse ele sorrindo.

— É um nome bonito. Angelical.

— Obrigado, mas o seu é ainda melhor. Combina com você.

Eu ri, mesmo não querendo.

— Se isso foi uma cantada, foi muito sem graça.

— Ai! — exclamou ele, levando a mão ao coração. — Foi uma flechada em meu ego.

Eu ri novamente.

— Posso ler aquele poema que você estava escrevendo? — perguntou subitamente.

— Isso é um marco. — Arqueei as sobrancelhas, enquanto procurava o pedaço de papel. — Nenhum garoto pediu para ler um poema meu antes. Nem um dos mais curtos.

— Talvez eu não seja o que você espera — desafiou.

— É, está certo. — Sorri ceticamente, enquanto lhe entregava o poema.

Ele o pegou com expressão curiosa, que logo se transformou em uma feição branda e triste, o que me foi lisonjeiro, pois esse era o objetivo de minhas palavras.

E eis o que estava inscrito:

Meus amores foram vários,
Meu Amor foi apenas um,
De todo modo, meu coração fora gasto
Desbotado órgão de meus sentidos

Sedenta por mais vida,
Contemplo a morte e me fascino
Com a fragilidade dos dias

— Está lindo — falou, devolvendo-me o papel.

— Obrigada — respondi, realmente grata. — Não está acabado... Mas é como ouvir um elogio sobre seu filho mais querido.

Um tanto quanto desajeitado, ele perpassou os dedos de pianista pelos cabelos. Após uma breve luta mental, deu de ombros e questionou:

— Ok... Vou me arriscar a perguntar. Posso ficar com ele?

— Com o poema? Claro.

Entreguei-lhe novamente o papel, o qual ele dobrou com esmero e pôs dentro do bolso de seu jeans.

— Você é diferente deles, sabia? — observou ele.

Aproximou-se de mim e seu cotovelo tocou meu antebraço.

— Em que sentido? — perguntei, ao mesmo tempo em que o ar escapava por meus lábios, sem retornar, deixando meus pulmões sem fôlego.

As palavras que viriam a seguir me atingiram com brutalidade.

— Você é observadora, pensativa. Não é impulsiva, não se arrisca. Não está nem mesmo dançando como o restante das pessoas. Mas por que, Isabela? Do que você tem medo? — E ao perguntar, ele levou sua mão novamente ao meu rosto, mas para acariciá-lo, não para afastar uma mecha de cabelo.

O toque de sua mão fez meu corpo estremecer. Senti uma vontade fervente de retribuir o gesto.

— Não tenho medo de nada — menti, segurando sua mão e retirando-a de meu rosto.

— Não quis ofender ou acuar — ele se corrigiu. — Você é como aquelas flores que se fecham completamente quando as tocamos. Só é possível observá-la para que possa contemplar sua beleza. Você é assim, Isabela? Como uma flor?

Olhei para o jardim à minha frente, inspirando o ar frio da noite. A lua estava cheia e o céu, completamente limpo. As estrelas e o luar clareando tudo como luminárias naturais, cheias de beleza, graça e leveza fria.

— Não, você é forte. Forte demais para seu próprio bem — concluiu ele, libertando-se do aperto de minha mão.

— Como sabe disso?

Ele levantou o braço e vi o contorno de minhas unhas em feridas na sua pele, mas ele não se queixou. Havia um meio sorriso sacana em seus lábios e um divertimento peculiar em seus olhos, como se eu fosse um gênero cinematográfico ao qual não estava acostumado e do qual estava gostando.

— Desculpe-me — falei sinceramente.

Ele riu. E o som era tão contagiante, que eu comecei a rir também.

— Isa! Você não vai acreditar no que fiquei sabendo! — gritou Vlad, aparecendo subitamente na varanda. Quando ele viu que eu e Miguel estávamos com as faces próximas, ele fez uma careta, levando os dedos compridos e delicados aos lábios, seguida de um: "Epa!".

E saiu na ponta dos pés, lentamente. Comecei a rir tanto, que bati a cabeça na pilastra atrás de mim e gargalhei mais ainda. Miguel riu comigo, mas em um tom muito mais leve. Cambaleei um pouco ao dar um passo em direção ao interior da casa, sem tropeçar por um triz. Miguel me segurou pelos ombros.

— Você bebeu? — perguntou ele, segurando meus cotovelos.

— Não muito. Só um copo... — Continuei rindo tanto, que minha barriga começou a doer. Como eu poderia estar caindo? O que afetava meu equilíbrio? O chão parecia estar tão longe...

— Você, por algum acaso, não pegou a bebida que estava no centro da mesa, pegou? Aquele ponche... — falou ele lentamente, com extrema calma.

— Peguei, sim. Achei tão bonita — respondi, rindo baixinho.

— Ah, meu Deus! — exclamou, passando a mão nos cabelos. — O quanto bebeu? Um copo inteiro?

Eu fiz que sim com a cabeça.

A cara dele estava engraçada. Parecia um duende azul.

— Isabela, você bebeu uma mistura considerável de absinto e drogas em um único copo! Aquilo é para ser tomado em pequenas doses!

— Opa! — fiz eu.

— O efeito até que foi rápido em você. Foi, tipo, meia hora?

— Você parece um duende. — Foi minha sábia resposta.

— Você tem como voltar para casa? — perguntou Miguel.

— Eu vim para cá de ônibus. Pensei que pudesse voltar assim também.

— Do jeito que você está, vai acabar parando em São Paulo.

— Há! Há! Há! — Forcei um riso falso. — Não estou tão mal assim — protestei.

Tentei libertar-me dele, que me segurava desde que eu quase havia caído, mas tropecei novamente. E lá se ia meu argumento. Apoiei-me sobre Miguel com ambas as mãos, cada uma em um de seus ombros, respirando fundo.

Apesar do contato físico, ele pareceu retesar. Talvez não fosse do tipo aproveitador e estivesse realmente preocupado.

— Tem razão. Talvez você esteja um tanto certo... — Rendi-me.

— Sei que isso parece estranho, mas... Gostaria de uma carona para casa?

Ou talvez fosse?

— Parece o mais saudável — sussurrei, quando meus joelhos cederam de vez e minha visão se tornou turva e arroxeada.

Sem que eu esperasse, ele me ergueu, carregando-me como um cavaleiro carrega sua donzela. Eu balancei meus pés e vi botas em vez de sapatos de cristal, o que me deixou extremamente triste. Comecei a chorar involuntariamente e o agarrei pela camiseta.

— Estou molhando sua camisa toda — anunciei debilmente. — Desculpa. — Comecei a passar a mão sobre o tecido como se fosse secá-lo.

— Tudo bem, Isabela. Está tudo bem.

Ninguém, ao nosso redor, quando entramos novamente na sala vermelha, pareceu perceber nossa presença. Estavam anestesiados, presos em seu próprio mundo com suas próprias cores, onde nada era real.

Saímos da casa de Breno sem nos despedirmos de uma alma. Miguel me colocou em seu carro preto e alongado, cujo modelo eu não fazia a menor ideia de qual era, pois não entendia do assunto. Fiquei encolhida no banco do carona, com o rosto colado idiotamente contra o vidro da janela.

Ele entrou no carro, por sua vez, e deu a partida. Ele tentou por duas vezes perguntar meu endereço, mas só na terceira tentativa consegui dar detalhes. Era um lugar por onde ele já tinha passado algumas vezes, para minha sorte.

Podia ouvir, nesse momento, minha mãe gritando para mim em meus ouvidos, com aqueles olhos preocupados que somente as mães corujas conseguem ter: "Nunca saia com estranhos! Nunca entre no carro de estranhos! Nunca fale com estranhos! Não vê nos noticiários aquelas reportagens sobre garotas novas e bonitas como você que são assassinadas, estupradas? Por favor, prometa-me que não fará nada disso, Isabela!".

Eu ri de minha pequena estripulia ao mesmo tempo em que me senti levemente culpada e um tanto temerosa.

Durante todo o percurso, eu vaguei entre o sonho e o real, vendo príncipes encantados, bruxas de narizes envergados e fadas com belas asas. Não sei ao certo o que havia tomado, mas cada vez que fechava os olhos parecia estar em outra dimensão, em um mundo além de meu alcance.

Quando chegamos, ele me carregou novamente para fora do carro e até a porta de minha casa, onde ele, finalmente, pôs-me de pé, segurando-me pelo cotovelo. Peguei minhas chaves, ainda meio trôpega, e abri a porta.

Entrei na sala da entrada. Miguel permaneceu alguns segundos encostado à porta, até que sussurrou uma pergunta:

— Gostaria de ajuda para subir até seu quarto?

— Não poderia recusar uma oferta desse tipo — respondi, com medo de cair da escada e rolar como uma pedra.

Preparou-se para me carregar novamente, mas, antes que o fizesse, eu o questionei:

— Você quer apenas me deixar em meu quarto, não é?

— O que mais eu faria? — Ele arqueou as sobrancelhas.

Seus olhos de chocolate eram ingênuos e dóceis, sem nenhum resquício de malícia. Aliviada, eu lhe respondi:

— Fica no andar de cima, subindo as escadas, à esquerda. É a primeira porta.

Ele me levou até lá com delicadeza, pondo-me na cama e tirando minhas botas para mim com total gentileza.

— Por que está sendo tão bom para mim? — perguntei.

— Eu gostei de você, Isabela — respondeu ele, acariciando meu rosto, enquanto eu deitava no meu travesseiro. — O suficiente para abandonar uma festa para me certificar de que você está bem.

Ele hesitou antes de me dar um beijo na testa. Em seguida, disse:

— Vou deixar a chave debaixo da porta da entrada. Boa noite.

— Boa noite — respondi sorrindo.

Tive o vislumbre de Miguel deixando um pedaço de papel sobre meus cadernos, na mesa de estudos, antes de sair do quarto. Em seguida, bateu a porta com leveza.

Caí de vez em meus sonhos.

Vinte e nove dias

Pela manhã, acordei com o som costumeiro de meu despertador, ou seja, a voz de Lana Del Rey.

Mel estava em cima de mim, dormindo esparramada, o rabo estirado para um lado e a cabeça para o outro. Levantei-a delicadamente, mesmo contra seus protestos, e me sentei na cama. Minha cabeça latejava um pouco, mas não era nada muito incômodo. Fui até meu celular, que repousava sobre a mesa, e deslizei o dedo na tela para que a música parasse. Ao lado do celular havia um bilhete:

Isabela,
(espero que seja assim que seu nome é escrito)
Deixo aqui o número do meu celular.
Assim poderemos nos falar.
Quero saber se você já melhorou.
"Devo partir e viver, ou fico para morrer".
Miguel.

Não posso negar que a menção a Shakespeare foi um tanto lisonjeira.

O tal número se encontrava na parte de trás do bilhete. Peguei meu celular e mandei-lhe a seguinte mensagem:

Estou bem, Miguel... Obrigada por tudo. Estou realmente agradecida. Beijos, Isa.

Com o celular ainda na mão, soltei um suspiro.

Olhei ao meu redor.

Tudo permanecia igual. A cama desarrumada com seu edredom de oncinha. As frases escritas sobre a cama com caneta permanente. As cortinas esbranquiçadas. Os livros sobre o criado-mudo. A gata bebendo água ao pé da cama. Os cadernos espalhados sobre a mesa de estudos. A luminária com estrelinhas. Tudo era igual.

Eu não era a mesma. Eu havia mudado.

Alguma coisa dentro de mim havia despertado — uma curiosidade. Estranha curiosidade mórbida, estranha falta de medo. Sublime vivacidade no cerne da alma.

Olhei para a luz do sol nascente que adentrava a janela. Senti pedaço por pedaço sendo aquecido pelo calor matutino — a regeneração tardia dos membros invisíveis a olho nu. O coração palpitava docemente, sua música ecoando pelo sangue, batida após batida, em uma dança finita e bela.

Eu estava viva e consciente da vida em si.

Quanto tempo iria durar essa estabilidade irrequieta? Essa frágil sensação sentida, esse prazer pela luz?

Eu não era das trevas, afinal. Tampouco pertencia à luz. Era apenas uma passageira.

Eu devo pertencer ao crepúsculo ou ao amanhecer: as horas das almas, dos transeuntes e dos observadores. Presa na penumbra das sombras de corvos ao luar, presa nas sombras das árvores secas ao sol do verão, eu era o vazio entre o pesadelo e o sonho, a inconsistência pesadamente leve sobre os ombros e sob os pés, as asas amarradas de um pássaro livre.

Sou passageira. E devo viver, no sentido extremo da palavra, em minha passagem incoerente.

Comecei a me arrumar abruptamente, temendo chegar atrasada ao colégio logo no último dia de aula. Tirei o tubinho preto do dia anterior, coloquei as meias soquetes, o sapato fechado, a saia plissada e a blusa social. Peguei minha bolsa, que continha somente o material necessário para fazer a prova. Penteei os cabelos e os prendi em um rabo de cavalo simples e limpo. Retirei os restos de maquiagem do rosto. Desci.

Tomei rapidamente um café preto na cozinha, corri para a porta de entrada, peguei as chaves que tinham sido empurradas para dentro por Miguel na noite anterior e saí de casa. Caminhei pelas ruas já secas da breve chuva da noite anterior, com os sapatos e seu barulho peculiar ecoando em meus ouvidos.

No colégio, já havia alguns alunos dispersados pela entrada, esperando para que suas respectivas salas de aula fossem abertas. Dentre eles estava Ava, com os cabelos ruivos soltos como molas pelas costas e um olhar confiante nos olhos negros como breu.

— Bom dia. — Fui até ela e a cumprimentei.

Ela me abraçou e me deu um beijo na bochecha.

— Bom dia.

— Preciso te contar uma coisa — anunciei, puxando-a pelo braço. Ela arregalou os olhos pretos, agora curiosos, enquanto eu a levava para o banheiro feminino.

Abri porta por porta das cabines. Não havia ninguém ali para escutar minhas palavras, então lhe contei o ocorrido da noite anterior, sem delongas: a festa na casa de Breno; a animação infinita de Vlad; tudo o que aconteceu comigo quando estava com Miguel. Deixei para mim, é claro, os medos.

Mas não precisava dizê-los, porque Ava me conhecia profundamente.

— Ah, meu Deus, Isa! Isso é maravilhoso! Ele é seu príncipe encantado! — exclamou ela. — Exatamente como você alucinou!

— Eu não alucinei. — Revirei os olhos. — Eu estava meio chapada, só isso. Contra a minha vontade, por sinal.

— Sim, mas seu subconsciente me parece mais inteligente do que seu consciente. Isa, ele é perfeito!

— Como assim perfeito, maluca? Mal nos falamos...

— É? Se ele fosse tão insignificante assim para você, não teria me trazido até este banheiro com esse brilho em seus olhos, que há muito tempo não vejo, para me contar sobre um fulano que te ajudou a não ter uma overdose.

Foi como levar um tapa no rosto.

Não disse que ela me conhecia extremamente bem?

Quando ela viu que fiquei sem fala, continuou:

— Sabe, Isa, eu nunca vejo você animada como está hoje — suspirou ela. — Você vive todos os dias com essa melancolia, e isso não faz bem para ninguém. Se esse garoto foi capaz de acordar alguma coisa em você, acho que deve lutar para que algo bom aconteça. Porque, pelo que você diz, ele foi legal, engraçado e gentil, e se fosse realmente um babaca como imaginávamos inicialmente que fosse, teria te largado quando te viu passar mal. Teria corrido direto para outra menina ou até mesmo abusado de você. — Ela recuperou o fôlego. — Mas não foi esse o caso. Ele te levou para casa, para sua casa, no carro dele. E agora você vem conversar comigo e eu vejo esse lampejo de sorriso no seu rosto... Amiga, alguma coisa está diferente! Por mais que tenham se falado pouco — concluiu ela, tirando uma mecha cacheada do seu rosto.

Ela estava extremamente correta e não poderia negar nem uma vírgula do que ela havia dito. Olhei em seus olhos, dos castanhos para os negros, e sorri lentamente, sentindo cada músculo do rosto se mover prazerosamente.

Quase três horas depois estávamos dentro da sala, terminando a prova final. Acabei a última conta e dei uma última olhada orgulhosa para todas as páginas preenchidas com desenhos geométricos, fórmulas e contas. Levantei-me da carteira já com a bolsa apoiada no ombro e entreguei o papel à inspetora, que se sentava no final da sala.

— Boas-Festas — falou a mulher.

– Feliz Natal e um bom Ano-Novo — respondi.

Saí da sala rumo à liberdade.

As aulas haviam acabado. Eu teria sete meses de descanso, pois só entraria para a faculdade no segundo semestre, ou seja, depois de julho.

Sentindo-me extremamente feliz e desperta, peguei meu celular para enviar uma mensagem a Vlad, que também já havia terminado sua prova – havia o visto entregando o exame e se retirando da sala. Talvez pudéssemos fazer outra festa lá em casa, certo? Eu mal o havia visto na noite anterior e, de qualquer forma, precisava comemorar o fim do ano letivo.

Mandei o convite, pedindo para que ele chamasse também Breno e Ava, e que fosse para lá ao entardecer. Esperei a resposta por alguns minutos. De repente, ouvi um bipe:

Sabia que ficaria bem. É uma garota forte, como eu havia antecipado. Gostaria de sair comigo hoje?

Não era Vlad, mas uma resposta de Miguel à minha mensagem enviada pelo começo da manhã.

Antes que pudesse pensar no que lhe dizer, outro bipe:

Claro que sim! Te vejo lá, safada.

Dessa vez havia sido Vlad.

Eu tinha, então, uma moeda imaginária em minhas mãos. Jogando com a sorte, eu tinha duas chances. Poderia sair com Miguel e me arriscar a perder tudo, assim como poderia ignorá-lo e me manter segura em minha concha fixa, fora do alcance de possíveis predadores. Mas eu não queria desperdiçar essa chance ínfima de plantar a felicidade, mesmo com os riscos intrínsecos que se aplicavam nesse tiro no escuro.

E se eu conciliasse? Poderia chamar Miguel para ir à minha casa com todos os meus amigos. Seria uma zona de conforto, apesar dos perigos que eu tanto temia. Por que não?

Então, respondi a ele:

Miguel, chamei uns poucos amigos para irem à minha casa hoje. Gostaria que você fosse, assim poderíamos nos conhecer melhor. A reunião começará assim que escurecer. Beijos.

Enviei as palavras, respirei fundo, fechei os olhos e levantei a cabeça, relaxando o pescoço. Quando os abri novamente, percebi que estava, ainda, na entrada do colégio, assustadoramente vazia.

Os alunos que haviam concluído a prova já tinham ido embora e os que permaneciam ainda estavam ocupados dentro das salas. Eu estava do lado fora, em meu espaço próprio, sozinha em meus pensamentos silenciosos ao mundo, gritantes para mim.

Comecei a caminhar para casa, a mente em um turbilhão de devaneios, sem conseguir segurar nenhum.

Chegando lá, coloquei as chaves sobre uma mesinha próxima à entrada. Retirei os sapatos com os pés e os deixei lá dessa vez. Fui direto para meu quarto. Deitei-me em minha cama, espreguiçando-me, com Mel se enroscando em mim. Fechei os olhos e tentei organizar minha mente.

O que era o pior que poderia me acontecer se tentasse ser alguém para alguém? Acho que meu maior medo é, na verdade, acreditar falsamente que pertenço a um ser fixo e ser abandonada em seguida.

Já houve quem me dissesse que o medo de ter medo, em si, é maior do que a própria coisa que se teme. Não é que fosse um medo pouco embasado, porque já havia me ferido antes e, como diz o ditado: "Gato escaldado tem medo de água fria". Eu era apenas uma mocinha de 11 anos quando me apaixonei pela primeira vez. Meu neurologista disse ter sido um distúrbio, pois fora mais, muito mais, do que uma paixonite, e nessa idade isso não é nada comum. Fora intenso, como uma queda rápida e fatídica em um abismo. Mudara o rumo de minha vida para sempre. Não que ele me retribuísse o sentimento, não que ele sequer me percebesse, pois eu não era nenhuma beldade nessa idade e, comparada com as outras meninas, eu era simples até demais. Ele, por sua vez, era bem bonito e se chamava Rafael.

Eu o amava com toda a fibra do meu ser, como se ele fosse mais importante para mim do que eu mesma. E ele poderia nem me amar de volta, mas, se ele fosse feliz, se eu o visse sorrir, se eu ouvisse sua voz, eu estaria bem. E, estudando na mesma sala de aula, eu me via em uma posição luxuosa — só por tê-lo por perto dessa forma.

Quando eu o ouvia, sentia meu sangue cantar para mim. Quando eu o via, era como se minha alma quisesse se desprender de meu corpo para tocá-lo. Feria-me quase fisicamente essa paixão alucinante.

Um dia, ele faltou ao colégio. E outro dia, e mais outro. No quarto dia, eu percebi que ele não voltaria mais e ouvi dizer que ele teria mudado de escola. Hoje, é claro, isso não seria problema, pois poderia tentar me aproximar, apesar da nova distância. Poderia ter entrado em contato pela internet ou qualquer outra coisa. Mas com 11 anos e uma paixão platônica, tudo o que pude fazer foi entrar em estado de pane, como um computador que falha.

Tudo perdera o nexo, pois meu eixo havia ido embora. Não via mais os dias passarem em seu tempo cronológico — falhas de memória preenchiam o vazio das horas. Como se meu próprio corpo e minha própria mente houvessem bloqueado as memórias mais doces para que eu não enlouquecesse.

Com o passar de três anos, pude voltar ao normal, com a ajuda de Breno. Mas agora, acompanhe-me: se eu tinha apenas 11 anos, o que me impedia de sofrer mais, agora que eu tinha 17?

Fiquei ali, filosofando deitada, pelo que pareceu um tempo interminável, minutos ou horas, até que me lembrei da reunião que havia providenciado para aquele dia.

Rapidamente, olhei para a janela, para o crepúsculo que se aproximava. Fui ao banheiro e, após tomar um banho, tirei todo o uniforme e coloquei um suéter rosa e macio para me sentir reconfortada. Em seguida, vesti-me com uma legging preta. A palavra de ordem de hoje era conforto. Precisava me sentir bem comigo mesma para que tudo ocorresse da forma mais suave possível.

Quando vesti as sapatilhas, instantaneamente, a campainha tocou. Desci as escadas e abri a porta:

— Oi! — falou Ava, com Vlad à sua esquerda e Breno à direita.

Todos sorriam, encarando-me. Vlad sacudia uma garrafa em suas mãos. O barulho do líquido contra a garrafa me sobressaltou. Era transparente — vodca.

— Entrem. — Dei espaço para que entrassem, forçando um sorriso. De certa forma, não era quem eu esperava encontrar à minha porta.

Os meninos logo se adiantaram. Já Ava, ao passar por mim, analisou minha expressão facial com suspeita. Eu não havia dito a ela que tinha chamado Miguel, por isso ela não compreendeu minha atitude. Dei de ombros para ela, que só então seguiu os meninos. Fechei a porta e me voltei para o grupo.

— Então, como foram na prova? — perguntou Breno, sentando-se educadamente ao lado de Vlad, que havia se jogado sobre o sofá.

— O quê? — perguntei.

— A prova. Terra para Isa, alô! — fez Vlad, retirando um maço do bolso e acendendo um cigarro. — Matemática?

— Ah, sim! — Compreendi a pergunta. — Sim, sim, fui muito bem. Com certeza passei — falei.

Senti a pressão cair. De repente, tudo ficou muito comprido, distante e frio.

— Cara, está se sentindo bem? — perguntou Breno.

— Não muito, mas nada alarmante. Apenas cansaço da prova de hoje e um pouco de pressão baixa. — *E talvez um esgotamento mental,* concluí pensativamente. Quanta ansiedade eu estava sentindo!

Ava deu de ombros.

— Posso lhe passar um café. Ajuda a subir a pressão.

— Por favor. — Aliviei-me.

Ava foi à cozinha, com seus cabelos grandiosos batendo suavemente em suas costas de ninfa. Assim que saiu da sala, sentei-me entre os dois meninos, um tanto espremida.

Fechei os olhos e tombei a cabeça sobre o ombro de Breno.

— Acabou o colégio — falei, sem emoção alguma na voz.

— Tantas coisas aconteceram... Tão bom ter algo para lembrar — disse Breno, beijando meus cabelos em um gesto carinhoso. — O tempo passa rápido. Lembra quando nos conhecemos?

— Hum — pensei. — Na aula de português, não foi? Com aquela professora que parecia um personagem de um livro. Qual era mesmo?

— *Harry Potter*. Ela parecia o Snape — respondeu ele.

Eu gargalhei alto. O porte da mulher, os cabelos negros e, inclusive, o jeito como ela mandava que abríssemos o livro em determinada página faziam com que a comparássemos com a figura.

— Também houve momentos tristes — disse eu assim que parei de rir, lembrando-me de minha própria negritude.

— É... — falaram Vlad e Breno em uníssono, o tom de voz subitamente arrastado e pesado.

— Acho que a gente pode começar a beber agora — observou sabiamente Vlad.

— Claro! — disse eu.

— Não vou querer, obrigado — falou Breno.

Então, Vlad tirou a rolha da garrafa com a boca, cuspiu-a no chão e começou a beber. Em seguida, passou a bebida para mim. Sorvi-a a largos goles, com o líquido queimando minha garganta.

— Ai... — gemi, passando a manga do casaco no queixo molhado.

Devolvi-a a Vlad, que bebericou mais um pouco.

Ficamos assim por uns dois minutos. Breno estava reflexivo e silencioso ao meu lado, enquanto eu e Vlad bebíamos alternadamente. Em seguida, Ava chegou com uma xícara de café. Ao ver que eu estava bebendo a vodca, soltou o ar dos pulmões, bufando sem paciência, e começou a beber o líquido negro ela mesma, sem se importar em se sentar.

A campainha tocou novamente.

— Quem é, Isa? Não era para ser só a gente? — perguntou Vlad, realmente curioso.

— Ahn... Lembra-se daquele menino de cabelo azul da festa de ontem? Miguel?

— Sim. — A compreensão foi desenhada em seu rosto. — O que houve? — A curiosidade, antes pura, passou a ser maliciosa, moldando um sorrisinho afetado nos lábios de Vlad.

— Ele me trouxe para casa depois de eu ter passado mal com aquela bebida que serviram na sua casa — falei olhando para Breno. — Que droga era aquela, aliás? Poderiam ter me avisado que estava batizada.

Breno sorriu sem graça, olhou para o lado e passou a mão no cabelo. Vlad simplesmente fez uma careta, como aquela criança que fez besteira e precisava lidar com os pais após o ato. Ava me encarava, expondo um sorriso secreto para mim, como quem diz: "Atende logo essa porta! Quero conhecê-lo".

Fui até a entrada, a alguns passos de distância de onde estávamos, e abri os portões do palácio. Lá estava meu cavaleiro errante.

— Oi, Isa! — cumprimentou ele, com o cabelo em seu adorável azulmentolado. Os olhos estavam mais claros, iluminados pelos resquícios dos raios de um sol que insistia em brilhar.

— Oi — respondi, com o coração acelerado levemente.

Ele usava uma camiseta de um rosa sutil, quase branco, e calças de um jeans escuro. As mesmas botas do dia anterior estavam em seus pés, desamarradas de forma informal. Percebi que havia uma pequena tatuagem na parte esquerda de seu pescoço, abaixo da orelha, em forma de cruz.

Então, aproximou-se para dar um beijo em minha bochecha. Pude sentir meu coração correndo dentro de mim como um maratonista. Com certeza eu havia corado. O toque de seus lábios em minha pele me fez estremecer. Beijou-me rente aos meus lábios.

— Pode entrar. — Dei espaço para que passasse, meio arfante, abrindo a porta quase em seu máximo.

Ele andou dançando por mim em seu porte altivo e predatório, sorrindo com a expressão de uma criancinha inocente. Ele era uma contradição até onde eu poderia perceber.

— Gente, este é Miguel. Miguel, suponho que conheça Vlad ou Breno, não sei. E essa é Ava — apresentei.

— Oi! — falou Ava, cumprimentando-o com um aceno, passando seu olhar de mim para ele e dele para mim de novo, mal contendo um sorrisinho.

— A gente se conhece — falou Breno.

Eu o olhei, meio chocada, meio desconfiada. Breno "conhecendo" garotos só significava uma coisa...

Vlad riu em êxtase.

— Não! Não! — exclamou o suspeito. — Eu o chamei para a festa porque é primo de uma amiga minha, certo, Miguel? Primo da Lis.

— Exatamente — disse Miguel, com a mão nos bolsos, meio ofendido.

— Nada perigoso — concluiu Breno, como se estivesse salvando a pátria.

— Então, vocês estavam bebendo? — perguntou Miguel, puxando assunto, tentando acabar com a tensão incômoda que se acomodara no recinto.

— Sim — respondeu Vlad animadamente. — Quer um pouco?

Miguel aceitou a bebida de prontidão, mas, quando levou a garrafa aos lábios, bebeu com muito mais educação do que eu esperava. Esperou que eu retornasse ao meu lugar no sofá para se sentar defronte a mim, em uma poltrona que ficava na outra extremidade da mesa de centro. Piscou-me ao perceber que o observava e devolveu-me a garrafa.

— O que vamos fazer? — perguntou Ava, soando entediada.

— Como você quer se divertir se você não bebe? — retorquiu Vlad.

— Pelo amor de Deus! Isso não é a única coisa que pode alegrar a noite de alguém.

— Sexo ajuda — complementou Breno, arqueando as sobrancelhas negras e grossas.

— Cale a boca e beba, Breno — suspirou Vlad, passando-lhe a garrafa.

— *Voilà* — disse o moreno.

Revirei os olhos e, em seguida, mirei o chão com eles, subitamente calada com a consciência de que Miguel poderia ou não estar me observando.

— Poderíamos ver um filme — sugeriu Breno, quando terminou de sorver o álcool.

— Que tipo de filme? — Ava quis saber.

— Romance — respondeu Vlad.

— Suspense — disse Breno em contrapartida.

— Vocês não se decidem — suspirou ela. Estava em pé desde que chegara da cozinha com o café, mas pareceu se cansar de tudo e de todos e se jogou sobre a poltrona ao lado da de Miguel, descansando a xícara sobre a mesa logo em seguida.

Miguel olhava para Ava com curiosidade, em seu silêncio nebuloso. Era incrível o quanto ele possuía uma concha parecida com a minha, fechado em seu próprio mundo quando se sentia exposto — e ele, obviamente, sentia-se, naquele momento, principalmente por estarmos em um grupo pequeno, de pessoas que ele conhecia apenas de vista.

Observador, como eu, mas também havia nele aquela faísca que me fora congelada — uma rapidez em agir quando se fazia necessário. Eu ficava apenas paralisada, recuava, voltando para minha proteção. Ele era um estrategista; eu era uma escudeira.

Foi quando ele tornou seu olhar para mim e nossos olhos se ligaram. Segundos se passaram muito, muito lentos, enquanto eu via sua expressão de surpresa ao perceber que eu o observava. Eu ri com leveza, sem que mais ninguém naquele recinto percebesse o gesto — apenas Miguel. Ele sorriu em resposta. Suspirei e me levantei, enquanto dizia:

— Já sei o que tirará vocês de seus tédios. Vou buscar tequila para a gente beber mais.

— Grande ideia... — resmungou Ava.

— Eu trago refrigerante para você.

— Melhor do que nada — sorriu ela, mais animada.

Abaixando a manga de meu suéter até os dedos, cobrindo-me de mim mesma, querendo encolher até sumir em minha ansiedade, eu andei até a cozinha, solitária. Chegando lá, fechei a porta e suspirei longamente, dando-me por satisfeita ao ouvir apenas o ruído do motor da geladeira. Assim, poderia pensar um pouco. Ou, melhor ainda, poderia não pensar em nada.

Suprimindo meus sussurros mentais, eu me pus em ação: retirei a tequila de um dos armários metalizados da cozinha e lavei os copinhos de *shot* nos quais a bebida seria servida. Eram quatro copos, pois Ava não participaria de nossa boemia.

Mas foi quando eu retirei a latinha de Coca-Cola da geladeira e fechei sua porta que eu me sobressaltei pela segunda vez naquela noite: Miguel havia entrado sorrateiramente na cozinha, sem fazer qualquer ruído. Ele se parecia cada vez mais com um predador silencioso conforme eu o vinha conhecendo mais intimamente.

— Você deveria estar esperando com os outros — disse a ele, enquanto retirava um copo da prateleira para a bebida de Ava.

— Eu queria vir te ver.

— Você já está começando a ficar abusivo. Sabe disso, não sabe?

— Há males que vêm para bem.

— Pode ser que sim, pode ser que não.

— Não sabemos até provar.

— Não gosto de experimentar coisas novas. Posso acabar me envenenando.

— Ou, talvez, degustando.

— Isso soou um tanto dúbio.

— Só porque sua mente projetou isso.

— Está me chamando de mente suja?

Miguel se aproximou de mim com dois passos.

— Nunca lhe diria isso.

— Diga o que quer de mim.

— Não é algo que preciso lhe dizer.

Deu mais dois passos e agora eu sentia sua respiração sobre meu rosto. Levantei meu nariz em arrogância.

— Se for pedir um beijo, direi que não.

— Então, vou ter que lhe roubar.

E eu sabia o que estava por vir: a fatídica entrega. Eu não poderia argumentar contra ele; agora, nossa guerra havia chegado ao seu primeiro desfecho. Naquele minuto, era como se eu houvesse mergulhado debaixo da água e tudo o que eu ouvia, via e sentia era Miguel. O quanto estava próximo de mim. Que minha mão estava próxima da pele desnuda de seu braço. Que seus olhos me miravam com aquele tom tempestuoso de desejo refreado. Que meu coração batia, e batia, e eu sentia suas cordas vocais cantando para mim uma música há muito tempo esquecida. Era como se ele tivesse se tornado mudo por séculos, mas nesse momento percebera que ainda era capaz de cantar, e a melodia era a mais bela que jamais havia ouvido — sobre ressurgimento, nascimento de uma pequena esperança, como um pequeno vagalume na floresta mais negra e nefasta que já existiu.

E, assim, Miguel aproximou seu rosto do meu. Ele colocou sua mão na parte de trás de meu pescoço, delicadamente sob meus cabelos. Coloquei uma mão em seu peitoral e outra em seu ombro, deslizando para suas costas conforme eu me aproximava. Olhei em seus olhos de chocolate-escuro, doces como néctar, perigosos como os olhos de um leão hipnótico, profundos como o céu da madrugada de um equinócio.

E nossos lábios se tocaram, inicialmente na mesma leveza com que duas folhas de outono caem e se encontram, ondulantes em plena queda, rumo ao solo. Senti sua língua tocando meu lábio, provocante, meu coração em minhas veias, tum, tum, tum. Não pude mais, então, aguentar. Pela mão que estava em seu peito, segurei sua blusa e o aproximei ainda mais de mim, até que estivéssemos quase colados um no outro, e o beijei com maior intensidade, como se fosse devorá-lo. Surpreso, mas não menos preparado, ele retribuiu minha ferocidade. Mordeu meu lábio inferior com força, e eu estava prestes a gemer quando…

Afastei-me de Miguel, meio corada de vergonha por tê-lo beijado daquela forma, meio orgulhosa por ter feito o que queria fazer desde que o vira pela primeira vez. Eu arfava, e ele também. Vislumbrei o fogo em seus olhos, novamente controlado.

Eu e Miguel nos separamos levemente, ao mesmo tempo, e só então foi que percebi que nossas mãos se entrelaçavam, as quais eu logo separei, sem conseguir conter o reflexo de anos de isolamento emocional.

Evitei seu olhar enquanto afastava-me dele, desviando com pressa em direção à sala como um refúgio, quando ele, subitamente, puxou-me pelo braço e encostou-me na parede, prendendo-me com um braço, apoiando a mão livre ao lado de minha cabeça, olhando em meus olhos.

— Você não vai fugir de mim, você sabe. — E sua voz era docemente voraz.

— E você sabe que não sou algo que se prende. Não sou um pássaro.

— Não, você não pode ser presa. Você já prende a si mesma, em sua própria jaula.

— Não gosto do modo como você fala.

— Não gosto do modo como você se trata.
— Como se fosse do seu interesse.
— É tão errado se importar?
— Não tente — rosnei.

Ele me soltou e levantou ambas as mãos em sinal de rendição. Suspirando, eu lhe perguntei:

— Pode me ajudar a levar isso para a sala? — E sorri.

Ele imitou o movimento de meus lábios com sinceridade.

Perto de duas da manhã, estávamos todos fumando cigarros — com exceção de Ava — em minha varanda, quando Breno anunciou que teria de voltar para casa.

— Já? — perguntei, meio triste.
— Amanhã tenho prova de vestibular para Arquitetura — anunciou.
— Meu Deus! Essas provas não acabam nunca? — perguntou Vlad.
— Não mesmo — bufou Ava, com os olhos semiabertos pelo sono.
— E amanhã é sábado. Pobrezinho.
— Boa sorte, então. — E dei-lhe um beijo na bochecha quando ele se aproximou para se despedir. Deu um abraço no restante do grupo e disse que não era necessário que eu o acompanhasse até a saída.

— Bom, já que Breno foi embora, vou pegar minha deixa — anunciou Ava, poucos minutos depois. — Vai de carona comigo, Vlad? — perguntou.

— Pode ser — falou, sorrindo.

Todos nos levantamos desta vez, a fim de ir em direção à porta da frente. Caminhamos silenciosamente até nosso destino, com um bocejo mudo ocasional vindo da parte de Ava ou de Vlad. Quando chegamos lá, paramos para nos despedir.

Recebi um beijo dos dois, abri a porta e eles se foram. Deixaram-me com Miguel a sós, encarando a madrugada que dançava em sua escuridão para dentro da casa através da porta aberta.

O silêncio na rua era alto, por segundos infinitos que transcorreram o relógio naquela fração de tempo.

Olhei para ele sem conseguir mirar seus olhos e disse:

— Não deveria ir também? Não fica bem você ficar na casa de uma moça até tarde.

— Não há ninguém para perceber — falou ele. Eu poderia ter mostrado indignação com essa frase, mas tudo o que fiz foi sorrir e lhe dar uma tapinha no ombro.

— Quem sabe um dia. — E fui entrando novamente na residência.
— Já que está tão acostumado a entrar e sair desta casa, saiba que agora a chave fica sobre a mesinha da entrada. Pode ir ag... — E a frase ficou inacabada, porque ele me alcançou, pegou meu braço e me puxou para o corpo dele, quente contra o meu.

Estava plenamente consciente de meu coração, que implorava por paixão. Mas aí é que estava o problema: a consciência estava ali também, entre eu e Miguel, entre a carne dele e a minha.

Ele se aproximou para me beijar, mas eu virei o rosto.

Ele me soltou quase bruscamente.

— Eu queria que antes de tudo você soubesse que eu te entendo.

— Você poderia pelo menos demonstrar — falei. — Em vez de rebater cada frase que digo, poderia demonstrar o que diz compreender.

Ele pareceu subitamente angustiado. Prendeu o ar em suas mãos, fechando-as em punhos, como se estivesse prestes a socar alguma coisa.

— Eu sei o que você sente. Essa falta de vontade, essa reclusão. Acha que é a única, Isa? — Notei que foi a primeira vez que usou meu apelido.

— Acha que está sozinha e que ninguém te entende? Mas eu entendo isso e sei do que estou falando.

Subitamente, ele pegou meu braço e levantou a manga do casaco, encontrando ali cicatrizes esbranquiçadas sobre o pulso – memórias de meus cortes, das dores que eu havia provocado em mim mesma. Em uma das cicatrizes havia marcas de pontos, de quando eu precisei ir ao hospital costurar minha ferida, pois não conseguira conter o sangue em casa.

A memória veio como um flashback.

Era a noite de Ano-Novo e eu não sentia vida dentro de mim. Precisava sentir, porque só o que havia dentro de mim era morte, dor, solidão. Eu era solitária demais. Sentia isso no vento que tocava as folhas das copas das árvores. Sentia nas sombras alongadas do meio-dia. Sentia nas ondas do mar ao se quebrarem próximas à areia. Sentia na canção do vento. Sentia isso constantemente. Não importava quem estava ao meu redor ou como alguém se aproximava. Não importava o quanto eu amasse meus entes queridos e amigos ou o quanto eles me amassem. Eu me sentia fora de órbita, em um mundo diferente do de todos, como se tudo fosse feito de açúcar, e eu, de carvão.

E a tristeza me englobava naquela sua névoa negra, consumindo-me viva. Meu coração — ah, meu pobre coração! — era sugado constantemente em seu sumo, e eu sentia um vazio doloroso em seu lugar, e a ausência de ar para respirar, e a dificuldade para me levantar da cama todos os dias, e a falta de vontade de comer e, então, subitamente devorar tudo o que havia ao meu redor — eram distúrbios, eu ouvi falar. Mas não era só isso — era minha vida decaída, uma falha no sistema operacional. Eu era um alienígena em uma terra de anjos caídos.

E, ao meu redor, uma redoma. Não uma imposta por mim, não intencionalmente — uma exclusão ao mundo. Eu estava fora de estação, dessincronizada com as pessoas. E aquilo me consumia, aquela dor infinita, aquele inferno que era viver sem compartilhar minha alma com ninguém.

Para me sentir reconfortada, eu me cortava. Havia comprado uma lâmina em uma farmácia. O preço era muito baixo — o que era irônico, pois sabia que poderia custar minha vida.

Então, eu comecei a me cortar. Acredito que, na época do incidente do Ano-Novo, eu já me cortava havia dois anos. O vermelho era tão belo e vívido, escorrendo lentamente, temerosamente, pela minha pele. Carmesim. Vindo diretamente do meu coração ferido, que encontrara sua válvula de escape por meio de minhas veias rompidas — a solução para minhas dores não sentidas.

No dia de Ano-Novo, quando as pessoas se reuniram e festejaram o nascimento de um novo período, o ano de 2012, eu lamentava a extensão que havia tomado meu percurso por este mundo. E, sem uma única lágrima em meus olhos, cortei meu pulso na horizontal, para tentar esvaziar meus silêncios e melancolias de dentro de mim.

Havia ido longe demais.

Tudo do que me lembro, depois, foi do médico costurando minha carne com a ajuda de anestésicos, e minha mãe, ao meu lado, rezando para que fosse suficiente.

— Ela quase cortou a artéria — disse o médico, cheio de pesar. — Foi por um triz.

Minha mãe soltou um suspiro, meio aliviada, meio temerosa.

— Sabe — continuou ele —, conhecia uma moça que fazia isso consigo mesma. Ela costumava cortar o próprio pescoço com a navalha. Era uma garota feliz e estava prestes a se tornar uma mulher realizada. Porém ela continuava fazendo isso, e eu não entendia o porquê, pois ela sempre teve tudo o que quis. Até que, um dia, eu e minha avó a encontramos morta no banheiro, com o próprio sangue inundando tudo ao seu redor. Acredito que tenha se matado sem querer, apenas pelo costume de se cortar. "Ela era minha irmã".

— Eu sei — confirmou Miguel, mostrando o braço em seguida. Então, eu vi ali as linhas mais invisíveis do que as minhas, muito mais antigas, muito tênues, mas estavam ali, gritantes, para mim.

Olhei em seus olhos. O mundo congelou por um segundo. Vi a tristeza latente que ali residia, escondida sob as chamas de vida, fechada em sua pequena caixa de Pandora, guardando a morte e o desespero delicadamente, tomando cuidado para que não fosse aberta.

— Você não está sozinha, Isabela.

Pode parecer loucura — mas o que seríamos nós senão todos loucos? —, mas foram essas poucas palavras que me fizeram tornar a beijá-lo.

Apenas mais uma vez, prometi a mim mesma. A última vez e nunca mais o veria. Os lábios dessa vez eram vorazes — o predador e a presa, a qual tanto ansiava por se entregar, com medo de morrer nos braços violentos de seu assassino natural. Ele teria, dessa forma, tão facilmente o acesso a meu coração? Meu órgão tão vital, somente meu — seria tão meu assim? E se nunca, por princípio, houvesse sido meu, mas dele, e só agora o havia encontrado? Seu verdadeiro dono encontrando sua verdadeira posse.

Ele me beijou e mordeu meus lábios, mordeu minha bochecha, beijou meu pescoço e o começo de meu colo, retornando avidamente para meu rosto. E eu o retribuía, toda entregue, como a flor que desabrocha pela primeira vez, como se ele fosse meu primeiro tudo, meu primeiro beijo, meu primeiro amor, só meu. Cada toque dele era uma nova descoberta — a estática estava em nossas peles conectadas, elétricas. Sentia minha alma se colar à alma dele, enrolando-se infinitamente em um nó.

Então, meus medos retornaram a mim, mas desta vez eu os espantei, como quem afastava um fantasma que havia tempos incomodava. Por um instante, eu era forte o suficiente para me libertar de um passado sombrio.

Ele me levantou do chão e eu arfei com o gesto. Encaixou-me perfeitamente em seu corpo, minhas pernas laçadas em sua cintura, meus braços atracados em seu pescoço. Ainda nos beijando, ele subiu as escadas e me levou para meu quarto.

Lambendo meu pescoço com a ponta da língua, arfante, ele me encostou à parede, derrubando alguns porta-retratos. Colocou-me deitada sobre a mesa de estudos e continuou me tocando, espalhando seus dedos por meu corpo, enquanto eu explorava o dele. Então, subitamente, ele se separou de mim e me olhou nos olhos. Sorriu um sorriso sarcástico.

— O que foi? — perguntei. — O que há de errado?

Ele riu, beijando-me novamente. Mordi seu lábio, ávida por ele, mas ele recuou outra vez. Olhei-o confusa.

— Sente-se — falou ele.

Obedeci, meio tonta por causa dos beijos e mais um pouco pela reação dele. Passou os dedos com uma leveza delicada pela pele desnuda de meu pescoço, deslizando-os lentamente até meu queixo e levantando meu rosto para que meus olhos pudessem ficar na mesma altura em que os olhos dele estavam. O percurso de seus dedos marcou a alma que morava sob minha pele, trilhando um rastro de desejo que me fazia arfar e estremecer de prazer.

Observou meu rosto, parecendo gravar cada detalhe de mim: meus olhos castanhos, o cabelo louro, a pele bronzeada. E retribuí o olhar para seus olhos de chocolate derretido pelo fogo, sua bochecha rosada, sua respiração arfante, seu cabelo mentolado, seu cheiro — um cheiro tão bom — de mar, tabaco e lua.

— O que foi? — repeti, com a voz entrecortada.

— Tenho que ir — sorriu ele.

— Agora? — insisti.

— Você quer mais? — perguntou ele, maliciosamente, provocando meu orgulho, evocando minha concha protetora.

Ruborizei e olhei para baixo. Ele riu mais ainda. Afastou-se de mim e ajeitou a camiseta, que estava meio levantada. Passou as mãos nos cabelos, penteando-os, e disse:

— Nós nos vemos ainda esta semana. Eu sei que você vai me procurar. E antes que pense em minha arrogância... Bem, nada. Apenas isso.

Antes que eu pudesse novamente me pronunciar, ele deu-me um beijo na bochecha, fechou a porta do quarto, e o ouvi descendo as escadas. Assim que me recuperei do choque, corri atrás dele em uma perseguição. Mas Miguel já havia saído de minha casa, deixando a porta aberta para a noite escura e silenciosa, a mais gritante que já havia presenciado.

Vinte e oito dias

Não havia conseguido dormir durante a noite. Fiquei rolando e rolando na cama, perturbada. Ouvia o relógio de pulso sobre a cômoda e seu tique-taque que reinava sobre o quarto em seu som soberano, totalitário, penetrando em meus ouvidos e alertando meu cérebro a cada tique.

O motivo de minhas perturbações era que, sob minhas pálpebras fechadas, eu perambulava de pensamento em pensamento, e todos eles tinham como tema central um menino de cabelo azul, que havia conhecido havia apenas dois dias.

Não era como se precisássemos conversar sobre Woody Allen ou Sofia Coppola para eu perceber que ele era parecido comigo. Não, não precisava perceber que tínhamos os mesmos gostos, pois tínhamos o essencial — os mesmos sentimentos. A única diferença era o modo como eu implodia e ele explodia.

Talvez eu fosse um barril de pólvora, e ele, a chama que eu necessitava para reavivar minha alma, clarear a escuridão de meus medos e reaprender a amar a vivacidade da luz.

Talvez ele fosse um anjo. Mas talvez pudesse ser um demônio.

É claro que eu sabia que ele estava me provocando ao dizer que eu voltaria a entrar em contato com ele, como uma espécie de Rhett Butler em *E o Vento Levou*, afirmando para si mesmo que tinha o poder de me atrair para ele, pois éramos como Scarlet e Rhett, dois ímãs que inevitavelmente se encontram e se unem, por mais que o resultado seja — e não o temo — a destruição da vida de ambos, a desesperança e o retorno à solidão.

Ou seja: por mais que haja uma queda no fim da linha, vale mais a pena correr do que ficar parado.

A vida é curta, o tempo tem pressa, e a morte não hesita. Era hora de sair da minha concha.

Levantei-me de súbito assim que concluí esse raciocínio, transformando-me na personificação da ansiedade, batendo os pés incessantemente no chão, enquanto olhava o quarto bagunçado ao meu redor. Os porta-retratos ainda estavam desmoronados, então eu os coloquei no lugar imediatamente. Abri as cortinas e pude ver o sol nascente, róseo e alaranjado. Iluminou imediatamente o ambiente e esquentou meus ossos frios.

Peguei a escova que ficava na mesinha de cabeceira e penteei o cabelo, enquanto me dirigia ao relógio, que continuava sua canção sem cessar. Tique-taque. Marcava seis horas da manhã e eu me encontrava incrivelmente desperta, mas não de todo sem sono.

Mel ainda não havia retornado. Percebi pela ausência de sua cauda felpuda e cinza, como bruma, entrelaçando-se por minhas pernas. Mesmo assim, recoloquei comida em seu pratinho.

Precisava ocupar minha mente. Precisava agir. Precisava me mover. Precisava... Eu precisava viver.

Percebendo que me encontrava apenas de calcinha, abri o armário e coloquei a primeira roupa que pude encontrar — uma camiseta preta de malha velha e shorts jeans surrados. Não me importava se estava malvestida. O que eu queria mesmo era sair daquele quarto e me colocar em ação. Não queria encontrar ninguém, afinal.

Saí dali após arrumar a cama. Desci a escadaria de mármore branco e me deparei com a sala à minha frente e a porta da cozinha ao meu lado. Nunca havia percebido o quanto minha casa, de fato, era branca. Móveis pálidos lutando contra a luz colorida e viva do sol do alvorecer. Sofás esquálidos em frente a uma televisão desligada. Uma mesa de centro feita de vidro com enfeites brancos e dourados.

A única cor mais forte que parecia vir do recinto era a de um quadro na parede próxima à porta de vidro corrediça que dava para a varanda — um quadro modernista, com muito verde e vermelho desenhados assimetricamente, formando um rosto retorcido.

Assim que entrei na cozinha em direção à dispensa em busca de espanadores, detergentes e panos úmidos, o telefone tocou, sobressaltando-se. Dei um pulinho e corri para pegá-lo, enganchado na parede perto da geladeira.

— Alô?

— Alô, quem fala? — perguntou uma voz masculina.

— Aqui é Isabela Garbocci. Com quem eu falo?

— Bem... — Hesitou. — Aqui é Serafim Garbocci. Seu primo de primeiro grau.

No instante em que ouvi seu nome, lembrei-me de um ou dois encontros que tive com Serafim quando éramos crianças. Na maioria das vezes, ele puxava meu cabelo e me chamava de mimada. Eu reclamava com a mãe dele, Valentina, que ria e falava algum segredo dele para mim para me reconfortar, como o xixi na cama que ele fizera no dia anterior. Era a forma doce dela de me acalmar.

Em seguida, ela o repreendia, fora de meu alcance, mas eu ficava sabendo do ocorrido por meu pai no dia seguinte. Ele sempre me fazia chorar. Mas eu não o via e mal havia ouvido falar dele há pelo menos nove anos. Era uma criança de cabelos negros e olhos verdes muito impetuosos.

— Oh... — suspirei. — Sim, lembro-me de você. Quanto tempo... — fiz eu.

— Bem... — repetiu ele. — Isso é meio desconfortante. Poderia falar com meus tios? Vítor e Carmem?

— Eles estão viajando — respondi automaticamente. — Estão fora de contato por um tempo, sem receber ou dar notícias. Vão ficar de férias até a segunda semana de janeiro. Algum problema de família? — eu quis saber. — Alguém faleceu?

— Não, não tanto assim — riu ele, sem jeito. — Eu sei que o meu pai e o seu não se dão bem, mas pensei que, apesar de ser filho de quem sou, talvez eu pudesse receber uma ajuda, afinal temos o mesmo sangue. É que eu meio que estou precisando de um lugar para ficar. Meus pais querem se ver livres de mim por algum tempo, e pensei que recorrer à família fosse a solução.

Então, ele parou e exclamou:

— Meu Deus! Como devo estar parecendo a você? Um aproveitador, provavelmente. Deixe-me tentar de novo...

— Por favor... — pedi, meio assustada.

— Poderia passar um tempo na sua casa? Estou precisando muito. Não tenho onde ficar, nem mesmo amigos. Se for viável, é claro. Não quero causar nenhum transtorno. Apenas por um período curto de tempo.

— Pode ser — respondi meio hesitante. A ausência de meus pais nessa decisão me deixava confusa. — Onde você está?

— Graças a Deus... — suspirou ele, realmente aliviado. — Estou a caminho de São Paulo, em um motel.

— Ok, vou lhe ditar o meu endereço aqui no Rio. Tem uma caneta por aí?

— Tenho sim. Pode dizer.

Eu lhe forneci com precisão o local onde eu morava, e, em seguida, ele repetiu para confirmar.

— Isso mesmo. Quando você chega aqui?

— Hoje mesmo, se possível.
— Hoje?! — exclamei, surpresa, pensando no meu dia de faxina.
— Pouco depois do meio-dia.
— Pensei que fosse pegar um avião para o final da semana ou algo parecido — eu tentei.
— Não, vou pela estrada. Estou de moto.
— Tudo bem. Estarei te esperando, primo.
—Beijos, prima. Estou ansiosíssimo para revê-la.
— Até breve — despedi-me.

A ligação terminou e eu permaneci parada por uns instantes, chocada. Antes que qualquer pensamento tivesse a mínima chance de nascer, eu disse a mim mesma que "mente vazia é oficina do diabo", como se fala no ditado, e voltei aos meus afazeres domésticos.

Assim que acabei de limpar as prateleiras sob o armário da televisão com um pano úmido, chequei o ambiente ao meu redor. Tudo estava um primor. Praticamente brilhava. Orgulhosa de meu trabalho, olhei o relógio: eram onze e meia da manhã. "Perfeito!", disse a mim mesma, repassando meu dia: já havia limpado meu próprio quarto, a sala, o quarto de meus pais e o quarto de hóspedes para Serafim. A cozinha não precisava de tantas atenções — era minimalista, portanto era só varrer quando se fizesse necessário. A varanda eu deixaria para outro dia, pois era muito grande e eu ainda precisava me arrumar para receber meu primo.

Seguindo meu plano, fui tomar banho. O banheiro ficava em meu quarto, que era uma pequena suíte. Entrei lá sem me dar ao trabalho de fechar a porta, pois eu ainda morava sozinha. Tirei a roupa molhada de suor com grande alívio. Liguei o chuveiro e deixei a água esquentando, enquanto penteava meu cabelo já embaraçado pela afobação de limpar a casa. Olhei para mim mesma, refletida no espelho da pia, analisando.

Eu não era uma garota feia. Não diria que era bonita, pois não sou pretensiosa, mas possuía, sim, alguns atrativos. Minha pele era bronzeada e os cabelos eram dourados — o que já fazia alguma vista. O rosto era comum, como qualquer outro — maçãs levantadas, nariz pequeno e arrebitado, olhos amendoados e lábios carnudos. Não, não era feia. Talvez um pouco magra demais, esguia demais.

Antes que os maus pensamentos invadissem minha mente, como haviam tentado o dia inteiro, eu entrei no chuveiro e deixei a água limpar minha cabeça e minha alma, renovando-me para um novo tempo. O colégio estava terminado — a formatura ocorreria dentro de uma semana, mas eu não estava predisposta a ir. Nunca fui muito de festas ou eventos comemorativos formais. Eu ia, geralmente, para agradar meus pais, mas agora não se fazia necessário. Então, de certa forma, eu já estava livre de tudo o que fosse relacionado à escola. O próximo passo era a faculdade de Direito, na qual eu havia passado para o segundo semestre, somente. Tinha sete meses de folga antes de recomeçar meus tormentos mundanos.

Terminei o banho e enrolei-me em uma toalha. Coloquei o pé para fora do banheiro e encontrei Mel, deitada em meu travesseiro, com um ratinho de borracha entre suas patinhas. Sorri para ela e lhe mandei um beijo, que ela retornou com um miado baixo e esnobe, voltando, em seguida, a se entreter com o brinquedinho.

Abri o armário pela segunda vez no mesmo dia e tirei dali um vestido arrumadinho — cor-de-rosa, com um laço delicado na parte traseira. Desenrolei-me da toalha e o provei. Vestiu perfeitamente. Então, amarrei um rabo de cavalo e fiquei esperando Serafim, pacientemente.

Deitei-me na cama contra os protestos de Mel e enrolei-me em mim mesma, levando os joelhos ao coração, abraçada às minhas próprias pernas. Fechei os olhos e torci para que cochilasse durante a espera. Bloqueei todos os pensamentos, como se jogasse futebol, chutando-os para longe, pensando apenas em coisas úteis, como a forma com que eu arrumaria a varanda assim que arranjasse tempo disponível.

Então, quando estava prestes a dormir, a campainha tocou. Levantei-me de prontidão e corri para a entrada, quase tropeçando nos degraus da escada. Percebi que estava descalça, mas dei de ombros e abri a porta branca da entrada.

A claridade do dia me cegou momentaneamente, então eu o vi: um garoto de cabelos negros, cílios longos, olhos verdes da cor de uma uva, rosto quadrado e branco, bochechas rosadas, nariz impetuoso e expressão de ironia costurada em sua sobrancelha e em seu sorriso.

— Olá, prima — falou ele.

Bem diferente da criança que eu tinha em mente.

— Oi, primo. — E como pensei ser educada e íntima, como primos costumam se portar, eu o abracei.

Percebi o quanto era alto e forte, enquanto estava em seus braços. Quando me separei dele foi que percebi que se vestia como um rebelde da década de 1950 — camiseta, jaqueta de couro preta, jeans velhos e, atrás dele, uma moto preta e brilhante estacionada em minha rua, com bagageiro e um capacete sobre o banco.

Retornei para seu rosto, que parecia surpreso pela recepção que recebera, como se não estivesse acostumado a contato humano, e me perguntei se havia procedido corretamente.

— Espero que se sinta em casa — anunciei.

— Tudo bem — respondeu ele. — Para quem nem sequer se lembrava da minha existência e me acolheu, qualquer coisa parecerá ótima.

Eu sorri amigavelmente e o conduzi para dentro da casa. Mostrei-lhe a sala, a cozinha, a varanda e, no final, eu o levei para o quarto de hóspedes. Ele parecia cada vez mais inquieto conforme eu lhe apresentava o ambiente, então ele se expressou:

— Não sei se mereço tudo isso.

Eu o olhei nos olhos quando respondi:

— Não sei qual foi o problema que resultou em você sendo expulso de casa; perdoe-me a expressão. Mas pode acreditar que aqui, pelo menos, você terá uma família que cuidará de você. Não tenho irmãos nem outros primos, e me lembro de poucos momentos que passamos juntos na infância, sempre curtos e rápidos, pois nossos pais sempre foram brigados. Também desconheço a razão da rixa entre eles. — Respirei fundo e continuei: — Mas cada geração é uma geração e não devemos carregar os fardos de nossos pais.

— Você fala bonito para uma garota.

— Não sei com que tipo de garotas está acostumado a se meter, mas vou tomar isso como um elogio — falei, erguendo as sobrancelhas.

Ele sorriu e respondeu:

— Nenhuma com quem você gostaria de se meter.

Eu fingi que não ouvi o comentário e falei:

— Pode trazer sua mala para cima. Se precisar de qualquer coisa, estarei na cozinha preparando o almoço.

Ao dizer isso, lembrei-me de que havia me esquecido de tomar café da manhã. Desci as escadas sem mais uma palavra e o deixei ali, em seu quarto novo.

Quando cheguei lá, coloquei um avental que era cheio de coraçõezinhos para não sujar meu vestido de boas-vindas. Preparei espaguete com molho de tomate, que ficou pronto em três quartos de hora. Era um prato tradicional e decidi fazê-lo por ser simples, uma vez que não sabia o que Serafim gostava de comer.

Assim que arrumei a mesa da cozinha, subi novamente para o quarto dele — que era de frente para o meu — e bati à porta três vezes. Quando ele a abriu, estava sem camisa. Usava apenas os jeans velhos, tinha os cabelos molhados e havia posto uma toalha sobre o ombro. Provavelmente, tomara uma chuveirada, enquanto eu preparava a comida, pois o quarto de hóspedes, assim como o meu, também era uma suíte.

— O almoço está servido — falei, ruborizando.

Não era certo ficar sem camisa na frente de uma menina, acredito. Posso ser até mesmo festeira e liberal, mas eu não havia lhe dado essa liberdade. Ou eu estava apenas fazendo caso de uma situação cotidiana, concluí. Ele era apenas meu primo, afinal, e conviveríamos por semanas, provavelmente. E como ele mesmo disse, não estava acostumado a andar com garotas de família. Então, eu emendei, após raciocinar tudo isso em milésimos de segundo:

— E coloque uma camiseta. É falta de educação almoçar sem blusa à mesa.

— Desculpe-me, madame — falou ele, e o sorriso irônico brotou novamente em seu rosto que, não podia negar, era charmoso. — Já vou descer. Pode me dar licença? Ou quer me assistir?

— Tenha mais educação — respondi, levantando o nariz, voltando-me para as escadas.

Ouvi sua risada leve, enquanto fechava a porta.

Alguns poucos minutos depois estávamos à mesa da cozinha, onde pensei ser mais informal do que a mesa da sala de jantar, comendo o macarrão e tomando refrigerante, silenciosamente.

Serafim se pronunciou:

— Está delicioso. Você cozinha muito bem.

— Ah, não é nada. — Eu sorri, meu ego crescendo com o elogio. — Eu não sei o que você gosta de comer, então preparei algo bem básico.

Ele sorriu para mim e disse:

— Você é muito generosa. Não estava esperando ser bem recebido desse jeito.

— Não tinha como recusar seu pedido. Não poderia ser tão má a ponto de recusar um teto para um primo.

— Estou realmente muito grato. — E havia um quê de mistério em seu sorriso de lado e em seu jeito de olhar meus olhos.

Eu não conseguia entender suas expressões às vezes. Era como se tudo para ele tivesse uma razão secreta, que para todos era indecifrável, a não ser para ele. Como se a vida não passasse de uma piada e ele fosse o único que conseguisse visualizá-la. Esperava eu que, com o tempo, eu conseguisse compreendê-lo.

Assim que terminamos, eu me levantei e recoloquei o avental de coraçõezinhos, imediatamente lavando nossos pratos.

— Quer ajuda? — ofereceu ele.

— Não, não é necessário — disse a ele.

No entanto, ele se colocou atrás de mim e, passando ambos os braços por minha cintura, como em um abraço, pegou o prato que estava em minhas mãos e o sabão, afastando-se de mim depois. Ele me empurrou educadamente para o lado com o cotovelo e começou a fazer a limpeza.

Assim que ele havia me envolvido, eu novamente senti o sangue subir às bochechas, da mesma forma que havia acontecido quando ele abriu a porta de quarto e estava sem camisa. Havia algo de íntimo e malicioso em seu toque, algo ao qual eu não estava acostumada e que me incomodava ligeiramente, também me confundindo um pouco. Quando ele se afastou, meu rosto ainda ardia levemente, e ele sorriu para mim. Novamente, aquele sorriso misterioso.

— Vou limpar os copos e talheres — sussurrei, abaixando o rosto, deixando-o encarregado de sua função, desejando afastar-me dele.

Havia duas pias na cozinha: uma próxima à geladeira, que era onde ele estava, e outra que era como um tanque de lavar roupas, mas que não era utilizada como tal, pois eu usava em seu lugar uma máquina mais sofisticada.

Lavei ambos os copos e os talheres ali, colocando-os em seguida no escorredor. Serafim, que havia terminado de lavar os pratos ao mesmo tempo em que eu terminara os talheres e copos, os pôs ali logo depois de mim e, em seguida, ficou à minha frente, encarando-me por uns segundos.

Reparei que sua camisa estava molhada em alguns pontos da barriga. Um tanto constrangida, eu sorri para ele e saí de seu caminho, tirando o avental e o pendurando ao lado da porta, em um pequeno cabideiro. Quando estava prestes a sair da cozinha, lembrei-me dos modos e disse:

— Caso precise de alguma coisa, é só me procurar e eu o ajudarei.

Ele ainda estava sorrindo daquela forma estranha, que me incomodava. Era como se ele me visse nua. Eu me sentia nua. Respirei fundo e me encaminhei para meu quarto.

Predador

O predador espreita
A presa que de nada suspeita
Rodeia, cerceia
O leão fará da raposa sua ceia

Mesmo sabendo de seu destino mortal
A raposa deixa-se levar pela beleza
Livrando-se de seu medo inicial
Indo ao encontro do leão que a seduz com destreza

Assim que terminei o poema em meu quarto, olhei para o relógio: marcava cinco horas da tarde. O tempo transcorrera tedioso após o almoço com Serafim. Por ele ser uma presença, pelo menos por enquanto, muito perturbadora, preferi evitá-lo.

Acredito que tenha descansado após a refeição, pois qualquer um estaria muito cansado no lugar dele — ser expulso de casa e dirigir por horas, senão dias, por um país tão grande, em busca de abrigo. Eu nem sabia de qual estado ele havia vindo — apenas que possuía um sotaque carioca mesclado com sulista. Realmente, eu possuía pouco conhecimento com relação à vida do outro braço de minha família.

De qualquer forma, Miguel ocupou minha mente durante aquela tarde, mesmo após eu tentar esquecê-lo pela manhã. Ele havia me provocado e isso me deixava irritada, agora que havia tempo para digerir o ocorrido. Não fora nada educado da parte dele me abandonar, e ainda mais a forma pretensiosa com que ele agira em seguida. "Eu sei que você vai me procurar", ele dissera. Eu, realmente, gostaria de vê-lo de novo, mas não queria ter de procurá-lo por isso. Ele apenas triunfaria sobre mim, e eu não gostaria nem um pouco disso. Nem eu nem meu orgulho.

Então, vi-me com um lápis na mão e um papel sobre o travesseiro, enquanto eu escrevia, deitada em minha cama, um poema sobre nossa noite vorazmente predatória, em uma analogia que acreditei que se encaixava perfeitamente.

Eu seria, dessa forma, a raposa: um animal que se esconde durante o dia e sai à noite, caminhando pelas sombras sutilmente, como um fantasma. Medrosa e solitária. E ele, o leão: ferocidade em sua essência, agilidade em seus movimentos e desejo evidente em seus olhos. Instinto. Ele era o puro instinto felino e eu era inteligência temerosamente racional da raposa. Além de tudo, ele havia me caçado na noite passada. Havia me predado.

Será que eu retornaria ao meu predador, oferecendo novamente minha carne doce para que ele pudesse se deleitar? Ou eu o enganaria em minhas trevas, atordoando-o com minha capacidade de me esconder em sombras, brincando de pique-esconde?

Quem vence? O predador, com sua força, ou a presa, com sua sagacidade?

Se fôssemos brincar, pensei, então era melhor que ele acreditasse que mandava no jogo. Sem suspeitas de que, na verdade, eu sou a mandante. E, antes de nos perdermos em nós mesmos, eu terei de saber a hora de parar. Ou para expor a verdade — que eu era quem controlava a situação de modo faraônico —, ou para que realmente terminássemos nossa brincadeira, de uma vez por todas.

Afinal, eu estava me libertando de meus medos, mas não significava que todos haviam evaporado em pleno ar. Havia ali, em meu cerne, a consciência de que nada é para sempre, sombreando meus pensamentos dourados com nuvens negras tênues, silenciosas até para mim mesma — ideias nefastas que moravam em mim, esquivas ao toque de meu consciente.

Eu ainda era, de todo, eu, e isso implicava uma série de tendências não muito agradáveis, como minha reclusão social, meus descréditos pela vida e pensamentos ligeiramente suicidas.

Decidida, então, a fingir ser uma caça devotada, eu peguei meu celular, que permanecia sobre a mesinha de cabeceira, e disquei o número de Miguel, já gravado, e esperei que atendesse.

Tu, tu, tu, tu.

Por alguns momentos, nada. E então:

— Não lhe disse que viria me procurar? — riu ele sarcasticamente do outro lado da linha. — E mal tivemos um dia de distância entre nós — gabou-se ele.

— Não é nada extraordinário. Pode parar de se pavonear — falei eu, com um sorriso de lado. — Você tinha todo o direito de se vingar de mim pelo meu comportamento na festa de Breno. Eu não fui nada agradável — suspirei. — Gostaria realmente de te ver de novo.

— Ah, então ela assume seus mistérios! — fez ele, com a voz em diversão. — Onde e quando? Preciso ver em minha agenda — brincou.

— Pare de bobeira. Amanhã você está livre?
— O dia inteiro, broto.
Eu ri.
— Bem, certo, então — suspirei. — Podemos fazer mais uma reunião com meus amigos, como ontem.
— Quero ficar sozinho com você. — A certeza em sua voz cortou meu coração em dois. Em um de seus lados partidos havia insegurança, temerosidade. Na segunda metade, uma sensação de nuvens prateadas em uma noite quente de verão.
— Se está tão decidido, sei que nada mudará sua decisão — admiti.
— Então, passearemos pela praia, à noite, amanhã. Eu vi no noticiário que será um dia quente, então a noite deve estar refrescante.
— Fechado, senhorita.
— Fechado, senhor.
Ele riu, o som doce como quando o dedo perpassa as bordas de um cálice de cristal.
— Chego a sua casa às seis horas, para podermos pegar o finalzinho do sol. Além do mais, você mora mais perto da praia do que eu. E adoraria fazer a gentileza de acompanhá-la até nosso destino.
— Quanto cavalheirismo, comparado a ontem à noite.
— Quanta receptividade, comparada à festa de anteontem.
Fechei a cara por ele ter usado meu próprio argumento contra mim, mas, como estávamos em uma ligação, ele não podia ver.
— Não fique emburrada — disse ele suavemente, surpreendendo-me. — Nós nos vemos amanhã. Abraços apertados.
— Não estou emburrada — menti. — Até amanhã.
Desligamos ao mesmo tempo. Olhei ao meu redor, para o céu que escurecia e, consequentemente, enegrecia o quarto. Dentro de 24 horas estaríamos juntos novamente e isso fez com que sentisse uma revoada de borboletas dentro de meu estômago. Quando fui descansar o celular na mesinha novamente, percebi que minha mão estava tremendo.

Como alguém conseguia se importar tanto, ter tanto medo de uma situação que seria, normalmente, corriqueira? Não era nada de extraordinário — um garoto que leva a menina para um passeio na praia. No entanto, meu coração estava ali, batendo como as asas de um beija-flor.

Ao pensar isso, em meu íntimo, ouvi uma voz bem suave, bem leve, contradizer-me: "Ele não é qualquer garoto".

Fechei os olhos e joguei-me na cama, derrotada. Sentia uma leve brisa entrar pela fresta da porta e aninhei-me em busca de calor. Mel subiu em minha cama e deitou-se ao lado de minha cabeça, puxando um pouco meus cabelos soltos.

E assim, dessa forma docemente leve, eu dormi. Uma noite sem sonhos, para uma mente que agora borbulhava — um troféu requisitado.

Vinte e sete dias

Acordei com a luz do dia tocando minhas pálpebras com suavidade recatada, as cortinas balançando docemente ao som de uma brisa leve, como se dançassem delicadamente, aos passos de um balé purificado.

Ao me sentar na cama, espreguicei-me e estalei o pescoço, de um lado e de outro. Levantei-me e olhei ao meu redor — a cama estava levemente remexida, como se meu sono pesado mal tivesse me deixado mexer-me enquanto dormia. O quarto ainda estava organizado pela faxina do dia anterior. Mel dormia docemente ao pé da cama, ronronando audivelmente.

Ainda estava com o vestido cor-de-rosa de ontem. Como se eu estivesse sonhando, em estado de plenitude mental, abri o zíper da roupa e a joguei sobre a cama. Fui para o banheiro para tomar um banho quente. Encostei a porta no batente e liguei a água, deixando-a esquentar.

Quando a fumaça de vapor quente surgiu, entrei no chuveiro e deixei que o banho refrescasse meu corpo relaxado. Senti as gotas molharem minha pele e meu cabelo embaraçado com prazer. A sensação era a de um abraço caloroso. Senti meu coração se abrir ao me lembrar de meu encontro com Miguel, que ocorreria naquele dia.

Saí do banho, cheirosa e renovada. Enrolei meu corpo esguio em minha toalha lilás e também pus uma toalha menor e branca em minha cabeça, prendendo os cabelos e os secando ao mesmo tempo.

Abri a porta do banheiro para me deparar com Serafim deitado em minha cama displicentemente, sobre meu vestido rosa, a cabeça apoiada no travesseiro. Mel estava em seu colo e parecia se deleitar de um cafuné matinal.

— Meu Deus! — Assustei-me. — Por que você não bateu na porta? — perguntei, irritada. Segurei a toalha firmemente contra meu peitoral e agradeci aos céus por ela ser grande o suficiente para cobrir-me até os joelhos.

— Achei que, por não estar trancada, você estivesse decentemente vestida.

— Ora, no ambiente em que eu cresci, apesar de a porta não estar trancada, devemos bater para não nos encontrarmos em uma situação parecida com a em que estamos.

— Qual situação? — fez ele, com um sorriso malicioso. Olhou-me com seus olhos verdes de uva, penetrando em minha alma. — Se você se refere à sua nudez sob esse pano, saiba que não há nada que eu não saiba que existe.

— Você é desprezível, Serafim — bufei.

Ele riu asperamente.

— E você é um doce, Isabela. Parece um bolinho de framboesa, toda cor-de-rosa com essas bochechas coradas de timidez.

— Está me chamando de enjoativa?

— Você não gosta de bolinhos? Eu os acho deliciosos.

— Agora você está sendo inconveniente.

Ele se levantou e foi até mim. A distância entre nós era menor do que um palmo. Ele era tão alto, que precisei olhar para cima a fim de encarar seus olhos fixamente. Esperei que meu olhar parecesse ferrões de abelha.

— Vamos lá, priminha… Você não gosta da minha presença?

— Não – afirmei. — Você é invasivo, desrespeitoso e extremamente irritante.

— E temos tão pouco tempo de convívio. — Magoou-se ele falsamente, os lábios em um beicinho. — Vou deixá-la "colocar uma roupa" em paz — pronunciou lentamente, sentindo graça nas palavras, degustando suas letras.

Apertou minha bochecha e foi até a porta. Chegando lá, ele virou-se novamente para me encarar e então disse:

— Tenha um ótimo dia, priminha. — Mandou-me um beijo e saiu, fechando a porta.

Revirei os olhos e joguei-me em cima da cama, caindo acidentalmente sobre Mel, que miou e me arranhou em protesto.

— Desculpe-me — falei, irritada.

Ele, absolutamente, havia tirado minha paz de espírito. Antes que ele realmente estragasse meu humor, planejado para ser perfeito, eu me esquivei de pensamentos que lhe remetessem e levantei-me em busca de uma roupa dentro do armário para passar o dia.

Encontrei uma camiseta branca e uma saia cinza de seda plissada. Vesti as peças, sentindo-me confortavelmente simples. Penteei os cabelos e desci, com eles ainda molhados, para preparar o café da manhã.

Quando cheguei à cozinha, somente, foi que eu olhei o relógio: marcava sete e meia da manhã. Acho que nunca havia dormido tanto em minha vida. Poderia se dever ao fato de eu ter ficado exausta pela faxina que havia feito em casa no dia anterior, além da surpresa pela chegada de Serafim, o que foi realmente cansativo e perturbador.

A segunda coisa que fiz ao chegar à cozinha foi olhar em volta e constatar, com certo alívio, que meu primo não estava ali.

— Ótimo! Ao trabalho — falei em voz alta.

Acendi o fogão e preparei um prato para mim sobre a mesa. Peguei a frigideira e fiz ovos mexidos. Em seguida, tirei o leite da geladeira e o esquentei no fogo, e também água quente para o café. Coloquei os ovos no prato e a água quente na cafeteira. Quando fui tirar o leite da leiteira para derramá-lo na xícara, Serafim surgiu atrás de mim, dizendo, em meus ouvidos:

— Bu!

Realmente levando um susto, derramei leite quente sobre meu braço e mordi meu lábio inferior para não gritar. Despejei o restante do leite na xícara e, em seguida, virei para trás, olhando Serafim com extrema raiva.

— Essa sua mania de aparecer do nada... Você fez com que eu me queimasse. — E mostrei meu braço já vermelho para ele.

Ele pareceu preocupado e foi a primeira vez que o vi sem a máscara de deboche costurada em seu belo rosto.

— Perdoe-me — disse ele sinceramente, com os olhos grandes e verdes arregalados de arrependimento. — Molhe com água fria — falou ele, pegando meu cotovelo e levando-me para a pia.

Abriu a torneira e deixou meu braço sob a água corrente, o que foi um alívio imediato. Ainda espantada com sua súbita troca de humor, eu deixei que ele cuidasse de mim. Pegou, em seguida, o pano que estava ao pendurado sobre o fogão e o enrolou em meu braço.

— Agora está melhor — sorriu ele, daquela forma peculiar, tão Serafim de se fazer.

Em seguida, ele olhou ao redor e arqueou a sobrancelha, e percebi que havia voltado ao seu comportamento habitual:

— Nada para mim?

— O quê? — perguntei, confusa.

— Café da manhã — disse ele.

— Ah, sim! — exclamei. — Pensei que você já tivesse comido.

— Não queria mexer em suas coisas sem você por perto.

— Vivas! Educação reside dentro de seu ser — falei, desenrolando o pano de meu braço e continuando a preparar o café com leite.

— Somos da mesma família, afinal — concluiu ele, e havia uma sutil amargura em seu tom de voz.

— Pode comer o que preparei. Farei outro prato para mim.

— Muito obrigado.

Eu sorri e fiz o que disse que ia fazer. Quando, enfim, sentei com ele à mesa, começamos a comer.

O silêncio pairava sobre nossas cabeças. Observei-o comendo como se fosse pela primeira vez: com extrema educação, seguindo à risca os modos à mesa, da forma tranquila, como só o hábito e a verdadeira e fina educação poderiam proporcionar. O que contrastava com seu cabelo preto bagunçado, sua blusa com alguns furos e os jeans desbotados e rasgados.

Perguntei-me o que poderia ter acontecido com aquele rapaz para que se submetesse àquela constante imagem de rebeldia, quando ele havia, decididamente, sido criado com a melhor educação que o dinheiro e a atenção familiar têm a oferecer.

Terminamos juntos de comer, da mesma forma como havíamos começado. Então, ele piscou para mim, e pela primeira vez eu me senti na companhia de um amigo, não na de um lobo mau.

Após o café da manhã, ele havia subido para seu quarto, e eu fui para a varanda apreciar a luz do sol. Deitei-me em um divã de madeira sob a sombra e comecei a ler *O morro dos ventos uivantes* quando, subitamente ansiosa, eu interrompi a leitura e dei uma olhada ao meu redor, procurando algo de errado naquele ambiente que precisasse de reparos.

Entretanto, tudo estava em perfeito lugar. Havia alguns móveis na parte mais próxima à casa, em uma área coberta: o divã em que eu me sentava e outro fazendo par; uma mesa com cadeiras para possíveis refeições ao ar livre e uma churrasqueira prateada, extremamente limpa — talvez pela falta de uso; e havia, também, uma piscina retangular, relativamente grande. Levantei-me e fui até ela.

— Ahá! — exclamei.

Dentro da piscina havia algumas folhas mortas e uns insetos que haviam sido levados até ali por um vento infeliz. Mais tarde, pensei, eu retiraria o material em decomposição dali.

Quando me virei e olhei novamente para a casa, vi Serafim de costas para mim, sentado na janela. Estava virado para o interior do quarto e, de onde eu observava, pareceu-me pensativo. Seus cabelos negros se agitavam com a brisa que chegava até ali, e em seus ombros tive o vislumbre de um pedaço de violão.

Curiosa, entrei na casa e subi para seu quarto. Bati à porta e sua voz, masculina e grossa, respondeu:

— Entre.

Quando entrei ali, comecei a dizer:

— Viu, Serafim? É assim que as pessoas se comportam em um mundo civilizado. Batem na porta do quarto antes de entrar.

Ele riu. Havia, de fato, um violão em seu colo. Ele o pegou delicadamente, o que destoava de seus modos bruscos, e o colocou ao seu lado, encostado na parede. Olhou em meus olhos e falou:

— Vivendo e aprendendo.

Sorrimos um para o outro e uma trégua momentânea foi estabelecida entre nós.

Olhei ao redor, para o quarto de hóspedes. Era, em sua essência, muito simples: uma cama de solteiro, paredes brancas, como o restante da casa, um armário de mogno, um tapete persa e um ventilador de teto, limpado por mim recentemente. Mas o ambiente já tinha um quê de Serafim: sua mala estava sob a cama, e sobre a mesinha de cabeceira havia um maço de cigarros, isqueiro e uma palheta do AC/DC.

Sobre a cama, uma jaqueta de couro, o capacete preto que eu já havia visto e uma fotografia. Caminhei até ali e a peguei. Nela, estava um Serafim bem mais jovem, ainda criança. Uma bela criança, aliás, bochechuda e gordinha. Deveria ter uns oito anos na foto, provavelmente tirada em um período próximo daquele no qual eu o vira pela última vez. À sua esquerda estava sua mãe — mal me recordava de suas feições, mas sabia ser ela, pois eram idênticos. Ela possuía os mesmos olhos verdes, cabelos negros e queixo quadrado, mas de forma delicadamente feminina. Era magra, porém baixa. E, à direita de Serafim, estava meu tio. Sabia que o era porque era extremamente parecido com meu próprio pai e, consequentemente, comigo: cabelos loiros e olhos castanhos, corpo alto e esguio, ombros largos. A família sorria para a câmera, e podia-se facilmente perceber que a foto fora tirada em um momento de alegria.

— São seus pais — disse eu. Era uma afirmação, não uma pergunta.

— Sim — respondeu ele, com uma amargura doce em sua voz.

— Sua mãe é igual a você. Mal me lembrava dela, na verdade.

— Apenas fisicamente — replicou Serafim.

Desviei meu olhar da foto para o rapaz, que estava em uma pose tensa, com ombros retesados e espinha ereta. Seus olhos estavam vorazes, como se eu fosse atacá-lo a qualquer momento, perscrutando cada movimento meu.

— Não quis ofender — falei eu, com a voz mais calma possível.

— Eu sei que não — disse ele, relaxando um pouco. — Desculpe-me. Eu acabo de ser grosseiro. É que eu não costumo falar muito sobre meus pais.

— Mas se importa o suficiente para guardar uma foto de ambos, e, ao deixar em sua cama, acredito que a estava olhando.

Então, ele rapidamente se levantou da janela e caminhou até mim. Havia violência e agressividade em seu olhar. Pegou a foto que estava em minhas mãos e, por um momento, achei que fosse rasgá-la, pois a segurava com tamanha força, que pensei que o papel fosse evaporar entre seus dedos.

Tão rapidamente quanto veio, o ódio em seu olhar passou. Ele afrouxou o aperto sobre a foto e a guardou na gaveta da mesinha de cabeceira.

— Não gosto de falar sobre isso — anunciou. E sua voz era grave e firme, enquanto ele olhava a parede branca à sua frente.

— Vamos mudar de assunto, então.

Ele me olhou, ainda receoso, mas mais receptivo. Dessa forma, eu continuei a falar, querendo, assim, amansá-lo:

— Não sabia que você fumava.

— Eu não sabia se podia fumar dentro da sua casa.

— Pois pode, porque eu mesma fumo — falei-lhe sorrindo.

— Ótima oportunidade. — E pegou o maço à sua frente, acendendo imediatamente um cigarro. — Quer um? — perguntou.

— Aceito — respondi e peguei o cigarro que ele havia me oferecido. Ele o acendeu para mim com seu próprio isqueiro. Traguei, sentindo a fumaça descer até meus pulmões em seus movimentos inconstantes e arredondados.

— Sinceramente, espero que possamos ser amigos — confessei.

Ele sorriu para mim e respondeu:

— Eu também, Isa. Poderia fazer um bom uso de uma amiga agora.

Então, eu o abracei. Envolvi-o com meus braços, tão finos e pequenos perto de sua grandiosidade e força. Apertei-o contra meu corpo e pude ouvir seu coração tão ferido pulsando em meu ouvido. Quando me separei dele, ele estava com uma expressão de espanto, os lábios entreabertos.

Não, pensei eu conclusivamente, *ele não está acostumado ao contato humano.*

Passei a mão por seu braço em um afago e lhe disse:

— Sempre estarei aqui, Serafim. Para o que der e vier.

Ele sorriu para mim com os olhos. Em seguida, saí de seu quarto com um sorriso no rosto.

Para fugir do calor, eu me trancara em meu quarto durante o resto do dia, com o ar condicionado ligado no máximo e um suéter de lã para me aquecer. Mel estava estirada sobre a cama, dormindo quase a tarde toda.

Conforme o pôr do sol se aproximava, eu comecei a me arrumar. Coloquei um vestido amarelo de verão, bem solto, e brincos de pérola. Para maquiagem, apenas rímel e um batom escuro para contrastar com a claridade da roupa.

Estava prestes a colocar o celular dentro de uma pequena bolsa branca, quando este tocou. Deslizei o dedo sobre a tela. Era uma mensagem de Vlad, O Bárbaro:

Vadia, o que vai fazer amanhã?

Digitei rapidamente, respondendo:

Nada. O que há para fazer?

O texto veio instantaneamente:

É seu aniversário, bobinha. Dia 17 de dezembro, 18 anos. Você se lembra? Vamos fazer uma festança!

Se uma festa de grande porte como a dessa semana era, para Vlad, uma festinha social, eu não tinha o mínimo interesse em fazer uma festança.

Não, querido, vamos a um bar. Acredito que será muito mais agradável e íntimo. Aquele a que sempre vamos, em Ipanema, às oito horas. Eu, você, Breno e Ava. Pode chamá-los para mim?

E, então, outra resposta:

Claro, meu anjinho. Leve seu bofe com você! Xoxo.

Eu ri para o celular em minhas mãos.

Vou tentar. Até lá. Beijos.

Balançando negativamente a cabeça, eu coloquei o celular dentro da bolsa. Calcei um par de botas de cano curto e me olhei no espelho. Aprovei o que via, mas rapidamente voltei para o quarto. Peguei um papel que estava solto sobre a mesa de estudos e escrevi:

Serafim,
Hoje à noite sairei com um amigo.
Tem comida na geladeira.
Chego antes de uma da manhã.
Com carinho,
Isabela.

Desci as escadas e colei a mensagem sobre o refrigerador. Em seguida, fiquei esperando Miguel do lado de fora da casa, sentada em um banco pintado de branco que ficava na varanda da entrada.

Quando o sol desceu completamente, um carro se aproximou de minha casa. Era preto, baixo e longo. Levantei-me: era o carro do Miguel.

Silenciosamente, como um gato, estacionou em minha garagem. A porta do banco do motorista foi aberta e de lá saiu um rapaz alto, musculosamente magro, de cabelos azuis cor de menta. Vestia uma camiseta branca com uma caveira mexicana estampada, jeans pretos e as mesmas botas de sempre.

— Boa noite — falei para ele, sorrindo.

— Uau! — fez ele. — Olha só você! Faz com que tenha ciúmes de mim mesmo. — E pegou-me pela mão e rodou-me como em uma dança de balé. Ouvi minhas botas roçarem no chão com o movimento. No final do rodopio, ele fez com que caísse em seus braços. Olhei em seus olhos cor de chocolate e me derreti dentro deles, envolta em sua doçura.

Ele se aproximou de mim, como se fosse me beijar. Abri suavemente meus lábios. Fechei meus olhos. Quando estava perto o suficiente para sentir seu hálito doce em meu rosto, ele disse:

— Abra seus olhos, Isabela.

E havia algo de belo na forma como ele dissera meu nome, como se gostasse da forma como o som saía de sua boca.

Eu lhe obedeci e me deparei com seu olhar — o mesmo desejo refreado que havia visto antes de nos beijarmos pela primeira vez. Seus lábios estavam secos, como se tivesse sede, a respiração entrecortada.

— Não vamos pular as etapas desta noite, está bem? — sussurrou ele em meu rosto. — Quero que você se sinta perfeita.

Meu coração se abriu como uma rosa, espalhando calor por minhas veias, de seu centro até a ponta de cada dedo, fazendo-me arder como se tivesse febre.

— Está bem — falei, sem jeito, sua vítima obediente.

Ele, então, deslizou suas mãos de minhas omoplatas para minha cintura e começou a caminhar comigo rumo às sombras da noite.

Como eu morava a dois quarteirões de distância da praia, ficou decidido que andaríamos por todo o caminho até lá. Saímos de meu condomínio em um silêncio agradável. Havia uma sensação, no cerne de nós dois, de que tínhamos todo o tempo do mundo e que haveria tempo de sobra para conversarmos.

Quando chegamos, enfim, à calçada de uma rua qualquer, ele começou a falar, perguntando-me algo muito tolo:

— Diga-me seu nome completo.

— Isabela Bastos Garbocci. E o seu?

— Miguel Augusto Azevedo.

— Isso me lembra Augusto dos Anjos e Álvares de Azevedo.

— Que interessante — falou ele, dando-me um beijo na bochecha. — Minha Isa me relacionando a escritores mórbidos.

— Eu gosto de coisas mórbidas — comentei. Não deixei passar em branco que ele dissera "minha Isa" e arquivei essa informação em minha memória.

— Ninguém diria isso ao olhar para você — falou ele.

— Como assim? — perguntei, divertida. Atravessamos a rua que separava a cidade da praia, chegando ao calçadão de Ipanema.

— Você parece tão inocente — resumiu ele. — Seus cabelos loiros te dão uma aparência tão angelical... E seus olhos não conseguem passar nenhuma maldade, nenhum sofrimento, apenas plenitude. Mas, é claro, não se pode julgar o passado de uma pessoa só pelo olhar. Leva um tempo até conhecermos alguém completamente. Como eu disse, é só a noção que se tem ao olhar para você, não ao te conhecer.

— Mas você soube de meus medos assim que me conheceu — afirmei.

— É porque me vi em você.

E ele pareceu tão certo ao dizer isso, como se essa fosse a máxima de sua vida, que eu me convenci dessa resposta.

Estávamos nos aproximando da Pedra do Arpoador a cada passo. Senti o cheiro de sal e do sol que há pouco tempo estivera ali e imediatamente abri os braços, sentindo a brisa leve e morna passar por minha pele de raspão, movimentando meu vestido.

A beleza do Rio de Janeiro sempre me surpreendia, não importasse quanto tempo eu vivesse aqui: as águas negras indo e voltando em um mar noturno e calmo, ao meu lado. Do outro prisma, a cidade: ruas movimentadas, extremamente urbanas — prédios altos e baixos em uma fileira interminável, abrigando vidas e vidas, ocultando suas verdades por meio da proteção de suas paredes impenetráveis. Ao fundo, agora brilhando pelas luzes das favelas, havia morros, completando a tríade do ambiente. No céu, negritude e estrelas, cada uma lutando por seu espaço, e uma lua cortada pela metade, como um sorriso aberto, reinava acima de nós dois.

Senti seu olhar pesando sobre mim. Virei-me para ele e o flagrei no ato. Ele sorriu e ruborizou docemente, olhando para baixo em seguida, passando as mãos nos cabelos lisos e azuis, desajeitado.

— Vamos nos sentar na pedra? — perguntei, pegando sua mão e entrelaçando meus dedos nos dele. O toque de minha pele na de Miguel era, absolutamente, estático. Como quando estamos com alguma parte do corpo parada por muito tempo e então nos mexemos, reavivando nossos músculos, e sentimos pontadas de formigamento ativando a circulação no lugar.

Era como se ele reanimasse meu corpo por inteiro, completa e totalmente, após anos que se passaram como um sono profundo, e só agora que eu havia despertado eu percebia a inutilidade do tempo perdido.

— Vamos, claro — respondeu ele sorrindo.

Subimos a pedra e nos sentamos, distante das pessoas, um pouco longe do holofote que ali ficava, entre a luz e a escuridão — na penumbra, na qual a lua clareava nosso rostos de um lado e a artificialidade de outro.

Sentamos lado a lado. Levei meus joelhos ao coração e abracei minhas pernas contra meu corpo, enquanto Miguel apenas esticou as pernas para frente e me envolveu com um de seus braços, puxando-me para ele.

— Sabe o que você fez comigo em apenas poucos dias? — perguntei a ele.

— O quê? — E colocou seu rosto entre meus cabelos, sentindo meu cheiro, sussurrando em meus ouvidos.

— Você me dá vontade de viver.

Pude sentir que ele sorrira pelo movimento de seus lábios em minha orelha.

— É só o começo, Isabela. Não pode fazer as coisas ficarem fáceis demais.

— Cansei de torná-las difíceis por tanto tempo.

— Eu sei, Isa. Eu sei.

— Um dia gostaria de ouvir sua história — sussurrei-lhe. — Não hoje, não agora.

Por um instante, tudo o que pude ouvir foram o vento e as ondas quebrando ao luar.

— Sim — falou ele. — Mas não hoje, não agora. Hoje é sobre nós.

Soube exatamente o que ele quis dizer com isso: que nossa noite seria uma noite para deixar a mente leve, não para preenchê-la com pesadelos reais dos fantasmas de nossas vidas. E que, dessa forma, poderíamos ser felizes, apenas hoje. Agora.

— *Carpe diem* — eu disse, sorrindo. Aproveite o dia, em latim.

— *Carpe diem* — repetiu ele, compreendendo minhas palavras.

— Hoje é noite de lua crescente — anunciei.

— Podemos levar isso como um bom presságio.

— Que tenhamos muito tempo até que nossa lua nova se aproxime!

— Espero que sim — falou ele.

Retirou o rosto de meus cabelos e se movimentou. Quando me virei para ver o que fazia, retirava um maço de cigarros de seu bolso. Ofereceu-me um e eu o peguei. Acendeu para mim, da mesma forma como Serafim fizera naquela manhã, e novamente senti a nuvem de fumaça valsando dentro de mim. Miguel acendeu outro para ele e ficamos fumando, observando por um instante o mundo ao nosso redor, respirando.

— A cidade está tão viva esta noite — falei. — Parece que em cada canto há alguém fazendo algo de importante. Por aqui, nesta pedra. No mar, lá embaixo. Nos prédios, nos carros, nas ruas, na calçada. Em todos os lugares. Tudo está acontecendo, como se o mundo respirasse sozinho. Chega a ser um pouco perturbador. Confunde-me um pouco.

— É apenas a forma como você enxerga dentro de você — respondeu ele.

E ele deslizou sua mão com cigarro para meu coração. Arfei com seu gesto, mas, antes que eu pudesse tomar qualquer atitude, ele a retirou dali.

— A felicidade só aparece quando a chamamos — disse-me Miguel. — Ela se esconde quando temos medo, e tudo parece mais oprimido, enclausurado. Você está mais feliz e agora consegue ver a vida ao seu redor, como se seu mundo estivesse se expandindo.

— Exatamente isso. Às vezes, você me assusta.

— Por te entender?

— Por traduzir meus sentimentos, transformando-os em palavras.

— Palavras são tão traiçoeiras.

— Apenas se quisermos torná-las assim. Pessoalmente, acredito que elas podem explicitar a verdade de forma irrefutável.

— Isso me soou como uma advogada.

— Bem, pretendo entrar para a faculdade de Direito.

— Na mosca! — exclamou ele, fazendo-me rir.

— E você? O que pretende fazer? Ou o que faz?

— Pretendo entrar para Jornalismo.

— Combina com você — falei.

— Por quê? — questionou ele, com diversão na pergunta.

— Você é observador, mas também gosta de tomar parte nas coisas. Gosta de se envolver. Daria um bom jornalista, eu acho.

Ele riu.

— Mas, na verdade, eu acabei de trancar Letras. Vi que não era para mim.

— Claro que não — exclamei. — Deve ser muito parado para você.

— Exatamente.

Ele acariciou meus cabelos com a mão que estava em meus ombros, enrolando-os em seus dedos, como se fossem seus para tomar.

Virei meu rosto, que estava de frente para o mar, e olhei em seus olhos. Ele retribuiu meu olhar com a respiração entrecortada e pude perceber que seu coração se acelerara, as mãos trêmulas em meus ombros, libertando-se de meus cabelos.

— Você é tão linda, Isabela — falou ele. — Por dentro e por fora.

Com essa deixa, aproximei-me de seus lábios e os toquei, docemente. Ele era quem estava receptivo desta vez – o leão sendo vencido pela raposa. Passei a língua em seu lábio superior e o contornei, dando uma volta, sentindo o hálito doce, de tabaco e menta, e o cheiro de mar que exalava de sua pele, tão reconfortante, tão em conexão com o ambiente.

Então, eu abri mais meus lábios e o beijei, sentindo-o estremecer com o ato. Ele pôs a mão em minha cabeça e me aproximou ainda mais dele, como se pudéssemos nos fundir em um único ser. Quando ele estava completamente entregue, afastei-me dele, que arfava. Ele me olhou como quem via ali uma piada interna, o troco por ter-me deixado desejando-o naquela noite em minha casa.

Deitei-me ao seu lado. Ele virou seu olhar para mim.

— Gostaria de tomar um milk-shake? — perguntei.

Ele riu brevemente da pergunta, como se fosse difícil assimilar qualquer coisa naquele momento. Quando ele compreendeu, disse:

— Às suas ordens.

Dessa forma, nós nos levantamos e descemos da pedra, de mãos dadas, em busca de uma lanchonete.

— Você acabou com meu plano — falou ele, enquanto descíamos na pedra escorregadia, com Miguel vez ou outra me segurando pela cintura para me ajudar a não cair.

— Plano? — eu quis saber.

— Pretendia beijá-la apenas no final da noite.

Eu sorri de costas para ele, sem que ele visse minha expressão.

— Talvez não devêssemos nos prender a planos mesquinhos como esse.

Ele andou e parou à minha frente, parecendo chocado, mas apenas de brincadeira.

— Mesquinho? Apenas quis te tratar como se trata uma dama no primeiro encontro.

— Tecnicamente, não é nosso primeiro encontro. É apenas o oficial. — Coloquei ênfase na palavra.

Já estávamos novamente na rua, caminhando de mãos dadas, quando eu lhe perguntei:

— Como são seus pais, Miguel?

Ele suspirou em resposta. Por um breve instante, lembrei-me de Serafim e sua reação ao falar dos pais. Senti um calafrio passar por minha espinha com a lembrança.

— Meus pais... Minha mãe era muito dócil, mas meu pai era mais firme. Acho que eram bastante comuns, na verdade. Não tenho irmãos, então eles colocaram todas as esperanças sobre mim, o que às vezes acabava se tornando um fardo. Minha mãe se chamava Valéria, e meu pai, Carlos.

— Você fala deles como se estivessem distantes. Onde eles estão agora? — questionei eu, olhando para meus pés, enquanto andávamos pelo calçadão.

— Falecidos, infelizmente.

— Oh, Deus — fiz eu, desajeitada. — Desculpe. Não queria evocar uma lembrança triste...

— Não tem problema — respondeu ele, delicado. — Eles faleceram ano passado. Já tive meu período de luto. Agora tenho que caminhar sozinho. Sou maior de idade e herdei o que eles tinham, e não tenho parentes próximos aqui na cidade. Pode-se dizer que sou independente agora. Não que não me doa dizer isso devido à situação. Eu moro só, em Copacabana, num apartamento. É pequeno, mas dá para o gasto. — E, ao olhar para ele, vi que havia um sorriso tênue em seu rosto.

— Meus pais estão viajando — anunciei. — E só voltam em janeiro, no dia 15. Recentemente saíram para uma viagem de "férias", mas não passa de uma segunda lua de mel. Eles se chamam Vítor e Carmem. Não costumo falar com meu pai, mas minha mãe é como uma melhor amiga.
— Tem problemas com seu pai?
— Ele é agressivo às vezes. Sei que não faz por mal.
Miguel afagou meu braço, tentando me reconfortar.
— Ali. — Apontei para uma lanchonete no outro lado da rua. — Ali parece bom.

Era um pequeno restaurante de fast-food, baseado na década de 1950. Na parede externa, havia pôsteres da Marylin Monroe e do Elvis Presley, além de luzes em neon presas ao redor das molduras. Tinha um quê de clichê, mas parecia extremamente acolhedor. Entramos ali, a fim de tomar nossos milk-shakes.

Algumas poucas horas mais tarde, estávamos na varanda da entrada de minha casa. Eu estava de costas para a porta, enquanto Miguel estava à minha frente, sorrindo, orgulhoso de si.
— Queria que o tempo passasse mais devagar, Miguel — falei. — Assim ainda estaria por aí, nas ruas, com você.
— Concordo — disse ele. — Todos os momentos que já passei com você, e acredito os que irei passar também, são maravilhosos.
Ele subiu um degrau e ficou à minha frente. Senti sua respiração doce em meu rosto e eu sorri com o cheiro já familiar.
— Agora seria a hora planejada para um beijo? — perguntei eu, enlaçando-o com meus braços. Achei que a combinação entre a pele pálida dele e minha bronzeada era bela.
— Seria — sussurrou ele, e seus lábios, ao se mexerem, estavam tão próximos aos meus, que os tocaram levemente.
Então, nossas bocas se uniram e eu estremeci. Beijá-lo era sempre uma experiência nova, como ir ao cinema e ver vários filmes diferentes. Sempre será aquela mesma sala, aquela mesma poltrona, mas as imagens na tela são singulares, cada uma à sua maneira.
Abracei-o e o puxei para mim, avidamente. Meus olhos estavam fechados e tudo eram sensações: suas mãos em minhas costas, subindo para as omoplatas e então descendo até meu quadril. Sua barriga quente contra a minha, aquecendo meu corpo antes frio. Meu coração, acelerado, gritava para que ele nunca parasse, para que aquele momento se congelasse e eu ficasse ali, eternamente dele, e ele eternamente meu.

Puxei seu cabelo, enquanto ele mordia meus lábios e minha bochecha. E então, quando eu parecia tonta o suficiente para desmaiar, desvencilhamo-nos.

— Quando irei te ver de novo? — perguntou ele.
— Ah, agora você pergunta.

Ele sorriu para mim e havia algo de felino nos movimentos de seus lábios.

— Amanhã será meu aniversário.
— Parabéns, vovó.
— Idiota. Vou fazer apenas 18 anos.
— Vovó — repetiu ele.
— De qualquer forma, será em um bar aqui no Leblon, às oito horas. — E dei a localização exata do local, a que ele disse já haver ido uma ou duas vezes e por isso o conhecia. — Você está mais do que convidado. Aliás, se você não aparecer, vou até sua casa lhe dar um cascudo.
— Que medo, Isabela... Acho que não sobreviveria ao seu golpe fatal.

Revirei os olhos.

— Boa noite, Miguel — despedi-me dele.

Quando abri a porta e coloquei um pé dentro da casa, ele puxou meu braço e eu me vi frente a frente com ele, o que fez meu coração acelerar.

— Nada — disse ele, libertando-me.

Sorrindo, ele deu alguns passos para trás em direção ao seu carro. Ao ver minhas feições indignadas, ele riu alto e entrou em seu veículo.

Tranquei a porta da frente e me virei para o interior da casa.

Subi as escadas sorrindo até meu quarto. Quando cheguei ao corredor, pude ouvir um som triste ecoando do quarto de Serafim. Bati à sua porta e ele falou:

— Olá, Isabela.

Acreditando que aquilo havia sido um convite, entrei em seu quarto receosamente. Ele estava tocando violão, sentado sobre a cama. Dali uma melodia melancólica lançava suas notas aos nossos ouvidos, e eu lhe perguntei:

— Você está triste?

Serafim parou de tocar e olhou em meus olhos.

— Você me deixou sozinho.
— Deixei um bilhete na geladeira... — comecei a dizer, mas ele me cortou:
— Não é esse o problema. É que, quando fico sozinho, eu fico mais emocional. Mas não é nada demais... Vai passar agora que está aqui.

Sentei-me ao lado dele.

— Desculpe-me. Disse que ficaria sempre ao seu lado e saí sem nem me despedir pessoalmente.

— Tudo bem, Isabela. Já sou um moço crescido. — Parou e me perguntou, mudando completamente o assunto: — Você gosta que as pessoas te chamem de Bela ou de Isa?

— Todos me chamam de Isa.

— Então vou te chamar de Bela.

Eu dei de ombros.

Percebi que havia uma garrafa de Jack Daniel's já pela metade na mesinha de cabeceira. Ele seguiu meu olhar e riu com aspereza.

— Gostaria de um drinque?

— Você está bêbado? — perguntei.

— Nunca viu alguém assim?

— Não me julgue como uma garota comportada. Não sou.

Ele riu novamente.

— O que me impressiona é que você toca divinamente mesmo tendo bebido meia garrafa de uísque.

Ele se silenciou ao meu comentário.

— Vou ao meu quarto, preparar-me para dormir. Boa noite.

Dei-lhe um beijo na bochecha e disse:

— Maneire com o álcool. Uma coisa é beber para se divertir. Outra é usá-lo como válvula de escape.

— Você se preocupa? — perguntou ele quando cheguei à porta.

— O quê?

— Nada — respondeu ele, mal-humorado. — Boa noite, prima.

— Até amanhã — despedi-me, saindo do quarto.

Quando coloquei os pés em meu quarto, vi que meu relógio marcava meia-noite. Dei uma rápida olhada para a rua através da janela e sorri, sentindo a brisa morna em meu rosto. Então, fechei as cortinas e fiquei ali, na completa escuridão.

Cegamente, caminhei até a cama, na qual eu tirei a roupa que vestia e a troquei por uma camisola confortável que estava sob o travesseiro. Deitei-me aninhada, abraçando as próprias pernas contra o corpo. E me deixei pensar.

A noite com Miguel havia sido, de fato, maravilhosa. Não havia um único erro, um único deslize, e acho que nunca, em toda a minha vida, havia me sentido tão relaxada na presença de outro ser humano. Nem mesmo com minha mãe ou Ava. Ele fazia com que eu me sentisse confiante. Segura até mesmo para tomar atitudes que anteriormente eu jamais tomaria.

Eu o havia beijado. Eu havia me aproximado dele. O que nos deixava, de certa forma, em pé de igualdade, pois, nos dias que se passaram, era ele quem vinha para mim e era eu quem me entregava, a presa fácil em campo aberto.

Mas os beijos eram apenas uma consequência carnal para o que estava acontecendo comigo — uma mudança na alma.

As neblinas que costumavam me cercar, perseguir-me, começaram a sair de meu caminho. Como se meu mundo estivesse sendo descortinado. Meus olhos se abriam para infinitas possibilidades, e eu olhava para fora, para o Universo, para a vida das pessoas e suas respectivas diferenças, doçuras e amarguras — e não ficava mais focada no olhar para dentro, em minha própria solidão, na essência insubstancial da tristeza que envolve a mente e bloqueia os movimentos, cheia de medo, vapor paralisante, resignada reclusão.

Meus dias, outrora tão iguais, tomavam um rumo cujo final não sabia, antes tão constante e previsível. Era como habitar um trem desgovernado, sem rumo, mas cuja paisagem ao meu redor era colorida e excitante.

Antes, eu não tinha nada de extraordinário. Nenhuma história feliz para contar aos meus filhos no futuro, ou aos netos. Nada substancial. E os dias que se passaram de forma tão cálida quanto uma noite primaveril já me serviam como um prato cheio de sentimentos e imagens inovadoras.

Com a sensação de que o sol agora habitava dentro de mim, iluminando cada fresta com sua felicidade simples e branda, de forma quase utópica, eu adormeci.

Vinte e seis dias

— Você está bonita hoje — disse-me Serafim, quando eu o encontrei deitado em cima de meu divã favorito, na varanda, na manhã do meu aniversário.

— Obrigada. — Eu sorri. — Nem me arrumei ainda... Mas hoje é meu dia, deve ser por isso. Faço 18 anos.

Ele bateu palminhas amigáveis. Levantou-se do divã e foi até mim, parando na minha frente, daquela maneira desconfortável à qual já estava começando a me habituar.

— Vai comemorar? — perguntou-me ele, e eu olhava para cima a fim de encontrar seus olhos.

— Sim, por isso vim até aqui — falei-lhe. — Para te convidar. A festa será em um barzinho, com poucas pessoas, às oito da noite de hoje.

— Finalmente, conhecerei seus amiguinhos?

— Com certeza — respondi, engolindo em seco.

Deveria ter pensado melhor sobre isso. Claro, se ele fosse um primo normal, não haveria problema algum em convidá-lo para uma reunião comigo, com meus amigos e, o mais importante, com Miguel. De qualquer forma, ele era um ser humano como qualquer outro, e garanto que Vlad e Breno adorariam sua bela companhia acompanhada de uma tequila ou duas.

Mesmo assim, o último pensamento não conseguiu me animar, mas o convite já fora feito e seria maleducado retirá-lo.

Certamente, Serafim viu um lampejo de insegurança passar por meus olhos, pois em seguida disse:

— Não vou fazer com que passe vergonha, Bela. Eu prometo. Vou me controlar.

Relaxei com seu comentário. A imagem de seus dedos pairando raivosos sobre a foto no dia anterior brilhava em minha mente como um holofote. Entretanto, se ele me prometia...

— Confio em você — falei-lhe. — Já disse para você que aqui você terá uma nova vida, sem seu passado para te perseguir.

— Quem sabe um dia eu não lhe conto o que aconteceu? — fez ele, pensativamente. — Quem sabe até mesmo hoje?

Como eu não lhe disse nada, ele continuou:
— Bom, de qualquer maneira, tenho que lhe arrumar um presente de aniversário. — Piscou ele para mim. — Não é todo dia que se faz 18 anos.
Não é todo dia que se faz 18 anos.
A ideia pairava sobre minha cabeça como um pensamento pesado, atado ao meu pescoço por uma corrente de ferro.
Realmente, eu não havia parado para pensar no que isso implicava em minha vida. A passagem do tempo — involuntária e impiedosa — havia me tomado, de súbito, quando eu menos esperava. Deitei-me no sofá pálido da sala esbranquiçada, cor de osso, e permaneci ali, os olhos abertos, paralisada.
Tempo, tempo, segundos, minutos, horas, dias, semanas, meses, anos, décadas, séculos, milênios — nomenclaturas criadas pelo homem para diferenciarmos o passado do presente e o presente do futuro. Inutilidade. Apenas a falsa sensação de que controlamos o inevitável — o envelhecimento, a morte, a passagem de gerações.
O que havia de tão especial em uma data de aniversário? Que havíamos, sobretudo, sobrevivido por mais um ano? Viveríamos até o próximo? Estaríamos comemorando o afastamento do dia em que nascemos até seu ápice? Ou celebramos a derrota da morte?
Não, pensei. Não posso me dar ao luxo de entristecer-me. Meus amigos, todos eles, gostariam de me ver feliz.
Ainda deitada, calculei que faltavam cerca de quatro horas para a festinha. Serafim havia saído de casa havia uma ou duas horas sem nenhum pretexto aparente e ainda não havia retornado. Esperava que chegasse logo, pois não queria ir à festa sozinha. Gostaria que me acompanhasse até lá — afinal, ele poderia se perder, pois não conhecia ainda as ruas da zona sul do Rio, e eu não havia dito a ele o endereço de forma precisa.
Como uma resposta aos meus pensamentos, ouvi a porta da frente bater com um estrondo, seguido de um palavrão sussurrado. Levantei-me do sofá o suficiente para ver Serafim entrando sorrateiramente, tencionando chegar até a escada de mármore em silêncio.
— Eu te flagrei!
Ele levantou as mãos para o alto, amaldiçoando a si mesmo. Então, ele se voltou para mim e caminhou até onde eu estava.
— Isso foi inoportuno — concluiu ele, encarando-me de cima.
Espreguicei-me languidamente, então levantei-me em definitivo e perguntei:

— Você estava fugindo de mim?

— De certo modo.

— Por quê? Fez alguma besteira?

Ele fez uma careta.

— Talvez eu tenha arranjado briga com um de seus vizinhos — disse ele, como se fosse a coisa mais normal do mundo.

— E como isso aconteceu? — interroguei, cruzando os braços sobre o peito.

— Estou brincando. Apenas fui embalar seu presente de aniversário, mas me perdi no caminho de volta.

Revirei os olhos e o empurrei com uma das mãos.

— Mentiroso.

Então, ele retirou de seu bolso um pequeno pacote, embrulhado com esmero por um papel de presente vermelho e adornado por uma fitinha dourada de cetim.

— Não precisava, primo! — exclamei e o abracei.

Assim que me separei dele, retirei o papel que envolvia o pacotinho e encontrei ali uma caixa verde aveludada. Olhei em seus olhos, que me incitavam a continuar a exploração, de modo que eu abri a caixa.

Dentro dela, havia um pingente de ouro, como um pequeno medalhão. Peguei-o com delicadeza e o observei em minhas mãos, brilhando como uma pequena estrela amarela, levemente pesado.

— Abra-o — disse ele, ansioso.

Obedecendo ao seu comando, eu o abri. Dentro havia uma frase, talhada sobre o ouro: "O verdadeiro amor é eterno". Havia, também, uma moldura em cada metade do medalhão, como se para segurar uma pequena foto, provavelmente do rosto de um ente amado.

— Isto é lindo! — exclamei. E então, como um raio, lembrei-me de sua atual condição financeira: sem pais, sem casa e, consequentemente, sem dinheiro.

— Você roubou isso? — perguntei.

— Não — falou ele, bruscamente, e percebi que não havia gostado de minha dúvida.

— Era da minha mãe. Quando o peguei, pensei em vendê-lo, mas então vim parar na sua casa. Espero que o receba como símbolo de gratidão. — E ele parou a frase no meio, como se quase tivesse deixado algo escapar. — Além disso, gostaria que permanecesse na família. É de ouro puro.

— Ah, muito obrigada! — exclamei e o abracei novamente, com mais força do que da vez anterior. Desta vez, ele me abraçou de volta, e foi como me perder dentro de outro ser humano, pois eu era muito pequena e ele era muito grande.

Separei-me dele, sorrindo, e — incrível — ele sorriu de volta para mim.

— Você quer conversar em meu quarto? Tenho algum tempo livre antes de me arrumar para a festa.

— Isso é um convite para ver meu corpo nu? — perguntou maliciosamente. Dei um soquinho em seu ombro.

— Nem pensar.

Será que, enfim, tornávamo-nos amigos, agora que sua presença era tolerável?

Lá em cima, Mel dormia sobre o laptop na mesinha de estudos. Peguei-a e a embalei em meu colo, mas ela logo resmungou e pulou, saindo de meu quarto em direção ao corredor.

— Gata mimada — bufei.

Sentei-me no pufe cheio de caveirinhas, enquanto Serafim deitou-se em minha cama, displicentemente. Perguntei-me se ele, em algum momento, sentira-se desconfortável em sua vida.

— Dizem que os gatos puxam ao dono — falou ele.

— Isso é com cachorros.

— Foi o que eu quis dizer.

Ele se levantou e começou a examinar meu quarto. Olhou as frases sobre a cama, retiradas de livros que eu lera anteriormente, e disse:

— Você pensa essas coisas?

— São de livros que eu gosto.

— Seu gosto é excêntrico — comentou ele. Então, leu, com a voz de quem atua em uma peça de teatro: — "E eu rezo uma oração... hei de repeti-la até que minha língua se entorpeça... Catherine Earnshaw, possas tu não encontrar sossego enquanto eu tiver vida! Dizes que te matei, persegue-me então!" — Parou de ler bruscamente e emendou: — Você gosta disso? Pensei que garotas preferissem ler *Crepúsculo*.

— Você se refere à cultura mais popular — respondi, irritada.

Quando Miguel se referia aos meus gostos literários, eu me sentia orgulhosa, mas Serafim fazia com que tudo o que eu fizesse soasse estranho, reprovável conduta.

— Eu prefiro clássicos.

— Entendo — sussurrou ele, virando-se para o outro lado do quarto. — Pseudocult.

Joguei uma almofada nele.

— Pare de ser desprezível. Estava começando a gostar de você.

Ele retesou por um breve instante, como em todas as vezes em que eu me referia a ele com carinho e admiração. Mas foi apenas por um momento, pois ele logo alcançou os porta-retratos e os analisou, um por um. Chegando ao último, cujo vidro de proteção rachara na noite em que eu beijara Miguel ali, ele comentou:

— Você parece ter uma vida feliz.

— São apenas fotos, Serafim. Minha vida é normal.

Então, ele se calou e continuou sua pesquisa por meu ambiente.

— Desculp... — comecei a dizer.

— O que temos aqui? — perguntou ele, sorridente, ao abrir minha gaveta de sutiãs. — Meu tipo favorito. — E Serafim retirou um pequeno, de renda cor-de-rosa, com fitilhos de cetim em seu centro. — Em meninas, é claro.

Fui até ele e tentei pegar o sutiã de suas mãos, à força, e eu sabia que meu rosto deveria estar vermelho — de raiva e de vergonha. Ele desviou de meu golpe, contudo, e eu tentei alcançá-lo uma segunda vez. Pulei em cima dele com tanta força, que caímos sobre a cama. Quando ele estava preso em meus braços, eu retirei o objeto de suas mãos, apenas para me deparar com seu rosto sob o meu, as feições surpresas, o sorriso de lado mais sacana do que nunca.

Eu estava sobre seu corpo, ou melhor, deitada sobre seu corpo. Percebi que estávamos separados apenas por camadas de roupas, e que seu peitoral era largo e forte, delineado. Os braços dele estavam rendidos sob os meus, e minhas mãos seguravam seus pulsos para que ele não saísse de seu lugar.

Foi o tempo de uma batida de coração até que eu me retirasse dali, rubra como uma maçã madura.

— Nunca mais faça isso — anunciei.

— Você pareceu ter gostado do desfecho — riu ele.

— Você é meu primo e deveria se comportar como tal.

Quando ele tornou a falar, havia amargura em sua voz.

— Não estou acostumado a parentes. Perdoe meu gesto, majestade.

— Então, acostume-se — respondi. — Também não sou um exemplo. Não tive irmãos ou primos, pelo menos até você aparecer. E sem nossos pais para nos ensinar, teremos que aprender tudo agora, certo?

Ele pareceu desconfortável, como se ele guardasse algum segredo violento dentro de si. Remexeu-se em minha cama, de modo que parecia que uma abelha acabara de tentar picá-lo.

— Não sei, Bela — falou ele. — Não sei se conseguiria permanecer aqui se tivesse que reaprender algo sobre família.

— Não, não, eu não quis dizer nesse sentido. Podemos ser amigos, mas o principal é que temos o mesmo sangue. Deve haver algo de importante nisso.

— Claro — falou ele, com a voz rouca.

Suspirei. Ele não havia me convencido. Então, subitamente, ele me perguntou:

— Gostaria de ver um filme?

Decidimos assistir a um filme chamado *Encontros Paranormais* após uma breve discussão. Descemos para a sala e nos sentamos no sofá, com um balde de pipoca entre nós e uma garrafa de refrigerante sobre a mesa de centro. Coloquei o filme no DVD e, após intermináveis minutos, quando eu já havia tomado sustos o suficiente para uma vida inteira, o filme acabou com um desfecho brutal. Fiquei paralisada por um instante, assistindo aos créditos, quando Serafim começou a rir.

Olhei para ele, ainda com os olhos arregalados, e percebi que ele ria de mim:

— Pensei que você fosse mais durona, mas você ficou gritando o filme inteiro.

— Você também levou susto. Não é justo — reclamei, cruzando os braços sobre o peito.

— Mas não fiz um escândalo.

— Quem escolheu o filme foi você. Não tem o direito de reclamar de meu comportamento. Teria sido muito melhor assistir a algo do Baz Luhrmann.

— Não seja uma menininha. Minha valiosa dica para assistirmos a um filme pornô foi descartada rapidamente por você. Aposto que teria se divertido muito mais. — E ele piscou para mim com um dos olhos.

— Deixe de ser nojento, Serafim.

Levantei-me e guardei o DVD na caixa, colocando-o em seu local na estante, e falei:

— Não sei por que meus pais compraram esse filme. Eu jamais teria gasto dinheiro com uma coisa dessas.

— Eu admiro o gosto deles. Foi uma história um pouco óbvia, mas com alguns sustos surpreendentes. Mais ainda preferia ter assistido a um filme mais desinibido.

Mostrei-lhe a língua. Retornei ao sofá e coloquei a garrafa vazia de refrigerante dentro do balde de pipoca, assim como os dois copos usados.

— Quer que eu cuide disso? Você precisa se arrumar para a festa — propôs Serafim, com a voz subitamente suave.

Olhei para o relógio sobre a televisão. Faltava menos de uma hora para o encontro.

— Meu Deus! Eu havia me esquecido completamente! Isso é culpa sua. Você me distraiu de minhas responsabilidades.

Ele me mandou um beijo barulhento, ironizando.

— Ok! Pode cuidar disso. Vou me virar lá em cima.

Fui até ele, beijei sua bochecha e, sem ver sua reação, corri ao meu quarto para me arrumar.

Mais rápida do que o The Flash, eu encontrei um vestido branco cheio de cruzes, colado no corpo e curto. Coloquei-o. Sobre ele, vesti uma jaqueta de couro negro. Maquiei-me com uma sombra preta e, quando borrei um pouquinho, estressei-me e fiz tudo novamente. Sempre com os olhos no relógio, eu coloquei um par de longas botas em meus pés, que iam até os joelhos. Peguei os cigarros, o isqueiro, a carteira e o celular, e os guardei dentro dos bolsos do casaco, com meu RG — agora oficialmente utilizável, sem necessidade de usar o meu falso.

Olhei-me no espelho, enquanto penteava os cabelos, deixando-os soltos. Lisos, eles quase alcançavam minha cintura. Sorri para mim mesma, satisfeita, quando um pensamento perpassou minha mente: *Será que Miguel aprovaria minha aparência?*.

Antes que o pensamento me tornasse insegura o suficiente para me fazer trocar a roupa, que havia demorado — e olhei novamente o relógio — trinta minutos para compor, eu me movi, pus ração e água nos pratinhos de Mel e desci, para encontrar um Serafim sentado no sofá, fumando um cigarro, olhando o nada pensativamente.

— Oi — falei-lhe. — Estou pronta.

Lentamente, ele se virou para mim. Havia a ausência daquele olhar que me deixava nua, como se agora eu realmente enxergasse seus olhos verdes de uva. Ele se pôs de pé lentamente, caminhando até mim, para então dizer:

— Você parece punk. — E tragou o cigarro.

— Sou punk.

— Não, não é.

— Qual é? Sou uma roqueira inveterada.

— Vamos? — perguntou ele pomposamente, levantando seu braço para que eu pudesse enroscar o meu ao dele.

— Sim, senhor.

Ele me levou até sua moto brilhantemente preta e me colocou ali, dando-me seu capacete. Agradeci e lhe dei as direções exatas até o bar. Ele assentiu e fomos voando até nosso destino, leves como o próprio ar.

Perguntei-me se a vida poderia ser sempre tão pacificamente adorável como havia sido nos últimos dias. E, como não havia resposta, apenas desejei que o aroma de meus pensamentos continuasse cor-de-rosa. Ou melhor, azul cor de menta.

Quando chegamos ao bar, via-se que já havia certo tumulto. Pessoas com aparência, como disse Serafim, "punk", cercavam o local, fumando do lado de fora, um ou outro com uma garrafa de cerveja na mão ou um copo contendo algum drinque colorido.

— É, é definitivamente aqui — falei, sorrindo, saindo da moto e retirando o capacete em seguida.

Mas era daquele lugar que eu gostava: da fachada decaída, com o desenho de uma mulher feito com luzes em neon — meio apagado e desgastado, piscando em alguns pontos. Gostava das portas que imitavam as dos os bares de filmes de faroeste, cuja tinta estava descascada pelo tempo e uso. Também adorava seu nome, talhado na madeira, iluminado por luminárias que lembravam lamparinas à nafta: Big Joe's.

Entrei, puxando Serafim pela manga de sua blusa a fim de não nos perdermos na multidão que floreava a entrada do local. O interior também me fazia feliz: ali era menos apertado do que na fachada, pois as pessoas se sentavam em mesas redondas de madeira organizadamente, rentes à parede. Alguns clientes estavam dançando na pista localizada no centro do local, mas poucos, porque a noite estava apenas começando. Também havia gente no balcão do bar, no qual um bartender, com roupas que lembravam sadomasoquismo, servia bebidas coloridas. A música estava alta, mas ainda era possível conversar sem gritar.

No fundo, eu visualizei, através da iluminação difusa, os cabelos vermelhos como sangue de Ava Cristina.

Corri até o local, ainda guiando Serafim.

— Olá! — falei, sorridente.

Estavam todos sentados à última mesa, no canto do bar. Ava bebia um café que esfumaçava e estava trajando um vestido esvoaçante da mesma cor de seus cabelos, contrastando com a pele pálida. Ao seu lado, Vlad sorrira para mim, timidamente — ainda não estava bêbado, e em sua cabeça havia um gorro cinza, que o deixava parecido com um gnomo comprido. Breno, que já bebia uma cerveja, piscara para mim.

Miguel ainda não havia chegado, percebi com um aperto no peito. Será que ele viria?

Percebi, então, que sua ausência dentro de mim, quando estávamos afastados, era como uma ferida necrosada: insensível ao toque, mas fixa, sempre ali, exposta aos meus sentidos, perigosa e pronta para abater todo o meu ser em uma infecção psicológica.

— Relaxa, Isa. Ele foi comprar uma bebida lá na frente e já volta — disse Ava, percebendo a angústia em mim.

Senti o coração desinchar instantaneamente. Sentei-me e Serafim seguiu meu movimento.

— Querida, quem é esse com você? — perguntou Vlad ao finalmente perceber Serafim, cruzando as pernas.

Serafim retorceu o nariz.

— É meu primo, Serafim. — E apresentei a ele cada um de meus amigos.

— Então, como exatamente você apareceu na vida de Isa? — perguntou Vlad, inclinando-se para Serafim.

— Tive uns problemas — falou ele. — E ela foi gentil o suficiente para me abrigar na casa dela.

— Problemas? O que você fez? — explorou Vlad.

— Eu matei um homem.

— Que horror! — falou Breno, levando a mão ao rosto.

Vlad ficou boquiaberto, a boca rosada em um "O".

Revirei os olhos.

— Ele não matou ninguém, meninos. Está brincando com a cara de vocês.

Olhei para Serafim e ele sorriu de volta para mim, como se partilhássemos de uma compreensão mútua.

Ava soltou um suspiro pesado e assumiu uma posição tensa.

— Ali vem ele — falou ela.

— Desculpe-me, pessoal. A fila estava uma loucura... — começou uma voz que eu já conhecia, dançando até meus ouvidos e pairando sobre minha mente, bagunçando meus pensamentos.

Virei meu rosto para ver Miguel e seus cabelos azuis e olhos de chocolate, com uma garrafa de champanhe em sua mão e cinco taças entre seus dedos. Instantaneamente, ele sorriu para mim. Vestia uma camiseta do The Cure e calças claras, o que o deixava lindo, das cores de um céu de verão — azul e branco. Deixou a taça e os copos sobre a mesa e se sentou na cadeira vaga ao meu lado.

— Feliz aniversário — falou ele, sorrindo, passando a mão por meu rosto.

Sorri para ele de volta, o mais abertamente que poderia, mas nenhum sorriso conseguiria expressar a felicidade que sentia em vê-lo. Dessa forma, aproximei-me de seu rosto e o beijei, delicada e rapidamente, para não deixar os outros desconfortados.

— Hummmm — fez Vlad. — Não vão começar a se beijar desesperadamente, vão? — perguntou ele.

Sorri para baixo e enrubesci, ao mesmo tempo em que Miguel dizia:

— Não, deixaremos para mais tarde.

Então, lembrei-me das boas maneiras.

— Miguel, este é meu primo, Serafim. Serafim, este é Miguel.

— Prazer — falou Miguel, sorrindo e estendendo a mão para meu primo.

Os olhos de Serafim estavam mais claros do que eu já os havia visto, próximos do amarelo, e, quando ele apertou a mão de Miguel, pude ver os nós de seus dedos ficarem brancos. Miguel franziu o cenho, mas não disse nada.

— Vamos beber, então! — anunciou Vlad, do jeito que sempre fazia. Antes que abrisse a champanhe, porém, Ava interveio:

— Esperem! Devemos cantar parabéns antes, não?

— Não precisa — comecei a dizer, mas, antes que concluísse, a mesa reverberou com a música e eu escondi meu rosto entre as mãos.

Quando terminaram, bateram palmas e Breno se levantou, dizendo:

— Abraço coletivo!

Então, eu me vi cercada pelos meus amigos, em um amontoado de braços e beijos, com exceção de Serafim e Miguel, que permaneceram em seus lugares.

Miguel abriu a champanhe, cuja rolha voou até o teto com a pressão e retornou, batendo na cabeça de Ava, que gemeu. Enquanto isso, o líquido espumava pela garrafa, caindo com lentidão. Tive de me afastar da mesa rapidamente, arrastando a cadeira no chão, pois a bebida se espalhara e vazava pelas bordas, molhando o piso de madeira. Rimos da bagunça.

— Falta um copo — anunciei, ao contar apenas cinco taças e, em seguida, olhar para um subitamente mal-humorado Serafim.

— Não precisamos de copos — falou Vlad, levando a garrafa até os lábios.

— Ah, não! — exclamei.

— Não reclame e beba — respondeu ele, quase enfiando a champanhe em minha garganta.

— Ok! Ok! Tenha calma! — E eu engoli o líquido em largos goles.

— Quais são seus planos para o futuro, Isa? — perguntou Breno. — Agora você está livre para fazer praticamente o que quiser.

— Pretendo viver cada dia — suspirei.

— Como se fosse o último, espero — falou Miguel.

— Talvez — respondi, olhando em seus olhos.

— Isso não é hora para pensar em futuro — resmungou Vlad. — É hora de perdermos a linha.

— Precisamente, meu camarada — disse Ava, levando a bebida aos lábios.

Eu e Vlad a aplaudimos.

— Isso aí, Ava! Acho que agora estamos te levando para o mau caminho — comentei.

— Coitada da menina, Isa — falou Miguel. — Mas como não resistir à sua influência?

— Que coisa melosa — falou Vlad. — E você? Não acha?

A pergunta foi direcionada para Serafim, que não havia dito mais nada desde que Miguel havia chegado.

— Eu? — perguntou ele, debilmente.

— Você não acha isso meloso?

O rosto de Serafim foi contorcido em uma careta indecifrável. Então, ele disse:

— Não tenho uma opinião formada.

— Como não?

— Bela não havia me dito que havia um cara.

O silêncio pairou no ar por um momento interminável.

Apenas eu percebi a tensão no corpo de Ava, que olhava de Serafim para Miguel e, então, para mim, preocupada. Vlad estava com as faces paralisadas, o que era incrível, e Breno encarava Serafim, em choque. Não havia coragem em mim o suficiente para olhar a reação de Miguel.

— Não lhe disse? Devo ter esquecido.

— Esquecido? — perguntou-me Miguel, e havia uma mágoa mascarada em seu tom de voz. Bem, talvez nem tão mascarada.

— Vocês estão me confundindo — estressei-me.

— Não estou entendendo mais nada — falou Miguel. — Onde você o conheceu, afinal?

Resumi a história para todos que estavam à mesa. A ligação de Serafim há poucos dias, o pedido para abrigo e eu lhe cedendo um canto da casa. Não se fazia necessário revelar seu problema com os pais ou nossos momentos juntos. Ele era meu primo – que mal havia nisso? Era apenas uma relação trivial, certo?

Miguel pareceu relaxar um pouco, o que me incomodou. Tive a sensação de que, se lhe contasse sobre nossa amizade, ele teria uma resposta mais tensa.

— Então, não houve tempo — comentou ele. — Compreensível.

— Não houve tempo — disse Serafim secamente.

— O tempo é tão trapaceiro, não? — falei nervosamente. — Tão rápido quando menos esperamos, lento quando mais precisamos de rapidez.

Serafim, então, retirou a garrafa das mãos paralisadas de Ava, que eram quase garras finas contra o vidro, e bebeu o conteúdo a largos goles. Tomando isso como um convite à paz, a mesa retomou a conversa, com exceção de mim e Ava, que observávamos os braços retesados de Serafim, enquanto ele sorvia o líquido, talvez um pouco rápido demais.

Três garrafas depois, eu me vi dançando com Miguel no centro do bar, no espaço aberto onde, àquela hora da noite, várias pessoas já tinham a coragem de estar — todas certamente embriagadas.

Assim como eu.

A música penetrava em meus ouvidos, mas eu já não conseguia compreender sua harmonia. As luzes não passavam de borrões, e meus pés se sustentavam apenas apoiados nas notas musicais.

Miguel puxou-me para ele, ficando atrás de mim, os braços ao meu redor, atados à minha barriga. Eu colei meu corpo ao dele, deslizando no ar como uma cobra, enquanto ele explorava minha pele.

De súbito, ele segurou ambos os meus braços e me virou, bruscamente, e eu estava frente a frente com ele. Eu o olhei em seus olhos, sóbria por um instante. Ele me olhava com a íris quase negra de desejo, que desta vez não estava refreado. O calor que exalava de sua carne era passado para a minha, aquecendo meu coração, libertando-o de sua gaiola. E agora ele batia suas asas na mesma velocidade em que um beija-flor bate as dele, infinitamente, e eu tinha a sensação de que, assim como um beija-flor, se meu coração cessasse sua rapidez, voltando ao seu estado natural, eu morreria, pois eu o amava com a mesma força com que um ser vivo ama a vida, e suas infinitas possibilidades, felicidades e tristezas. Como um senso de proteção por mim mesma, eu o amava — minha muralha impenetrável, meu guerreiro de espada desembainhada, sempre pronto para uma batalha, mantendo-me sempre salva de meus próprios medos mortais.

A música agora não passava de uma batida ritmada em meus ouvidos, ensurdecendo-me levemente — haviam aumentado sua altura conforme a noite ficava cada vez mais negra e mais profunda.

Eu entrei em Miguel através de seus olhos. Senti sua alma desejando a minha, com a fome de um leão que avista a presa e a mantém por perto, mas que não havia consumado seu desejo.

Ele me beijou, e eu desvaneci em seus braços da mesma forma com que a neve derrete sobre a grama: lentamente, sem pressa, obedecendo às regras da natureza, sem questionar. Tímida, entregue, uma contradição gelidamente quente — o inverno sendo substituído pela primavera.

Dançamos por um tempo infinitamente finito, até que pensei que, por fim, minhas pernas haviam se cansado tremendamente. Não poderia suportar nem mais dois segundos em pé.

Afastei-me dele, meio trôpega, e, sem dar explicações, voltei à mesa em que Serafim e Ava estavam, pois Breno e Vladimir já haviam se dirigido à pista de dança. No caminho, pensei ter visto os dois meninos se beijando, mas era difícil dizer, pois minha cabeça rodava e toda a cena em minha mente era um desastre de cores e movimentos.

Joguei-me sobre a cadeira e olhei para Ava.

— Você está bem? — perguntou-me ela.

— Não muito — respondi.

— Quer um copo d'água? — questionou ela.

A pergunta passou por meus ouvidos sem que eu a compreendesse, pois eu olhava para Serafim fixamente e não podia me concentrar em mais de uma coisa naquele momento.

Ele estava parado. Seus olhos amarelos me fitavam, sua boca formando um sorriso amargo, a sobrancelha arqueada em ironia.

— O que há com você?

— Comigo? — E riu sarcasticamente.

— É. Você está chateado com alguma coisa.

Subitamente, ele explodiu e socou a mesa com brutalidade estrondosa, fazendo com que uma das garrafas vazias caísse no chão e se espalhasse em perigosos mil pedacinhos brilhantes ao nosso redor. Algumas pessoas aplaudiram, rindo, achando que a garrafa quebrada se tratasse da arte de um embriagado. Outras perceberam a tensão e se puseram a observar. Eu apenas queria me esconder, com os olhos arregalados, o coração agora acelerado de medo irracional.

— O que você acha, Bela?! — gritou ele.

Ava congelara ao meu lado, sussurrando:

— Eu sabia.

Na mesma hora, Miguel se aproximou e, menos bêbado do que eu, perguntou:

— Alguma coisa acontecendo aqui?

Quando viu minha posição, recolhida como uma gata assustada, e Serafim bufando com a mão fechada em punho sobre a mesa, ele me perguntou carinhosamente:

— Ele fez alguma coisa com você, Isa?

Balancei a cabeça em negativo, sem voz para falar.

— Não estaria tão preocupado com ela — falou Serafim, e percebi que ele estava muito mais alcoolizado do que todos nós.

— É? — perguntou Miguel desafiadoramente. — E com quem estaria?

Antes que um de nós tomasse qualquer atitude, no tempo de uma respiração, Serafim se levantou da mesa e a derrubou, e logo depois levou a mão ainda fechada ao rosto de Miguel, que quase caiu no chão devido à violência do golpe, dando três passos para trás.

Eu gritei com todas as forças de meus pulmões.

Nesse momento, a música havia parado.

Miguel levantou-se, erguendo-se com orgulho. Sangue escorria de seu nariz. Deus, era tanto sangue! Nos filmes nunca havia tanto sangue assim. Inundava sua camiseta e a parte mais baixa de seu rosto. Tudo era, de repente, vermelho.

Então, ele desfechou outro soco na face de Serafim, que caiu sobre a cadeira em que estava sentado anteriormente, mas esta não sustentou seu peso e logo ele tombou sobre o chão, duas pernas da cadeira quebrando, separando-se do móvel. Ele espatifou-se sobre os cacos da garrafa, e logo seu braço e a lateral de seu corpo estavam cobertos de estilhaços de vidro, sangrando carmesim.

— Não! — gritei, enquanto Serafim começava a se levantar e Miguel pegava uma das pernas quebradas da cadeira. — Parem!

Ambos me olharam, vorazes como nunca os havia visto, sangue em suas peles, manchando o tecido de suas roupas.

Antes que qualquer outra coisa acontecesse, tudo se tornou fosco aos meus olhos e eu caí em profunda e pacífica negritude.

Vinte e cinco dias

Abri os olhos.
Claridade e mais claridade, cegando-me lentamente, queimando minha visão, enfumaçando meus pensamentos com luz e palidez.
Ao fundo, vermelho, contrastando.
Sangue?
Sangue.
Sangue em Miguel.
Sangue em Serafim.
Sangue dentro de mim, escorrendo lento.
Amaldiçoado.
— Isa? — uma voz penetrou em meus ouvidos, mas era como se eu houvesse mergulhado em uma piscina de luz molhada, e eu ouvia mal e mal.
Precisei piscar algumas vezes até perceber que o vermelho era, na verdade, o cabelo de Ava. De súbito, sentei-me. Poderia ter gritado, mas precisei buscar ar, pois era como se eu estivesse emergindo novamente à superfície.
— Calma, calma, calma — disse ela.
— O que aconteceu? Onde eu estou?
— Você está na sua sala. Fique relaxada, está tudo bem...
Olhei ao meu redor e percebi que a claridade vinha de um dia nublado, quase prateado, penetrando a casa branca e esquálida, inundando o recinto com luz, e os cabelos e o vestido de Ava eram as cores mais fortes do ambiente.
— Onde eles estão? — Tencionei me levantar, mas minhas pernas estavam bambas e caí novamente em meu sofá.
Ava sabia exatamente sobre o que eu estava falando.
— Expulsei Miguel e Serafim depois que eles a trouxeram para casa. Você veio no carro de Miguel, que eu dirigi, é claro, pois apenas eu estava sóbria. E seu primo adorável nos seguiu na moto e não sei como chegou até aqui sem nenhum acidente, o que pode ser considerado um evento infeliz.

— Eles estão bem? — perguntei.
Ava suspirou e segurou minha mão, entrelaçando meus dedos nos dela.
— Não me preocuparia com eles agora, Isa. Você é quem desmaiou, e não sei até agora se foi coma alcoólico ou se foi um choque.
— Provavelmente, os dois — sussurrei, aninhando-me no sofá. Percebi que alguém havia retirado as botas de meus pés para que eu ficasse mais confortável.
— Pensei em te levar ao hospital, mas pensei que você não gostaria disso, então...
Sorri para ela.
— Obrigada, mas não precisava mesmo.
— Ah! Você dormiu por umas oito horas.
Arqueei as sobrancelhas.
— Você me esperou aqui por todo esse tempo acordada?
— Bem, eu tive uma ajuda... — começou ela.
— Ela acordou? — Veio uma voz da cozinha.
— Quem está aí? — eu quis saber.
— Acordou sim. Venha cá — chamou Ava.
— Pensou que realmente te abandonaríamos? — perguntou-me Breno, com duas xícaras em suas mãos. Pegou uma para si e entregou outra para mim. Sorvi o líquido. Desceu prazerosamente por meu corpo, quente e açucarado — chá de erva-doce. Agradeci a ele, que deu uma piscadela em resposta.
— Onde está Vlad? — eu quis saber.
— Você o conhece — disse Breno. — Quando viu a confusão, fugiu para casa. Ele só se importa consigo mesmo.
— Não posso discordar — respondi, bebericando o chá. — Não temos culpa por gostarmos dele mesmo assim.
— Mas que festa, hein! — suspirou Breno.
Ava direcionou um olhar pesado para ele, que se assemelhava a um tapa.
— Poderia ter sido pior — falei.
— Não sei como — duvidou Breno.
— Alguém poderia ter morrido.
— Credo, Isa! — fez ele.
Ava revirou os olhos, como costumava fazer quando eu dizia uma besteira.
— Na verdade, seria bom se eu tivesse morrido. Não aguento mais ter problemas.

— Falou a garota que estava feliz até que a briga acontecesse — discordou Ava.

— É, mas eu me sinto...
— Confusa? — perguntou Ava.
— Apaixonada? — questionou Breno.
— Perdida — respondi.

Eles se entreolharam da forma que duas pessoas se olham quando uma terceira começa a agir fora dos padrões — como um louco.

— Não, não façam esse olhar! — protestei. — Conheço essa troca de olhares. Eu não estou maluca. Não, eu não estou, definitivamente. Não queiram se tornar, subitamente, meus pais. Graças a Deus eles estão longe e eu não posso falar com eles. Não sabem o quanto ansiei por isso, por essa paz. Não quero mal a eles, quero apenas um tempo... Sem ninguém para me julgar e me jogar em um psicólogo ou psiquiatra para só então me considerar perfeita, mascarando a verdade. Finalmente, estou sem tomar medicações e posso pensar por mim mesma. E, se estou me sentindo dessa forma, é porque sou humana, acima de tudo, e não um ser vivo sem sentimentos. Qualquer um fica triste. E olhem o que acabou de acontecer comigo! Semana passada nada disso teria passado pela minha mente... Mas aqui estou eu, e amo Miguel, e Serafim é meu primo, e dessa forma, eu gosto dele como devo gostar de um familiar, um amigo... Meu azar foi que eles não se deram bem, nem um pouco, o que me deixa bem ferrada...

— Espere aí, Isa — interrompeu Breno, um sorrisinho em seus lábios. — Você disse que ama Miguel?

— Sim, eu o amo — admiti.

— Isso não é muito repentino? — perguntou-me Ava, preocupada.

— Não — disse eu. — Minha alma e a dele são iguais. Ele sente o que eu sinto e ele quer o meu bem. E por isso eu o amo.

— Isso me soou melodramático — falou Bruno com menosprezo.

— Quando você sentir o mesmo que eu, saberá que não o é – irritei-me.

— Tudo bem, querida. Você o ama hoje, agora — disse Ava. — Sem se importar com o amanhã. Mas, Isabela, será que isso durará? Pode ser uma paixonite.

— Não me importo. Não posso me dar ao luxo de pensar sobre isso, ou vou realmente enlouquecer. Se cogitar o fim de algo que apenas começou...

Ava afagou meu ombro e Breno sentou-se ao meu lado, abraçando-me. Acendeu um cigarro, entregando-me outro, mesmo contra as recomendações de Ava. Traguei com prazer — há quanto tempo eu não fumava? Deus! Quase dois milênios atrás.

— Amor — disse Breno, pondo ênfase na palavra. — Amor. Não tenho a menor ideia do que seja isso: conheço apenas a paixão.

— Pois é, querido. Falando nisso, tive a impressão de que ontem eu poderia ter jurado que você e Vlad meio que... — E soltei um beijo estalado em sua direção.

— O quê? — perguntou Ava, começando a rir.

— Não sei do que você está falando — retrucou Breno, mas, pelo seu tom de voz e pelo rubor de suas bochechas, ele se entregou.

— Você o beijou! Beijou sim! — exclamei.

Estávamos rindo quando ouvimos a porta da frente bater, e então um sinistro silêncio nos envolveu, como fumaça tóxica, e um calafrio desceu por minha espinha. Meu coração acelerou de ansiedade. Quem poderia ter entrado?

Os cabelos negros estavam despenteados como os de um homem insano. Usava a roupa da noite anterior, ainda manchada de vermelho, e em seu rosto havia um hematoma. Ele não estava mais bêbado. Era perceptível pelo modo como Serafim andava. Havia um cigarro em sua mão.

— Agora posso entrar? — perguntou ele, a voz cansada e rouca. Seus olhos miravam o chão. Ainda não havia me visto.

— Seria melhor se você nunca mais voltasse — rosnou Ava.

— Não fale por Isabela — rebateu ele com ferocidade.

— Estou bem aqui! Parem com esta discussão! — reclamei.

Então, ele me olhou. Os olhos verdes de uva em seu tom original, sem o ódio amarelado que apodrecia seu interior. Ele deu três passos em minha direção, mas Ava rapidamente se interpôs entre nós.

— Você está bem, Bela? — perguntou ele, por cima do ombro de Ava. Sua voz expressava preocupação.

Eu assenti.

— Ava, dê licença para que eu possa vê-lo.

Ele abriu seu sorriso sarcástico para ela, que bufou, deu de ombros e se direcionou até a porta da frente. Breno logo descansou a xícara de chá sobre a mesa e correu ao encalço de Ava, que disse:

— Não consigo ficar no mesmo ambiente que este garoto. Estarei na minha casa. Ligue-me quando tudo se acalmar.

Fiz o sinal de ok com as mãos.

— Tchau, Isa — despediu-se Breno.

Mandei-lhe um beijo.

A porta bateu estrondosamente, deixando-me sozinha com Serafim. Ele começou a se aproximar, decidido.

— Nem mais um passo — falei.

— Mas eu pensei...

Antes que ele concluísse a frase, com todo o ódio do mundo esquentando minhas veias e com certeza fazendo com que eu ruborizasse e adquirisse a força do Hulk, mirei a xícara com líquido quente que estava em minhas mãos e taquei em sua direção.

Passou a dois centímetros de distância da cabeça dele, caindo com um crash na estante perto da televisão, sujando o tapete de minha mãe com os cacos.

— Errei — disse eu. — Droga!

— Bela, eu... — começou ele, o rosto em uma expressão de dolorosa surpresa.

Então, eu me levantei e fui até ele, quase correndo, a fraqueza de meu corpo evaporando e sendo substituída por uma raiva frustrada, poderosamente envenenada, que transformava meu sangue em fogo.

Comecei a socá-lo, em seu ombro e em seu peitoral, mas ele não reagiu. Como se ele quisesse sentir aquilo, como se aqueles socos lhe dessem prazer de alguma forma masoquista.

— Como você pôde fazer isso comigo?! — gritei, enquanto batia em seu corpo, mesmo sobre os machucados. Ele não fazia nada, apenas permanecia parado, quase que santificado.

Então, de súbito, ele segurou meu pulso com força, quase me machucando. Eu o olhei nos olhos, lágrimas furiosas começaram a descer dos meus.

— Idiota. Fui uma idiota por deixar você vir morar aqui.

Serafim perguntou, lenta e calmamente, com a voz rouca:

— Quer que eu vá embora?

Libertei-me de seu aperto, que afrouxara na expectativa contida na pergunta, e lhe dei um tapa no rosto. O lado que não possuía um hematoma arroxeado logo ficou vermelho com a marca de meus dedos. Ele apenas mordeu o lábio inferior com a dor e então tornou a conectar seus olhos aos meus.

— Mas é claro que não quero que você vá embora.

Ele suspirou, aliviado.

— Você é dele, Isabela.

— Sim. E daí?

— Você será minha.

— Não diria tanto. Você quebrou sua promessa, Serafim. Você fez com que passasse vergonha. Deus, por que você fez isso? Você não pode me amar... Você não ama! Você apenas aparece, consome tudo o que pode, destrói tudo o que há de belo ao seu redor e vai embora! Aposto que decepcionou seus pais da pior maneira possível, até que ninguém mais te aguentasse, e então se mandou, pois não poderia retirar mais nada de bom dali, com tudo caindo aos pedaços como estava!

Até eu, na raiva, percebi que havia pegado pesado demais. Afastei-me dele bruscamente, com a minha boca entreaberta, como se não acreditasse nas palavras que eu mesma havia proferido. Meu coração estava acelerado na adrenalina do momento, mas agora se emudecia pela tristeza que crescia naquela sala.

Seus olhos se fecharam em dor. Então, ele levou as mãos à cabeça, pensativo, como se sua mente operasse desgovernadamente. Virou-se de costas para mim.

— Você não sabe o que aconteceu — falou ele. — Deve saber agora. Sente-se, é uma longa história.

Sentei-me, assim como ele comandara, ansiosa na expectativa de, enfim, descobrir seus mistérios.

Ele acendeu um novo cigarro, pois o outro que ele fumava havia caído no chão quando eu bati nele. Percebi que seus ferimentos sangravam levemente devido à agressão e, por um momento, eu pensei em ajudá-lo, mas a forma como ele me olhava mantinha-me presa ao sofá, como se eu estivesse amarrada por cordas imaginárias.

Serafim continuava de pé, com aquela aparência enlouquecida. Deu uns bons tragos em seu cigarro e então:

— Desde pequeno eu nunca fui o tipo quieto, obediente, ou mesmo simpático — começou ele, a voz pesada e arrastada. — Tinha a figura de valentão, e sempre que alguém se aproximava de mim, eu logo suspeitava, pois não estava acostumado a amizades. Dessa forma, esse ser infeliz se afastava, o que me fazia acreditar cada vez mais em amigos imaginários. — Ele riu amargamente. — Tirando minha solidão, minha infância transcorreu de modo completamente normal: eu possuía uma vida extraordinariamente comum, talvez um pouco luxuosa, e meus pais eram o típico exemplo de um casal de classe média-alta. Tínhamos uma casa bonita, ainda maior do que a sua, no Rio Grande do Sul. Eu estudava em um colégio interno no

Rio de Janeiro, então só podia visitar meus pais durante as férias de final de ano. Minha mãe sempre era adorável, lia histórias para mim antes de dormir, e meu pai sempre me comprava os melhores brinquedos e me levava para parques de diversão, ao cinema, entre outras formas de entretenimento, e eu era feliz com minha vida, contente por ser tão amado pelos meus pais. Isso compensava toda a solidão do ano letivo. Os problemas começaram quando eu fiz 17 anos e fui passar o Natal no Rio Grande do Sul.

Então, Serafim suspirou, e seu olhar, que estava a uma galáxia de distância, fixou-se em mim, meio de lado, como se ele bisbilhotasse meu comportamento, curioso pela minha reação.

Sorri para ele, encorajando-o a continuar.

— Percebi que alguma coisa estava diferente quando foi o motorista quem me buscou no aeroporto, e não meus pais. Quando lhe perguntei se havia algo de errado, meio desapontado pela ausência da minha mãe, Valentina, e de meu pai, Felipe, ele apenas me disse, talvez um tanto nervoso, que era impressão minha, que estava tudo bem.

— Quando cheguei lá, entretanto, percebi que apenas o motorista se lembrara de minha chegada. Valentina estava esparramada no sofá, com um robe de seda e uma garrafa de vinho nas mãos, e segurava-a da mesma forma que uma freira segura um terço, como se rezasse com ela uma oração, depositando ali toda a sua fé. Foi uma das coisas mais asquerosas que eu já havia visto. Perguntei-lhe onde estava meu pai. Ela se sobressaltou com minha aparição e me disse: "Não sabia que chegava hoje, filho". "Deu para perceber", respondi. Então, retornou àquela sua prece doentia.

— Subi as escadas em busca de meu pai, mas tudo o que encontrei em seu escritório foi uma bagunça de papéis e mais papéis sobre a mesa, e nas poltronas havia algumas garrafas de bebida alcoólica, todas vazias, e cinzas de cigarro, como se ali houvesse ocorrido uma festa.

— Continuei a procurá-lo, até que o vi na varanda, com o telefone na mão, falando com uma amante, pelo que pude concluir a partir de suas palavras perturbadoramente pervertidas. Eu toquei seu ombro e ele ficou surpreso com minha presença. Desligou o telefone. Abraçou-me e disse que estava com saudades. Perguntei o que diabos havia acontecido com aquela família, e ele disse simplesmente que não sabia em absoluto sobre o que eu estava falando. Devido ao meu temperamento estourado, tivemos uma discussão, a primeira de muitas durante todo aquele mês de dezembro.

— Percebi, com o passar dos dias, que um padrão havia sido estabelecido: meu pai trazia amantes e amigos de péssima índole para a nossa casa tarde da noite, quando pensava que minha mãe estava dormindo, e ia para um canto remoto da casa, acreditando que, dessa forma, Valentina não perceberia nada. Mas eu estava lá com ela nesses momentos, tentando impedi-la de beber, sem muito sucesso.

— Certa vez, ela me confessou, chorando, o que havia acontecido enquanto eu estava fora. Disse-me que ela descobrira uma amante por meio de mensagens de texto no celular do meu pai. Eles tiveram uma briga que culminou em um tapa no rosto de minha mãe. A partir desse dia, como se toda a vida perfeita que tínhamos não passasse de uma fachada para que meu pai mantivesse uma boa imagem em seu trabalho, pois com a família sua fama já era a verdadeira (por isso meu pai e o seu, Bela, não se davam bem), passou a mostrar sua face real. Tudo era mantido em segredo, ou assim eles pensavam, mas os criados comentavam entre si, e logo todos nas proximidades sabiam o que se passava na mansão Garbocci e no coração de sua família destruída.

— Na noite de Natal, quando nós três nos reunimos hipocritamente à mesa para a ceia a mando de meu pai, minha mãe estava tremendo tanto pelo alcoolismo, que derramou vinho na toalha de mesa, que era feita de algum material caro. Aquilo irritou tanto meu pai, que novamente eles brigaram, e ele a xingou de nomes abomináveis, que não ouso lhe contar.

— Tomei a defesa da minha pobre mãe, e meu pai e eu começamos a discutir. Disse-lhe tudo o que pensava sobre suas noites de jogatina, e ele ficou tão chateado comigo, que começou a jogar toda a ceia de Natal no chão. Minha mãe, acuada, chorava silenciosamente, encolhida e frágil em sua cadeira, menor do que jamais poderia ter imaginado que ela seria. Eu estava tão sem paciência com aquele homem, que apenas pela genética eu ousava chamar de pai, que iniciei com ele uma briga física da qual não me orgulho. Ele revidou, mas estava tão bêbado, que não conseguiu resistir por muito tempo. Acabei quebrando três de suas costelas e seu nariz.

— Nesse momento, os criados apareceram e me seguraram para que mais danos não fossem causados. A governanta levou minha mãe para o quarto dela, enquanto o mordomo me segurava pelos braços e o motorista cuidava dos ferimentos do meu pai. Acho que, apesar de tudo, eles gostaram de minha reação, pois no dia seguinte me cumprimentaram com sorrisos secretos, como se me parabenizassem por ter tomado um ato que desejavam poder ter o direito de cometer.

— Entretanto, a felicidade durou pouco. Na noite do dia 25, meu pai enviou-me a uma clínica, onde passei onze meses preso, sem contato com o mundo exterior, sendo tratado como um louco, tomando remédios e injeções. Eles me consideravam perigoso e tinham necessidade de acalmar a fera.

A essa altura da narrativa, eu estava tão chocada e tão envolvida na história, que me esqueci de toda a raiva que sentia de Serafim naquele dia e comecei a me levantar com o intuito de afagá-lo, ou mesmo abraçá-lo, como se isso pudesse, de alguma maneira, abafar, pelo menos momentaneamente, as feridas de seu passado.

Contudo, ele se mostrou imperativo e me mandou sentar novamente, pois não havia acabado de contar-me os fatos. E eu obedeci, com um aperto no peito e uma angústia crescente que me sufocava a garganta.

— Quando eu finalmente pude retornar, com meus estudos incompletos, aliviado por meus meses de terror terem se findado, eu apenas coloquei os pés novamente naquela casa para descobrir que minha mãe havia cometido suicídio, dando um tiro na própria têmpora com a pistola do meu pai, havia menos de um mês. Pelo menos foi o que meu pai me disse, quando eu o encontrei.

— E meu pai? Quando voltei, ele estava mais no fim da linha do que nunca. Estava tão alcoolizado, que nem me reconheceu, e disse-me, da mesma forma como que deve ter dito a muitos estranhos, que a casa havia sido hipotecada e seria vendida em um leilão, e que não havia mais criado algum ali. Todos haviam ido embora, uma vez que não havia condições financeiras para se pagar seus salários. Logo depois, contou-me sobre minha mãe. Então, eu reagi e sacudi sua cabeça, gritando em um pedido desesperado para que me reconhecesse. E quando o fez: "Serafim? Meu filho? Eu me livrei dele há um ano. Deve ter morrido naquele inferno em que o coloquei, e não me importo. Se é um fantasma que veio me buscar, leve-me logo, pois não aguento mais um minuto nesta vida…".

– Pensei tentadoramente em realmente matá-lo, pois estava tão frágil em minhas mãos… Mas aquele homem, que já não representava mais nada para mim, merecia algo pior do que a morte. Deixei-o lá para apodrecer e passei algumas semanas pingando de motel em motel, cada um pior do que o outro, com o dinheiro que havia encontrado em uma caixa que outrora pertencera à minha mãe. Quando pensei que seria engolido e esquecido pela vida, lembrei-me do restante da família, ou seja, de meus tios. Achei o número de telefone em uma agenda antiga da minha mãe, dentre os pertences que havia levado comigo para a estrada.

— E foi assim que entrei em contato com você.

Serafim, ao terminar sua história, finalmente se sentou. Estava na poltrona, de frente para a mim, e em seus olhos havia a triste esperança que nasce naqueles que se livram parcialmente de um fardo do passado ao narrá-lo a um companheiro.

Eu, pessoalmente, sentia-me confusa. Sempre que pensava em Serafim, acreditava que era ele quem causara danos, que era ele quem fugira de propósito, ou fora expulso por passar dos limites. Nunca, em todos os momentos em que estive com ele, por mais que agora fôssemos amigos, pensei que ele fosse uma vítima das circunstâncias.

Percebi, então, que eu o havia julgado prematuramente por seu comportamento sarcástico e impulsivo, e que por isso não havia enxergado seu interior e, assim, não conseguira captar a essência da sua alma. Mesmo agora, eu olhava para seu rosto belo e marcado por ferimentos da briga recente e sentia como se ele fosse um lobo momentaneamente manso, apenas por estar brevemente machucado.

— Sinto muito por ouvir tudo isso, Serafim — falei-lhe sinceramente. — É muito para digerir. Desculpe-me se não me comporto da maneira correta, se eu fico aqui paralisada, mas tudo isso é muito pesado...

— Eu sei que é, mas sei que é importante que você saiba a verdade.

— Sim — concordei. — É crucial... Eu imaginava uma situação totalmente diferente. Uma que não te favorecia muito — confessei. — Mas vou precisar de um dia para compreender essa história. Por favor, entenda que eu não formei nenhuma opinião ainda, e ontem foi uma noite tão perturbadora...

Ele assentiu em compreensão. Levou a mão disfarçadamente às costelas, que com certeza ainda machucavam, em uma visível tentativa de abafar sua dor sem que eu visse. Ele não gostaria que eu conhecesse sua fragilidade, mas eu não me importava. Serafim se despira de qualquer escrúpulo momentos antes. Era tolice da parte dele pensar que minha ideia sobre meu primo mudaria apenas porque ele era humano, porque sentia dor.

— Quer ajuda com esses ferimentos? — perguntei eu.

— Para falar a verdade, eu não sei nada de primeiros socorros.

Sorrimos um para o outro. Eu fui até ele e o ajudei a se levantar. Serafim envolveu meus ombros com um dos braços e eu servi a ele de apoio para que subíssemos as escadas.

Minutos depois, estávamos em seu quarto. Ele estava sentado, apenas com seus jeans, e eu retirava com uma pinça os cacos de vidro que haviam entrado em sua pele. Ele era forte e sua pele era pálida – fazendo um belo contraste contra o sangue que escorria em seu tom vermelho vivo.

Os braços eram musculosos naturalmente, sem que necessitasse de exercícios físicos ou dietas. Havia uma tatuagem em suas costas que eu não havia visto antes: uma rosa, cujas raízes cheias de espinhos se projetavam pela sua cintura, do lado do corpo que não estava ferido.

— É uma bela tatuagem.
— Obrigado — agradeceu ele, em meio à dor. — É uma metáfora.
— Como assim? — perguntei.
— As coisas belas também ferem.

Ao dizer essas palavras, retornamos ao silêncio e permanecemos assim: eu, tratando de seus machucados — retirando pedaços de vidro e passando água oxigenada —, e ele, concentrando-se em fugir da sua dor.

Quando terminei, dei a ele analgésicos e um cicatrizante para passar depois, e ele foi ao banheiro para se lavar. Em seguida, ele iria dormir. Então, fui ao meu quarto, ainda perturbada pela história mais cedo narrada.

Assim que entrei, vi o colar de ouro que Serafim havia me dado sobre a mesa de estudos. Peguei-o e o segurei contra o peito.

— O que diabos está acontecendo? — perguntei em voz alta.

Como uma resposta a mim, a campainha tocou no andar abaixo. Olhei de relance para o quarto de Serafim, visível de onde eu estava, pois minha porta ficava defronte à dele, e ambas estavam abertas. Então, saí dali, já adivinhando quem havia chegado, e corri pelas escadas com o colar ainda nas mãos. Ao abrir a porta, estava Miguel.

Os cabelos azuis estavam desorganizados, mas ele não aparentava um homem ensandecido como Serafim estava na hora em que havia retornado. Seu cheiro de lua, mar e tabaco me acalmou. O nariz dele estava meio arroxeado, mas aparentemente não estava quebrado. Ele me olhou nos olhos e eu senti minha alma e a dele se unirem em uma só. Abracei-o, e encaixávamos um no outro perfeitamente, como se fôssemos duas peças de um mesmo quebra-cabeça. Sentia-me segura em seus braços, como se nenhum mal pudesse me afligir.

Separamo-nos e eu o levei para a varanda, onde poderíamos conversar sem sermos ouvidos por Serafim. Temia por sua reação.

Olhei ao redor e percebi com surpresa que já estava anoitecendo. Ficamos no local em que estava a churrasqueira, protegidos por um telhado sustentado por pilastras cobertas de hera. Dali víamos o céu, mas não era possível ver a casa. Era, então, apenas nós e o crepúsculo.

Finalmente, ele se pôs a falar:
— Você está bem?
A pergunta foi feita carinhosamente, entretanto ele não passou a mão por meu rosto como normalmente faria. Eu assenti. Ele continuou:
— Gostaria de saber exatamente o que aconteceu ontem, Isa.
Dessa vez a voz dele não era carinhosa, tampouco brava, mas firme e decidida. Isso fez com que meu coração deixasse uma lágrima escorrer, solitária, mas não desmanchou de todo a sua felicidade.
— Nem eu mesma sei, Miguel — falei, cansada. — Acredito que Serafim tenha tirado conclusões erradas sobre nossa amizade. Ele é meu primo e o vejo como tal. Nunca aprovei incesto, de qualquer forma. Ele é impulsivo e irresponsável, e, na confusão em que deveria estar sua mente devido aos seus problemas familiares, ele explodiu, descontando em nós.
— Fechei o parágrafo tristemente.
— Você me parece sobrecarregada — observou.
— Talvez.
Olhei pensativamente para o chão. Meus ombros doíam e minhas mãos tremiam levemente pelo estresse constante. Cruzei os braços para que Miguel não percebesse esse momento de fraqueza e me vi na mesma situação que Serafim alguns momentos antes: disfarçando minha fragilidade.
— Deve ter dado trabalho tirá-lo daqui. Queria poder ter estado ao seu lado o tempo todo. Deveria ter esperado até que acordasse, mas sua amiga Ava não me deixou ficar aqui nem por um minuto. Então, esperei até ter certeza de que estaria sozinha.
Como eu permaneci em silêncio, ele leu meus pensamentos e perguntou, tenso, as mãos fechando em punhos:
— Ele não está morando mais aqui, está?
— Está... — comecei a dizer.
As bochechas de Miguel se tornaram rubras de raiva e ele se direcionou para a casa novamente. Antes que ele fizesse alguma besteira, antes que eles se machucassem de novo, eu fui até sua frente e tentei empurrá-lo de volta à churrasqueira, mas ele era muito mais forte do que eu. Então, ficamos parados no mesmo lugar – eu, tentando fazê-lo retornar ao ponto onde estávamos, e ele, tentando se desvencilhar de mim para seguir adiante. Ficamos expostos à luz restante do sol, sobre a grama.
— Você não pode morar com ele — sussurrou ele em um grito.
— Ele não tem onde ficar...
— Então, venha para minha casa! — exclamou ele.

— E deixar a casa de meus pais aos cuidados de Serafim? Ele mal sabe cuidar de si mesmo! — Senti que o sangue subia à minha cabeça.

— Ele é violento, Isabela, e certamente instável. Você mesma sabe disso. É perigoso mantê-lo por perto, ainda mais morando a sós com ele.

— Serafim jamais me machucaria. Ele me preza muito para isso.

— Ah, ele te preza? Não mais do que eu, Isa.

Paralisei por um instante.

— Ele não tem mais ninguém no mundo, Miguel.

— Não importa.

— E se fosse uma prima sua? Você gostaria que eu me comportasse assim?

— Você não deveria dar a ele essa vantagem — cuspiu ele as palavras.

— Vantagem?

Miguel paralisou por um instante, processando o que acabara de dizer. Como se as palavras tivessem escapulido de seus lábios antes que ele pudesse contê-las.

Logo vi seus olhos castanhos buscando uma solução, perscrutando meu jardim como se ali jazessem os termos pelos quais ansiava. Naquele instante, o sol se pôs completamente e nos restava apenas a luz arroxeada do anoitecer.

— Você está com ciúmes? — perguntei, com meu coração começando a correr por mim como se estivesse em uma maratona dentro de meu sistema. Miguel sentia ciúmes de mim?

Eu nunca, em toda a minha vida, havia considerado a ideia de que eu seria importante para qualquer menino que fosse, por mais que eu desejasse isso com toda a fibra de meu ser. E, apesar de Miguel gostar de mim, nunca parei para analisar a profundidade de tudo aquilo. Nem em um pequeno instante eu havia concebido a ideia de que eu era importante o suficiente para fazer a diferença na vida de meu garoto de cabelos azuis. E, por todo o período tão curto, mas tão lento e especial pelo qual passei com Miguel, eu havia pensado que eu o amava e ponto. O processo de dissolver o medo de amá-lo e de, enfim, entregar-me. Não havia considerado um mundo no qual havia uma retribuição tão completa quanto seria o medo de perder o outro refletido pelos dois lados da relação.

— Tenho medo de te perder — confessou ele, como se lesse meus pensamentos.

Um segundo se passou, e outro.

— Isso não pode acontecer. Foi você quem me achou — disse-lhe.

Abracei-o sob as estrelas recém-nascidas, sentindo sua pele quente contra a minha, que era sempre tão fria. Ele acariciou minha coluna com uma das mãos, e, por um instante, eu era sua respiração e ele era meus batimentos cardíacos. Seu cheiro inundou meus sentidos. Fechei os olhos, enterrando meu nariz em sua clavícula, enquanto ele beijava meus cabelos.

— Sou toda sua, Miguel. Desde o momento em que o vi na festa na casa de Breno. Nada vai mudar isso. Sempre soube que você seria minha perdição e meu encontro, ao mesmo tempo e de uma só vez.

— Você diz que ele, seu primo, não tem ninguém no mundo — sussurrou-me ele. — Mas deixei de ter tudo no momento em que te conheci. Você sou eu, Isabela.

Olhei em seus olhos e poderia beijá-lo naquele instante. Nada me impedia de levá-lo escada acima e trancá-lo em meu quarto, comigo, para todo o sempre. Poderíamos morrer ali, mas não seria por fome ou sede, pois beberíamos da alma do outro, comeríamos o coração do outro e seguiríamos satisfeitos até que nossa eternidade encontrasse seu fim.

Mas, em vez de beijá-lo, em meio a um suspiro trêmulo e entrecortado, eu pronunciei as palavras tão temidas, mas também muito esperadas em seu ouvido, como um sussurro.

— Eu te amo.

Ele sorriu abertamente para mim, de orelha a orelha, e repetiu as palavras:

— Eu te amo, Isabela.

E, enfim, beijamo-nos, docemente, como se fosse pela primeira vez. Com a graça de uma corça e a leveza de uma garça, fomos nos deitando conforme nos beijávamos sobre a grama úmida. Nossos lábios eram delicados e a sensação de sua pele na minha era morna e fresca, como o amanhecer de um dia de outono.

Quando eu estava sobre ele, percebi que o colar que Serafim me dera de aniversário estava enrolado em meu pulso, pois eu não o havia deixado no quarto devido à pressa de ir atender a porta. Miguel também o notou, mas antes que fizesse qualquer pergunta, eu novamente o beijei. Guardei-o em meu bolso sem que ele percebesse. Aquele momento não seria estragado por nada nem por ninguém no mundo. Teria todo o tempo do tempo para explicar aquele colar a Miguel e dizer-lhe que era apenas meu presente de aniversário, que não significava nada. Mas, no momento, eu era ele e ele era eu, e somente isso importava.

Beijei-o como em um sonho. A sensação de uma noite interminável deitou-se sobre minha mente e eu abracei aquela textura imaginária com todas as minhas forças. Quando nos separamos, deitei-me ao lado dele, e ele fez uma observação.

— Já percebeu que nunca nos vemos durante o dia?

Eu sorri.

Será que ele realmente lia meus pensamentos?

— É porque sou uma vampira — brinquei. — Eu queimo sob a luz constante do sol.

Ele sorriu.

— Fala sério, Isa.

— Tudo bem, tudo bem, você está certo. Sempre nos vemos quando já é noite ou está anoitecendo.

— Acho que é hora de vermos o amanhecer juntos — disse ele, sugestivamente, mas sem malícia.

— Você quer dormir aqui? — perguntei-lhe.

— Se for possível — fez ele.

— Claro que é. — Eu ri. — Não seja bobo.

— Mas e seu primo ciumento? — Havia desdém em sua voz.

— Não se preocupe com ele. Ele não vai nos incomodar — falei, lembrando-me dos analgésicos que o havia mandado tomar assim que eu retirei os cacos de vidro de sua pele.

Miguel, então, levantou-se. Deu-me a mão para que eu também me erguesse. Subitamente, ele pegou meus joelhos e minha cintura e me pôs em seu colo, como se eu fosse leve como uma criança, carregando-me da mesma forma como fizera na noite em que eu passara mal por causa da bebida, e eu balancei meus pés descalços no ar.

— Para os aposentos da donzela — disse ele, fazendo-me rir.

— Meu nobre príncipe!

Quando entramos em meu quarto, ele me deitou sobre a cama delicadamente. Mel estava lá, mas, assim que a porta se abriu, ela saiu para aproveitar a noite.

— Sua gata é muito bonita — falou ele, enquanto tínhamos o último vislumbre de seu rabo felpudo como o de um esquilo.

— Obrigada.

Retirou suas botas e a camiseta. Deitou-se ao meu lado e permanecemos abraçados.

— Há uma semana eu não imaginaria estar com quem estou agora — segredei a ele, em um resquício de pensamento que sobrara de minha conversa com Ava e Breno naquele dia.

— Nunca se pode prever o futuro — disse ele.

— Não mesmo — concordei, acariciando seus cabelos azuis com a ponta dos dedos.

Ele pegou meu braço e passou o dedo levemente pelas cicatrizes de cortes que desenhavam meu pulso de forma mórbida e grotesca.

— Há quanto tempo você não se corta? — perguntou.

— Duas semanas. Um pouco antes de te conhecer, quando minha vida era cinza.

Ele passou o dedo delicadamente por sobre as marcas, como se elas fossem, na verdade, um quadro de Botticelli pintado sobre a melhor das molduras. Havia uma melancolia em seus olhos, como se fosse capaz de absorver todas as minhas dores escritas ali, mas também admiração, ternura e fascínio.

— Há algo de belo na tristeza, não é mesmo? Como se ela te seduzisse.

— Há um mistério, de fato — respondi.

Miguel enrolou seus dedos aos meus, virando meu pulso para baixo. Ponderou seus pensamentos por uns instantes, então disse:

— Acho que a felicidade é superestimada.

— Acredito que as mentes mais felizes pertencem aos ignorantes. Não no sentido pejorativo, mas no sentido de falta de conhecimento.

— Verdade. Conhecer o nosso mundo não é uma tarefa fácil. Principalmente a natureza humana, que é tão cruel.

Ele beijou meu ombro e eu me deitei sobre seu peitoral, aninhando-me.

— O que eu gostava de sentir ao me cortar — falei, retornando ao assunto — era a sensação de que eu poderia controlar a minha vida de alguma forma. Como se eu pudesse dar um basta no momento em que quisesse. Eu poderia ser a rainha de meu destino. Sentia-me menos perdida, menos incapaz.

Segundos se passaram antes que Miguel dissesse:

— Você é a dona de seu destino. Apenas não percebe isso no dia a dia. Eu também fazia a mesma coisa. Costumava pensar que era a única forma de resolver meus problemas: beirando a linha entre a vida e a morte. Mas é com você a decisão de tornar tudo muito fácil ou muito difícil.

— Talvez não tão fácil assim — falei-lhe. — Como você conseguiu sair dessa situação sozinho?

— Sozinho? Nunca estive sozinho. Mas antes eu não sabia disso. Meus pais me deram suporte, e eu fui a uma psicóloga competente. E meu melhor amigo também me ajudou, mas ele foi morar no exterior dois meses atrás.

— Mas que droga!

— Não é tão ruim quanto parece. Nós nos falamos quase todo dia pelo computador. E ele sempre voltará para as férias, porque seus pais continuaram morando aqui.

— Que bom que você teve ajuda e que bom que sua psicóloga era boa. Todos os psicólogos e psiquiatras que conheci me disseram que eu era praticamente um caso sem cura, e alguns me receitaram remédios muito fortes que me impediam de pensar. Disseram-me que eu tinha depressão e perigosas tendências suicidas. Meus pais não se preocupavam muito. Apesar dos diagnósticos, acreditavam que eu era perfeita. Não viam que eu havia quebrado em algum lugar ao longo do caminho. Também não percebiam que tomar aqueles remédios me matava. Fazia com que me sentisse anormal, diferente... Como se eu estivesse em eterna manutenção, enquanto todos ao meu redor funcionavam perfeitamente. Achavam que, desde que eu estivesse tomando aquelas drogas, eu estaria bem, normal. Se eu não as tomasse, tratavam-me como louca. Era tão solitário...

Ele beijou o topo da minha cabeça.

— Estou com você agora.

Ao levantar o rosto para olhá-lo, vi sua tatuagem de cruz pincelada em seu pescoço.

— Quando você fez essa tatuagem?

Ele sorriu meio de lado, com humor delineando a curva de seus olhos.

— Sabe aquela fase em que você quer ser rebelde? Realmente muito rebelde? Eu estava fora dos trilhos, sem esperanças. Na época que acabei de lhe falar, precisamente. Então, um dia, meus antigos amigos foram se tatuar e eu fui junto. Não falo mais com eles. Eles não eram boas companhias, sempre fazendo o que os maus garotos fazem. Mas a marca ficará em mim.

— Algum motivo em particular pela cruz?

— Eu era meio gótico.

— O quê? — Eu ri.

— Não faça graça de mim! — exclamou, ofendido.

Senti minhas pálpebras se fechando, sonolentas. Eu estava completamente relaxada nos braços do meu amor. Sentia uma pena sutil de todos aqueles que estavam sozinhos naquele exato minuto, sem a consciência de que havia felicidade e paz no mundo, por mais que existisse somente em meu quarto, somente entre eu e Miguel. Senti compaixão por aqueles que não enxergam a simplicidade da vida através dos olhos de outro. Daqueles que se sentem vazios e que sobrevivem, mas não vivem realmente. Daqueles que eram como eu era.

— Você quer dormir? — perguntou-me ele.
— Sim — respondi eu.
— Boa noite, meu amor.
— Boa noite.

E dormimos abraçados, ouvindo os batimentos do coração um do outro, sentindo a plenitude transbordando dentro de nós.

Vinte e quatro dias

Quando tornei a abrir meus olhos, senti o peso dos braços de Miguel ao redor de meu corpo. O sol encontrara meu rosto, mas ainda não o dele. Com cuidado, eu saí de seu abraço e me levantei. Percebi que usava a mesma roupa há mais de um dia, então fui ao banheiro e tranquei a porta para tomar banho.

Ao sair dali, cheirosa e ainda enrolada na toalha, caminhei na ponta dos pés até meu armário e retirei dali uma camiseta branca e calças jeans. Retornei ao banheiro para vesti-las, enquanto Miguel ainda dormia.

Voltei ao quarto e ele estava deitado em minha cama, com sua beleza noturna e esguia. Não havia palavras para descrever o que eu sentia ao vê-lo ali: talvez uma sensação de posse quase selvagem e felicidade. Ele se abraçava na coberta — suas pernas enroladas no lençol como se aquele fosse seu próprio quarto. Em seu rosto havia uma expressão de confortável deleite, como se, após noites maldormidas, ele finalmente houvesse encontrado o lugar em que seu coração pudesse repousar.

Fui até ele e delicadamente o beijei nos lábios para que acordasse. Miguel abriu os olhos e eu me banhei em sua íris castanha, agora dourada pelo sol que a iluminava. Ele sorriu e fechou os olhos novamente. Sentei-me ao seu lado, enquanto ele se espreguiçava.

— Que horas são?
— Hora de acordar.

Então, eu subi em cima dele, prendendo-o com meus joelhos, apoiando as mãos no travesseiro.

Ele sorriu e disse:
— Você fica linda sem maquiagem.

Ruborizei e olhei para baixo. Ele passou a mão pelo meu rosto com delicadeza, como se eu fosse virar areia e escorrer pelos seus dedos a qualquer momento. O carinho contido nesse gesto me encheu de júbilo.

Miguel, então, sentou-se na cama e eu fiquei com minha barriga colada na dele. Entrelacei imediatamente meus braços ao redor do seu pescoço. Beijei a ponta de seu nariz. Encostamos nossas testas e ficamos a nos olhar nos olhos, até que eu comecei a rir da situação e ele também.

Nossa risada parou de súbito e ele me beijou. Seu hálito era doce e fresco, o que era praticamente inumano, e isso o elevou à condição de perfeição aos meus olhos.

O beijo fora delicado e curto, apenas um roçar de lábios que durou poucos segundos. Meu celular começou a tocar e eu fiz menção de me levantar e ir até a mesa de estudos para pegá-lo, mas Miguel me tomou pelo pulso e disse:

— Não atenda.

Lambi meus lábios em ansiedade.

O toque — agora da banda Warpaint — não cessava.

— Miguel, são nove horas da manhã. Deve ser importante.

Ele assentiu.

— Então, vá. Não se sinta pressionada.

Suspirei e peguei o aparelho, deslizei o dedo na tela e o levei ao ouvido:

— Isa? — disse Breno. — Preciso de você.

Sua voz era arrastadamente pesada e pude notar pela língua enrolada que ele provavelmente não havia dormido.

— É um problema grave?

Ele hesitou.

— Sim.

— Quando devo te encontrar?

— O mais cedo possível.

— Estou com Miguel, agora — comecei a dizer.

— Ah... — fez ele, soando desapontado. — Então, tchau.

O chumbo em sua voz derreteu meu coração.

— Não, espere — exclamei. — Não desligue.

— Sim?

— Vou te ver ainda hoje. Pode ser à tarde?

— Claro. — A animação em sua voz não passou despercebida por mim.

— Irei aí lá pela uma. Beijos.

— Beijos.

Terminada a ligação. Olhei para os olhos de Miguel, ainda meio alarmada pelo estado de meu amigo. Ele pareceu curioso, mas balancei a cabeça negativamente, dando fim ao caso, pelo menos naquele instante.

O tempo com Miguel se afogava em seu próprio curso. Os minutos pareciam durar horas, e as horas transcorriam como minutos.

Cedo demais a manhã acabara e me vi em uma situação tristemente irremediável: Serafim deveria acordar dentro de pouco tempo, se é que já não o havia feito, e Breno me esperava para dali a menos de duas horas em sua casa.

Expliquei, enfim, a situação toda para Miguel, percebendo que era inútil escondê-la dele. Ele compreendeu prontamente e se foi, assim que o sol atingira seu pico. Eu tinha de admitir que, desde o movimento de seus passos até a curva de seus ombros, ele era belo de forma futurista e, ao mesmo tempo, selvagem e natural; e tanto quanto ele era luz para mim, ele também era trevas. Pois ele tinha o poder de me dilacerar assim que bem entendesse.

Dito e feito: eu mal havia ido à varanda e lembrado que minha piscina necessitava de limpeza quando Serafim me interceptou, aparecendo subitamente na minha frente, enquanto eu estava virada de costas para a casa, encarando o local de minhas divagações.

— Bom dia — ele disse, com o rosto rosado e sonolento. Usava uma calça de moletom, apenas, apesar de meus protestos anteriores contra sua nudez, e aparentava ter hibernado por meses a fio.

— Boa tarde, você quer dizer — respondi, pegando meu celular em meu bolso para ver as horas. — São meio-dia e meia. — Lembrei-me imediatamente de Breno. Dali a meia hora eu deveria estar na casa dele, e não mais tarde do que isso. Não queria decepcioná-lo. Ele parecia triste o suficiente quando falou comigo no celular.

— Dormi por tanto tempo assim?

— Você precisava. Eu também necessitava de um longo descanso, mas sou um caso à parte — falei, tencionando passar imagem de misteriosa.

— Sempre suspeitei que você era um alienígena.

E, como sempre, ele desmanchou a possibilidade de me deixar sair de um tópico como um ser superior.

— Cresça e apareça — resmunguei.

— Crescer? Quem se esqueceu de fazer isso foi você. — A piadinha fazia referência à minha estatura.

— Não sou tão baixa assim.

Olhei para ele com olhar cerrado. E vi um novo trocadilho surgir em sua mente e quase tomar forma em sua voz, mas ele percebeu uma irritação latente em meu olhar, a qual não aceitava brincadeiras.

— Aconteceu alguma coisa? — falou com olhos de uva arregalados em súbita preocupação e com toda a preguiça esvaindo-se de seu corpo.

Suspirei. Diria a ele também? Não queria tornar o caso público. Mas, se era necessário contar-lhe a verdade para que parasse de me perturbar, eu o faria, de forma ampla e sem detalhes, de modo a não prejudicar Breno.

— Meu amigo tem problemas e ele me chamou para ajudá-lo.
— Ah...
Silêncio constrangedor.
— Posso ajudar?
Ponderei.
— Na verdade, sim. Pode me dar uma carona? — perguntei, com a voz mais charmosa possível, para que ele aceitasse meu pedido. Havia me esquecido de pedir o favor ao Miguel por conta da confusão dos horários, e já que Serafim possuía uma moto...

Ele deu de ombros e assentiu, com os olhos verdes flamejantes e o meio sorriso sarcástico por um milésimo de segundo.

— Vou apenas colocar uma roupa decente — anunciou.
— Então, você assume que a ausência de uma blusa é de fato uma indecência — adicionei, levemente irritada.
— Estava demorando. — E mandou-me uma piscadela.

Revirei os olhos. Assim que ele se virou e retornou para a casa, eu percebi o que havia feito ao dirigir-me a ele daquela forma doce e fiquei temerosa. Uma gota de chuva, com relação a Serafim, logo se transformava em uma tempestade de neve.

Dali a pouco tempo eu estava montando em sua moto de forma desajeitada, o que o fez sorrir da mesma forma como um lobo observa uma ovelha. Quando quase me queimei em um cano do veículo, entretanto, ele delicada e prontamente me ajudou a me acomodar ali. Em seguida, ele se sentou com graciosidade natural, e havia tanta confiança em seu movimento, que eu senti inveja.

— Onde fica essa casa, mesmo? — perguntou ele, dando-me seu capacete.

Informei-lhe o endereço.

— Ah, acho que sei onde fica. Você me ajuda se algo der errado. Vamos lá.

Assim que cheguei à porta da casa de Breno, esperava que Serafim desse partida na moto e retornasse para casa. Ao não ouvir nada além de minha própria respiração, olhei para trás em busca de meu primo na calçada, mas o que vi foi Serafim parado atrás de mim como uma sombra.

Ao ver meu sobressalto, ele fez uma careta.

— Você não espera que eu venha até aqui, no meio desse sol, apenas para te dar carona e ir embora, não é?

— Na verdade, eu pensei.

E então, inesperadamente, ele riu.

— Serafim... — Minha voz era um alarme.

— Não vou atrapalhar.

— Promete?

— Sim.

— Jura?

— Pelo quê?

Pensei no que era importante para ele.

— Pela sua moto.

— Juro.

— Pareceu muito seguro disso. Jura, então, pelo que lhe é mais sagrado?

— Agora você virou uma freira ou o quê?

— Vá para o inferno!

Ele riu novamente.

— Você é demais, Bela.

Balancei a cabeça negativamente e toquei a campainha. Como resposta, alguns segundos depois, meu celular tocou em meu bolso.

— Meu Deus, mais músicas estranhas? — exclamou Serafim, falando do toque do aparelho.

— Warpaint não é estranho — reclamei e atendi a ligação de Breno.

— Pode entrar — disse meu amigo. — A porta da frente está aberta para você. Apenas tranque-a assim que estiver aqui dentro, a chave está sob a mesinha da entrada. Estou em meu quarto. Meus pais estão no trabalho e hoje a faxineira não veio, então não há ninguém para atender.

— Está bem — falei-lhe, estranhando sua incapacidade de vir atender a porta, pois Breno costumava ser o mais ativo e serelepe de nós quatro.

Assim que terminei o telefonema, obedeci a todos os seus comandos. Tranquei a porta com a tal chave e, após atravessar uma sala repleta de móveis de mogno e cortinas de veludo verde e subir uma escadaria de madeira por mim tão conhecida, passando a mão pelo corrimão pelo qual meus dedos já haviam deslizado tantas vezes, cheguei, enfim, ao corredor escuro, cuja última porta era a do quarto de meu amigo. Percebi, em um momento de reflexão, que minha casa era tão branca e cheia de luz quanto a casa de Breno era repleta de antiguidades e escuridão.

Bati à porta de seu quarto, enquanto sussurrava para Serafim esperar até que eu o chamasse para entrar, se é que fosse chamar. Inacreditavelmente, ele concordou e ficou a esperar no corredor.

— Entre — disse uma voz abatida pela porta.

Novamente às suas ordens, eu entrei no quarto de Breno. As paredes eram pretas e presos a elas estavam pôsteres dos Beatles, da França e da Alemanha. Móveis brancos contrastavam com a coloração de fundo. A iluminação provinha dos pequenos espaços abertos entre as cortinas fechadas e de um abajur ao lado da cama de Breno. Lá, ele jazia deitado como um enfermo de séculos passados.

Corri até ele ao ver seu estado. Tomei sua mão para mim e acariciei seus dedos.

— O que aconteceu? — perguntei-lhe ansiosa.

— Preciso contar com sua ajuda. Há algo que está me fazendo muito mal e sei que assim que lhe disser o que é vou me sentir melhor.

— Diga-me.

— Estou apaixonado.

O choque daquela informação me deixou muda por alguns segundos. Quando, exatamente, isso ocorrera? Foi exatamente o que lhe perguntei, ao qual ele respondeu:

— Acho que sempre o amei, mas não percebi isso antes.

Repousei minha mão livre sobre sua testa e percebi que ele estava em chamas.

— Sobre quem estamos falando?

E ele me respondeu, com certa dificuldade para dizer o nome, como se isso lhe ferisse a garganta:

— Vlad.

Aquela notícia fez com que minha alma flutuasse quilômetros de distância de onde eu estava e, quando ela voltou, fiquei extremamente tonta.

— O quê?

— Sim, eu sei.

— Quando você percebeu isso?

— Ontem.

— Mas... — Hesitei antes de continuar a pergunta. — Não acha que está exagerando? Quero dizer, vocês sempre acabavam ficando nas festas e tudo, mas são apenas amigos, não é? Não precisa ficar doente por isso. Pode não ser nada demais... Talvez tenha pensado muito sobre o assunto.

— Você diz isso porque ama Miguel e sei que ele a ama de volta. Vlad não sente por mim o mesmo que sinto por ele. Não há como me entender. Se você conseguisse se colocar em meu lugar...

Eu estava plenamente consciente da presença de Serafim atrás da porta, escutando nossa conversa.

Afastei de mim essa nuvem negra e pesada, dizendo em seguida a Breno:

— Você me confunde com outra pessoa. Eu já sofri por amor. Não se lembra do Rafael? Eu fiquei desesperada por anos. E foi você, inclusive, quem me salvou. Sim, Breno, eu sei como é. E te ajudarei. Mas, antes que você me conte a história completa, tenho que lhe dizer que Serafim está aqui. Meu primo, lembra-se? Ele pode entrar no quarto ou você prefere que ele permaneça fora da conversa?

— Ele vai atrapalhar sua ajuda?

— Não — falei, decidida.

— Então, tudo bem.

Chamei meu primo pelo nome e ele entrou hesitante — as bochechas coradas contrastando com a palidez da pele e o cabelo negro. Como eu não acreditava que ele estivesse tímido por se meter em uma situação alheia, sabia que ele havia ruborizado por conta de minhas palavras, por um passado que ele não sabia existir.

— Olá — falou Serafim.

Breno sorriu fracamente e, em seguida, olhou-me nos olhos como se Serafim não tivesse entrado ali. Então eu vi a tristeza latente de seu coração, embora, se não fosse a febre, teria suspeitado que não passava de uma encenação dramática.

— Soube o que sentia ao beijá-lo no seu aniversário, Isa, e, após aquela breve conversa que tivemos, eu e você, isso foi apenas confirmado. Tentei me enganar, mas não consegui. Eu... Eu disse a ele que o amava ontem à noite, quando fomos novamente ao bar, o mesmo de seu aniversário, anteontem, só que dessa vez apenas nós dois. Mas ele apenas sorriu, deu de ombros e disse: "Que pena. Não posso fazer nada". E saiu de perto de mim. Assim que o vi novamente, ele estava nos braços de outra pessoa, e eu não pude suportar ver aquela cena.

Percebi que seus sentimentos eram primitivos e intensos. Havia em seu coração a traição e a dispensa. Aquilo o consumia, pois ele nunca se machucara em nome de alguém antes, e, pelo que sabia de meu amigo, era ele quem sempre fora o assassino de esperanças de outros rapazes. Talvez a causa real de seus sofrimentos fosse a que ele sempre foi, ou pensou ser, mestre de seus sentimentos, e agora ele se via domado pelo seu coração. Mas era apenas um palpite pessoal.

— Sabe o que me consola ao te ver assim? — disse, para reconfortá-lo.

— O quê? — perguntou ele.

— Eu sei que isso servirá de aprendizado para você.

— Isa, você só pode estar brincando.

— Não, não estou. Você vai saber como é. Vai aprender que, de uma forma ou de outra, é melhor sentir paixão e tristeza mesclados do que não sentir nada. Você vai ficar bem, por mais que saibamos que Vlad não é, e nunca foi, flor que se cheire. Nós somos amigos dele porque aprendemos a conviver com isso, com a arrogância e o egoísmo dele, pois o amamos — no sentido fraterno. Mas no quesito "relacionamentos", sabemos que ele é capaz de crueldade. Até mesmo quando as coisas ficaram ruins para mim ele foi embora, não se lembra? Apenas você e Ava permaneceram em minha casa naquele dia. — Senti Serafim se mover desconfortavelmente em um canto do quarto, mas ignorei o fato e continuei falando. — Aceitando isso, você estará mais próximo de uma recuperação. — E toquei seu peito com minha mão, indicando o local onde jazia sua ferida.

— Você acha?

— Tenho certeza. Além do mais, você sabe que sempre foi muito feliz, e não acho que um cara sem respeito próprio como Vlad deveria te deixar para baixo desse jeito. Você é melhor do que isso.

— Eu sou?

— Sim. E agora, quero ver um sorriso no seu rosto.

Ele me olhou como quem diz: "Sério mesmo?".

Então, comecei a fazer cócegas em sua barriga e o levei a sorrir, e isso animou a nós dois.

— E não é só isso — advertiu ele, seu semblante ficando mais rígido.

— O que mais?

— Meu pai descobriu que sou gay.

Senti o peso dessas palavras em meu próprio coração, aderindo às dores do meu amigo.

— Meu Deus...

— Sim. E ele não fala mais comigo. Disse que isso é errado e não é natural. Quer que eu vá a um terapeuta para ver o que ocasionou nisso. E foi tão tola a forma como ele descobriu... Meu pai ouviu meu desabafo com minha mãe sobre Vlad, ainda na noite passada, assim que cheguei aqui depois de ir ao bar. Aconteceu tudo de uma vez só.

Suspirei antes de falar.

— Seu pai vai entender...

— Não, não vai — ele me cortou. — Ele gritou comigo e foi terrível.

— Pais sempre acabam entendendo — afirmei. — São sangue do seu sangue.

Ouvi uma risada sarcástica quase muda vindo de Serafim e o som me lembrou o tempo em que meu primo queria fazer uma piada da qual apenas ele fazia parte, mas dessa vez eu o compreendi e senti um calafrio na espinha ao relembrar sua história em um flash. Porém, Breno não ouviu o som amargo, imerso em seus problemas como estava.

— E se não entender, então que se dane! Você não vai mudar por isso, vai? E se não mudar, o que mais pode fazer? Mentir? Não. Vá ao terapeuta, como ele disse. Com certeza, se ele for um bom profissional, vai compreender seu lado da história e vai mostrar ao seu pai o quanto isso é normal.

Ele pareceu duvidar disso.

— Tenho certeza de que dará certo.

— Se você tem, então também tenho. — Sorriu ele.

Dei-lhe um beijo na bochecha, e ele fechou os olhos cansados, repousando pelo que me pareceu a primeira vez desde que sua vida mudara em um único dia.

As mudanças, naquele mês de dezembro, vinham por todos os lados e atingindo a todos nós, pensei em um insight. A vida nunca parecera mais maleável. Minha vida mudara, a de Miguel, a de Serafim, a de Breno, até mesmo a de Vlad — que tenho certeza de que está se deleitando com a ideia de que Breno o ama. Será que Ava também passaria por um processo parecido?

Em seguida, levantei-me e, com a ajuda de Serafim, abrimos todas as cortinas — cinco, precisamente, pois Breno ficava em um quarto grande e redondo — daquele aposento para deixá-lo com uma cara mais alegre. Então, peguei um termômetro em um local sinalizado por Breno, no quarto de seus pais, que era ao lado, e o levei até ele para que pudéssemos medir sua temperatura.

Três minutos de ansiedade, para eu ler assustadores 40ºC.

— Ah, não... — sussurrei.

Apenas Serafim captou meu olhar, pois Breno estava quase cochilando após ter se acalmado ao desabafar a causa de seus tormentos.

Chamei meu primo com o dedo e lhe mostrei a temperatura indicada. Ele arqueou as sobrancelhas grossas e disse para mim, em voz baixa:

— Quer que eu vá até a farmácia pegar remédios?

Cutuquei Breno antes de responder Serafim e lhe perguntei se havia em sua casa alguma coisa que ele pudesse tomar para diminuir sua febre. Ele murmurou, meio entre o sonho e a realidade, algo sobre os remédios terem acabado no mês anterior, de modo que disse a Serafim, enfaticamente:

— Seria bom se você fosse.

Dessa forma, ele deixou o quarto e o seu cheiro cítrico me envolveu pela primeira vez, pairando sobre o ambiente como uma mistura de maracujá e canela.

Enquanto eu velava meu amigo, eu dediquei meu tempo a pensar sobre Serafim.

Deveria haver algo de bom dentro de sua mente torturada e distorcida, pois ele prontamente se dispôs a ajudar um mero conhecido. Eu apreciava aquele gesto, pois eu amava Breno como se deve amar um irmão, embora eu nunca tivesse tido um para saber. Como havia dito, Breno salvou-me de um limbo certa vez, após minha primeira paixão malsucedida, embora hoje em dia talvez ele mal tenha consciência do bem que fez. Eu devia muito a ele, e tudo o que pudesse fazer para ajudá-lo, desde então, eu fazia. Não que Serafim se importasse com isso, mas, ainda assim, ele subira em meu conceito por meio dessa ação, e minha nova admiração me pegou de surpresa.

Mas havia, ainda, em meu consciente, a pequena sensação de que ele fizera aquilo não com o intuito altruísta, mas o de me agradar. Aquilo se encaixava perfeitamente à sua imagem em minha mente, mas, de certa forma, não diminuía sua conduta de modo agravante. De qualquer modo, meus conceitos sobre ele já foram virados do avesso uma vez. Poderia isso acontecer novamente?

Talvez tenha sido apenas o perfume deliciosamente cítrico que me fizera pensar dessa maneira, mas tudo o que sei é que, assim que concluí esses pensamentos e o cheiro se dissipara, Miguel veio em minha mente em um contra-ataque.

Tão logo me vi perdida em pensamentos que mais se assemelhavam a sensações, percebi que havia chutado as novas constatações sobre Serafim para os cantos mais sombrios de minha memória, para apenas reavivá-los assim que ele retornou com as medicações para meu amigo.

Ele veio com uma receita de um farmacêutico, que recomendou horários para os remédios comprados, e anotei, com minha letra — a caligrafia do funcionário estava praticamente ilegível —, em um papel em branco que estava sobre a cabeceira de Breno, a ordem na qual deveria tomá-los ao longo da semana.

Em seguida, enquanto Serafim se apoiava em um canto com os braços cruzados, novamente um objeto perfumado em um ambiente no qual não se encaixava, eu acordei Breno para dar-lhe dois comprimidos e recomendar-lhe que obedecesse as anotações que repousavam ao lado de sua cama.

Ao fim de tudo isso, olhei para Serafim. Percebi um traço benevolente em seu rosto, um no qual eu nunca havia reparado, mas soube que sempre estivera ali. Seus olhos verdes sempre adquiriam, por breves instantes, um brilho diferenciado. Relembrei os momentos em que eu havia me acidentado — ou quase — em sua moto, naquela tarde, na cozinha, no dia em que o conheci e no momento em que eu o vi após a briga, no qual ele perguntou como eu estava, antes de voltar a usar sua máscara de sarcasmo, que agora começava a cair.

Vinte e três dias

O RESTANTE DO dia passou rápido como uma flecha e logo me vi coberta pelo véu noturno. Mas esse manto também foi cedo retirado e eu já acordava para um novo dia.

Acordei com o despertador tocando e Mel pulando em cima de mim, ordenando-me a silenciar o ambiente. Abri os olhos e me espreguicei lentamente, enquanto a música tocava. Sentei-me e, na mesma hora, tive vontade de me jogar novamente na cama e permanecer ali para sempre. Lutei com todas as minhas forças para poder me dirigir ao local em que o celular repousava e poder, enfim, desligar a música que não cessava.

Assim que o fiz, olhei ao redor e sentei-me no chão defronte à mesa, ainda sonolenta, mas sem querer tornar a dormir. Fiquei sob a janela, e a luz do sol se esgueirava pelo tecido da cortina e ondulava até a parede defronte a mim. Grãos flutuantes de poeira brilhavam como pequenas estrelas douradas nos locais em que a luz da manhã tocava. Fiquei olhando-as, absorta, enquanto meu cérebro se esforçava para funcionar apropriadamente.

Peguei Mel, que, naquele momento, estava extremamente carente. Exigia atenção por meio de seus miados curtos. Logo a botei em meu colo, cativada. Ela ronronava e enrolava seu rabo em meu braço, fechando os olhos de prazer, enquanto eu acariciava sua cabeça cinzenta.

Senti súbita inveja de Mel. Ela não tinha problemas. Eu servia sua comida e limpava sua caixa de areia, assim como ela saía e retornava para casa na hora que bem entendesse. Não, ela não tinha problemas com relacionamentos ou amigos. Invejei Mel pela simplicidade de sua vida, embora uma voz me sussurrasse que era eu quem fazia tempestade em copo d'água na maioria das vezes.

Suspirei. Mel mordeu minha mão, do nada, querendo se libertar. Sufoquei um gritinho de dor e a soltei. Ela caminhou lentamente até minha cama, subiu ali e deitou-se. Lambeu uma das patas dianteiras e a passou pela pequena testa, como se sua patinha fosse uma escova de cabelos. O rabo balançava para cima e para baixo, em deleite pela própria felicidade egocêntrica, quase narcisista.

Levantei-me e olhei para meu estado refletido no pequeno espelho sobre a mesa de cabeceira. Minha pele, outrora bronzeada, começava a ficar pálida como gelo. Meus olhos possuíam fundas olheiras azuladas. Meu cabelo estava ressecado e cheio de nós, e, relutantemente, peguei meu pente e comecei a desatá-los, na esperança de torná-lo decente.

Olhei, então, para um determinado ponto no chão de meu quarto e vi ali o colar que Serafim me dera, brilhando devido à iluminação do sol. Havia trazido para cima na noite em que Miguel passou comigo. Assim que ele dormiu, eu joguei a joia para debaixo da mesinha de cabeceira, fora do alcance de seus olhos. Mas agora o objeto brilhava para mim como um sinalizador.

Eu o havia escondido de Miguel e isso era um mau sinal, embora eu não o tivesse percebido antes. Um mau sinal, porque significava que eu estava fragilizada com relação aos seus sentimentos em relação a mim. Como se essa joia fosse quebrar o que havia começado a se fixar entre nós. Significava que eu estava dependente e insegura, e temia pelo seu amor. E eu havia escondido esse sentimento de mim mesma até aquele momento. Definitivamente, um péssimo sinal.

Um mau sinal, porque significava que aquele colar tinha um sentido para mim, embora antes eu não soubesse disso. Ele representava Serafim, como se meu primo pudesse se transformar em um amuleto de ouro. Conotava sua ligação comigo — a nossa família. Lembrava-me da batalha que ele havia travado com seu pai, suas feridas que pairavam no tempo e as dificuldades que ele havia enfrentado. Que ele havia, no final de tudo, encontrado repouso em minha casa e confortado seu coração na ideia de que eu o acolhera de boa vontade.

Sim, era um péssimo sinal. Peguei o colar e o levei até meu peito, apertando-o contra meu coração.

Eu não o amava e também não estava apaixonada por ele. Mas havia construído um sentimento de afeto que era quase tão sólido quanto meu amor por Miguel. Eu o via como um amigo especial e sentia ternura quando pensava em seus olhos verdes e seu sorriso não sarcástico. Ao relembrar seu olhar altruísta, que eu já havia visto tantas vezes sem realmente ver, meu coração sorriu e senti um calor morno envolvê-lo.

"Isso é errado", sussurrou uma voz em minha cabeça. Eu concordei imediatamente e pensei em como achar uma solução para meu conflito e não me tornar a garota infantil e dramática da história.

Talvez fosse o fato de que eu ainda não tomara café da manhã e que ainda estava lânguida pelo sono; não sei, mas tomei uma ideia que me pareceu até mesmo proveitosa.

Por que não tentar fazer com que um suportasse o outro? Quem sabe, talvez, eu não poderia torná-los até mesmo amigos? Dessa forma não teria uma vida repleta de belas mentiras e tudo ficaria bem. Eu não sentiria culpa, Miguel aceitaria minha amizade com meu primo mais abertamente e Serafim não teria dentro de si a urgência de me conquistar para que se sentisse melhor. Ele saberia que sempre estaria ali para ele, como uma amiga, mas não como uma amante, e compreenderia a situação, pondo fim a toda a complexidade de meu pequeno drama.

Sim. Eu deveria fazer com que tudo parecesse mais amigável e menos perigoso. Eu vivia, ultimamente, em um campo minado — cada passo mais próximo de uma tragédia súbita. Sim, eu iria uni-los por meio de um jantar, ainda naquela noite, e eles deveriam, com certeza, saber da presença um do outro para a ocasião, porque da outra vez, em meu aniversário, a ignorância de Miguel quanto a Serafim, e vice-versa, havia ocasionado um desastre.

Estava, daquela forma, tudo decidido e acertado. Respirei fundo e desci para preparar o café da manhã.

Assim que me senti disposta, por volta do meio-dia, liguei para Ava. Não falava com ela desde o dia da briga, e logo me apressei a lhe contar as novidades — a declaração de Miguel, um resumo da história de Serafim (sem contar detalhes; não queria prejudicá-lo), mas não mencionei o ocorrido com Breno, pois tive a impressão de que apenas eu, Serafim e a família dele sabíamos sobre o que se passava.

Ava ficou alegre pela minha felicidade. Contudo, assim como eu, não estava satisfeita com a passagem do colar. Assim, quando dei a ideia do jantar, ela prontamente aceitou ir, fiel escudeira como era, querendo participar ativamente de minha vida e, além disso, dar-me suporte caso algo desse errado — o que eu esperava ansiosamente que não acontecesse.

A segunda coisa que fiz foi ligar para Breno para perguntar-lhe se havia melhorado, e ele disse que a febre havia atenuado e que sua mãe também o ajudara a se curar, dando-lhe a devida atenção. Acrescentou que a situação com seu pai não era tão ruim quanto parecia a princípio. Disse que seguiria meus conselhos e marcou suas sessões de terapia para dali a uma semana e meia, pois até lá ele provavelmente já estaria melhor. E quanto a Vlad, ele não disse uma palavra e eu não quis perguntar.

Respirando com menos dificuldade, eu liguei para Miguel. Conforme eu procurava seu nome na minha lista de contatos do celular, meus dedos tremiam exponencialmente.

Apertei o botão para iniciar a chamada.

Segundos de espera intermináveis.

Bip, bip, bip.

— Olá, meu amor — falou Miguel, e por um instante me esqueci do motivo pelo qual eu havia ligado para ele e me concentrei apenas no deleite de ouvir a palavra "amor".

Retornei ao foco assim que foi possível.

— Olá — respondi. — Miguel, eu estive pensando e... — Hesitei.

Silêncio.

— O que foi? — A voz dele me pareceu tensa.

— Acho que temos um assunto a resolver.

Mais silêncio.

Repentinamente, joguei as palavras em um fôlego só:

— Vou-fazer-um-jantar-para-você-Serafim-e-Ava-hoje-à-noite-para-ver-se-suas-desavenças-terminam.

— O quê? — Ele riu, sem entender.

Repeti as palavras lentamente.

— O quê? — Sua voz era, agora, ácida.

— Por favor, Miguel... Sei que vocês dois começaram com o pé esquerdo, mas... A situação está intragável. Eu te amo e ele é meu primo e mora comigo. Não posso ser dividida em duas. Quero apenas que perceba o quanto isso tudo não é nada demais, que Serafim não é perigo para ninguém. Quem sabe vocês não viram amigos? Tudo ficará bem se meu plano der certo. Dê-me essa chance — eu argumentei.

Outra vez silêncio.

— Nunca serei amigo dele.

— Apenas tente conviver. Sei que vai dar tudo certo.

Miguel considerou minhas palavras, pesando-as em sua mente.

— Você tem certeza?

— Sim.

Ele pensou por alguns instantes e depois falou, relutante:

— Tudo o que você quiser.

Eu sorri de orelha a orelha

— Mas não lhe garanto nada.

Apesar da ameaça em sua voz, eu estava tão feliz por ele ter concordado, que, mesmo se ele dissesse que mataria Serafim naquela noite, enquanto todos saboreavam a comida, eu teria sorrido ainda mais e dito que era a coisa certa a se fazer.

— Tudo bem, meu amor — falei-lhe. — Eu tenho fé.

Ele riu do termo utilizado por mim. Estava mais amigável agora que a parte mais frágil do assunto havia terminado.

— Que horas eu devo passar na sua casa?

— Umas oito, por aí.

— Tudo bem. Eu te amo.

— Também te amo.

Fim da ligação.

Dei três pulinhos em comemoração. Percebi, naquele momento, o quanto Miguel me compreendia. Não havia necessidade em insistir sobre nenhum assunto com ele, pois ele captava a essência de minhas intenções e as aceitava. Gostava de fazer parte das minhas decisões e respeitava meus motivos. Conviver com ele era fácil. Tão sem barreiras quanto era amá-lo.

Mas agora vinha a parte mais difícil: Serafim Garbocci, também conhecido como "Confusão em Pessoa".

Ele estava sentado na varanda, com o violão em seu colo. Embora não o estivesse tocando, eu tinha de admitir que ele e seu instrumento se encaixavam perfeitamente. Era como olhar uma fotografia da década de 1980 — um músico rebelde, com os cabelos negros emaranhados, olhos claros pensativos, camiseta branca meio surrada e jeans velhos. Havia musicalidade na posição de seu corpo alto, e, embora ele fosse grande, era também gracioso. Serafim logo percebeu que eu o analisava, entretanto, e virou seu olhar na minha direção.

— Olá! — falei-lhe, sorrindo e acenando, ainda dentro da casa.

Ele sorriu para mim e não havia, naquele instante, feições irônicas e secretas em sua expressão. Suspirei discretamente de alívio. Ele estava de bom humor e isso com certeza facilitaria meu plano.

Serafim estava sentado em uma chaise que ficava próxima à piscina, no lado mais distante da casa, perto do muro coberto de hera que dividia meu terreno do que pertencia ao vizinho. Caminhei até lá com as mãos nas costas, como quem não quer nada, o cabelo preso em um inocente rabo de cavalo balançando nos ombros.

Mas, para minha surpresa:

— O que você quer, Bela? — Riu ele ao mesmo tempo em que dava espaço na chaise para que eu me sentasse.

— Como assim o que eu quero? — perguntei sem conseguir omitir minhas intenções corretamente.

Sentei-me ao lado dele.

Ele fingiu que eu nada disse e mudou de assunto subitamente:

— Estive pensando em procurar um emprego.

Aquela notícia me pegou desprevenida.

— Isso é ótimo! — disse eu, sem fôlego.

— Sim — concordou ele. — Na verdade, venho pensando há algum tempo. Ontem, então, depois de termos ido à casa do seu amigo (depois me diga se ele está melhor?), eu fui a uma loja no fim da sua rua quando você subiu para seu quarto, e sabia que não retornaria até o horário do jantar.

Como ele não disse mais nada, eu incentivei:

— Liguei para o Breno hoje e ele me disse que está melhorando. Mas e então?

— Isso é bom, para seu amigo. Só que, bem, eles não me aceitaram lá. Era uma loja de roupas e disseram que, apesar de minha "boa aparência" — ele citou as palavras com diversão —, que ajudava nas vendas, eles não queriam empregar mais ninguém no final do ano. Então, eu fui a um bar, no lado oposto da calçada, e lá eles me aceitaram. Trabalharei como garçom. Se não me engano, são dois salários mínimos, fora os extras. Começo amanhã, pois estamos no meio da semana. Não é muita coisa, mas espero poder ajudar com minha permanência na casa. Não quero ficar aqui de graça e dependendo somente da sua boa vontade. Ah! E meu turno é na parte da tarde, o que é bom, pois fico com a manhã e a noite livres.

Aquela fala me soou tão madura e tão diferente do Serafim que eu havia conhecido inicialmente, que, por um momento, eu fiquei sem fala. Mas como ele me encarava com olhos verdes arregalados e ansiosos, os lábios entreabertos na expectativa de minha opinião sobre tudo o que ele havia acabado de me dizer, vi-me obrigada a parabenizá-lo.

Tudo o que eu pude falar, entretanto, foi:

— Você nunca dependeu da minha boa vontade.

Ele pareceu tomar aquilo como se eu tivesse dito algo extremamente orgulhoso.

— Claro que dependi! — exclamou ele, exasperado. — Não sou assim, Bela. Não posso aceitar uma oferta tão generosa quanto a sua e permanecer assim, ao vento. Tenho que assumir a responsabilidade e...

— Não, não foi minha intenção te deixar magoado — falei, interrompendo-o. Não queria irritá-lo, pois meu plano do jantar poderia ir por água abaixo.

— Então, está feliz?

— Muito! Na verdade, não esperava que fosse tomar uma atitude como essa.

— Você nunca espera nada de bom vindo de mim, não é? — perguntou ele em um sussurro, mais para si do que para mim.

Algum curto tempo se passou até que ele estivesse divagando dentro em sua mente, com o olhar distante de nossa triste realidade. Percebi que ele deveria estar pensando já em outra coisa, então aproveitei a oportunidade para lhe dizer:

— Chamei gente para jantar aqui em casa.

Ele me olhou meio alarmado, meio curioso.

— Quem? — questionou ele.

Nós dois sabíamos a quem ele se referia. De qualquer modo, eu lhe respondi:

— Ava… — suspirei — e Miguel.

Ele fechou os olhos por intermináveis segundos. Bufou, tentou acalmar a respiração, depois expirou bruscamente de novo. Suas mãos se fecharam em punho ao lado do corpo e pude ver os nós de seus dedos se tornarem brancos com a força utilizada. Quando eu já estava devidamente assustada, ele respirou fundo uma última vez, abriu os olhos verdes, agora claros como água, fitou-me na alma e disse:

— Você quer que eu saia, enquanto isso acontece?

— Não — falei enfaticamente. — Não, nem pensar. Eu quero é que vocês dois se entendam.

— Isso é impossível.

— Por favor — supliquei. — Sei que é difícil. Mas tente fazer isso. Se não for por você, faça-o por mim. Nada me deixaria mais feliz no mundo.

Ele levantou sua mão após hesitar e parecia que iria acariciar meu rosto, mas em seguida mudou de ideia e repousou sua mão sobre o instrumento em seu colo. Ruborizou levemente e disse:

— O que for preciso para te fazer feliz. — Sua voz era um lamento.

Seu olhar agora focava na água trêmula da piscina, cheia de flores e folhas mortas, e por um instante tive a impressão de que ele queria ser um desses seres naquele momento.

— Obrigada, primo. — E dei-lhe um abraço apertado em uma tentativa de reconfortá-lo.

Queria que ele percebesse que aquilo faria com que me sentisse bem, e, se eu fosse me sentir assim, ele também deveria. Ao tocá-lo, senti meu coração se encher de ternura morna, como se eu estivesse em uma noite quente de verão em plena lua cheia.

Ele retribuiu o abraço. Mas não havia acalento em seu toque, e na força de seus dedos eu poderia jurar que ele queria me prender em suas mãos como um pássaro a uma gaiola, em um gesto de desesperada perda.

Deus, como eu queria que tudo isso acabasse! Como eu queria que todos pudéssemos sorrir sem peso nos pensamentos, falar sem culpa nas palavras proferidas, viver sem tristezas ferindo o coração devido à navalha que jaz em cada segredo bem guardado!

Como eu queria que fôssemos felizes!

Algum tempo mais tarde, quando o sol já ameaçava começar sua descida até o mar, por onde permaneceria escondido até que a manhã chegasse, eu havia acabado de limpar a piscina quando o celular vibrou no bolso de meu jeans.

Era um e-mail do colégio.

Curiosa, eu abri a mensagem, para ler que eu havia passado de ano direto e não necessitaria fazer as provas finais, que ocorreriam em janeiro. Deveria passar na escola antes de me inscrever oficialmente na faculdade de Direito — cuja matrícula seria dali a três semanas —, para pegar os documentos necessários. Parabenizaram-me e, no final, havia as assinaturas da diretoria e coordenação.

Eu ri no momento em que li aquilo. Porque eu havia, essencialmente, esquecido-me de tudo o que se relacionava ao colégio ou à faculdade nos dias que haviam se passado. Entretanto, não deixava de ser uma boa notícia.

Ainda cansada por ter limpado a piscina, acendi um cigarro para me sentir melhor, enquanto lia pela terceira vez a mensagem contida no e-mail. Sentei-me na borda e molhei meus pés na água purificada com cloro. Deixei o celular ao meu lado depois de um tempo e deitei-me, os pés ainda imersos, a cabeça apoiada na grama.

O cigarro possuía uma fumaça quase azul àquela hora da tarde. Ouvi os primeiros cantos das cigarras, escondidas sob as folhas de pequenos arbustos em meu jardim. Uma ou duas libélulas deram seus últimos voos rasantes sobre a água da piscina naquele dia, e, quando uma delas passou voando por cima de mim, tive a impressão de que ela respingara água sobre minha pele.

O céu começava a ficar amarelado, quase laranja. Percebi, então, que já deveriam ser quase sete horas pelo horário de verão. Apaguei o cigarro na grama, levantei-me, espreguicei-me e entrei na casa. Subi melancolicamente até meu quarto e fechei a porta. Trocaria de roupa para o jantar.

Enquanto eu colocava um curto vestido de mangas compridas, de seda cor de chumbo e sapatilhas pretas — que agora contrastavam morbidamente contra minha pele em sua nova e pálida versão —, pensei que deveria fazer um pedido de comida pelo serviço de entrega, pois eu não havia preparado nada.

Como havia sido eu quem havia chamado todo mundo e não havia avisado nada sobre um jantar delivery, eu teria de pagar por conta própria. Então, assim que havia terminado de passar o secador e a escova nos cabelos e colocar a maquiagem negra nos olhos, eu peguei o telefone que ficava ao lado da cama, acendi um novo cigarro e disquei para o meu restaurante japonês favorito.

Pedi comida suficiente para cinco pessoas. O pedido chegaria dali a quarenta minutos. O relógio marcava exatamente sete horas, então tudo estaria preparado a tempo da chegada dos dois convidados. O dinheiro, que meus pais haviam me deixado antes de viajarem, repousava dentro da minha gaveta, em várias cédulas de cinquenta reais amarradas em um elástico. Separei algumas notas e as coloquei sobre o criado-mudo.

Permaneci sentada, com as pernas cruzadas, o cigarro entre os dedos, o rosto apoiado sobre a mão. Mel enroscou-se em minha perna. Deitou-se e se pôs a lamber uma das patas traseiras, como uma contorcionista de circo.

Estava tudo calmo demais. Tedioso. Silencioso. Solitário.

Olhei para a janela. Dali eu via o sol que nascia, mas não o poente. Fiquei a encarar, assim, os raios da nossa estrela refletidos nas janelas da casa vizinha, como se ali jazesse a resposta para todos os problemas do mundo. Eu pensava em tudo e não pensava em nada.

A névoa que me enforcava levemente, nos dias que antecederam a chegada de Miguel em minha vida, ameaçava tomar forma naquele momento. Eu não sabia por quê. Pois eu estava feliz, não estava? Minha vida não havia tomado um rumo? Eu agora não tinha problemas o suficiente para esquecer essas sensações sombrias e vagarosas que matam a alma pouco a pouco?

Entretanto, não adianta tentar afastar esse sentimento vil — ele apenas se enrosca mais e mais em torno do corpo, febrilmente. Desde que eu conversara com Serafim naquela tarde, a sombra havia se instalado dentro de mim e agora ela corria por minhas veias, expandindo-se. Pela ponta dos dedos, havia o frio. Nos confins da mente, o vazio. E, então, a negritude de tudo aquilo, de toda aquela morte, de toda aquela vida que vazava pelos poros a um milhão de quilômetros por hora.

Olhei para minhas mãos, as mãos de uma garota de 18 anos, e subitamente me vi velha demais — ou prestes a me tornar velha demais, o que era a mesma coisa. O relógio corria e eu seguia seu rumo, sem chance de escapar. Eu estava presa no tempo.

Deitei-me no chão do quarto e me encolhi, abraçada às próprias pernas. Mel, em um momento de cômica tragédia, subiu em meu quadril e permaneceu deitada sobre meu corpo.

Meus medos me tomaram de súbito, sufocando minha respiração, machucando meu coração, enquanto ele tentava bater, correndo contra os ponteiros do relógio inutilmente.

Então, quando eu apaguei o cigarro no chão do quarto e subi a manga comprida do vestido a fim de ver minhas cicatrizes e deslizar o dedo sobre elas, como Miguel tinha feito, Serafim entrou no quarto e me encontrou jogada sobre o tapete colorido.

— Então, você está depressiva? — perguntou ele, cruzando os braços sobre o peito desnudo. Havia duas blusas jogadas sobre seu ombro, como se ele tivesse vindo ao meu quarto para me perguntar qual era melhor. Usava seu melhor par de calças jeans – sem um único rasgo.

Assenti com a cabeça.

— Isso é para idiotas.

Como não respondi à sua brincadeira da maneira usual — com uma resposta ferina, dando-lhe a língua ou fazendo um gesto obsceno —, ele logo se agachou ao meu lado e passou a mão por meus cabelos e ombro.

— Ah, Bela...

Subitamente, eu sentei-me e enrosquei meus braços ao redor de seu pescoço, grata por sentir calor humano.

Se houvesse lágrimas em mim, eu teria chorado, apenas pela dor que sentira e pelo conforto que agora estava crescendo em mim. Mas no meu sofrimento lágrimas não existiam. Apenas a secura da solidão, como se meu próprio corpo fosse um deserto sem alma.

— Você está bem? — perguntou ele.

Balancei a cabeça negativamente, ainda com o rosto enfiado na curva de seu ombro. Ele acariciou novamente meus cabelos.

— Quer alguma coisa?

— Pode ficar aqui? — pedi.

— Posso.

Então, permanecemos ali — Mel deitada sobre a cama, encarando-nos, eu enterrada no ombro de Serafim, sentindo o calor emanar de sua pele, assim como seu cheiro cítrico de canela, maracujá e laranja, e Serafim segurando minha cabeça e dançando os dedos de uma de suas mãos pela minha coluna, como se eu fosse seu violão.

Senti seu coração batendo acelerado contra minhas costelas, mas não me importei. Eu estava em um momento de pânico e precisava de gente. De calor. Ouvir vozes que não a de meus próprios pensamentos suicidas.

— Obrigada, Serafim — sussurrei em seu ouvido.

Ele beijou meu rosto, recatadamente.

Fechei os olhos, para tornar a abri-los apenas quando a campainha veio a tocar. A comida havia chegado.

Logo o relógio bateria oito horas.

Havia acabado de preparar a mesa com a ajuda de Serafim quando a campainha soou novamente. Eu fui atender, já mais calma pelos momentos compartilhados em silêncio compreensivo com Serafim. Com as sapatilhas incomodando levemente meu calcanhar, corri até a porta da entrada e a abri, com certa ansiedade nos movimentos das mãos.

Era Ava, usando uma camisa de botões e uma saia de musselina cor-de-rosa. Ela estava adorável, com os cabelos cacheados soltos ao redor da cabeça, flamejantes como sempre. Os olhos negros eram amigáveis e ela me abraçou assim que me viu, reconfortando-me, sabendo as intenções do meu plano de forma mais precisa do que os dois meninos.

Ela estava com um cheiro muito bom, de mar e sol, e quando lhe perguntei se havia ido à praia, para meu espanto, ela disse que sim — Ava nunca gostara de sol como eu, por ser muito mais sensível à radiação.

Tomei sua mão para mim e caminhei com ela até a sala de estar, onde Serafim estava sentado fumando um cigarro.

— Boa noite — disse Ava.

— Você está bonita — comentou Serafim para minha amiga, sorrindo de forma sedutora.

Senti minhas bochechas ficarem levemente rubras, mas ignorei o sentimento.

— Que mudança de comportamento... — segredou Ava para mim, como se Serafim fosse um animal em exposição no zoológico, que havia acabado de chegar da natureza, e nós fôssemos as veterinárias analisando seu comportamento, agora que estava em cárcere.

Revirei os olhos e sentei-me ao lado de meu primo, acendendo um cigarro eu mesma.

Ava sentou-se um pouco mais afastada a fim de ficar longe da fumaça.

Cruzei as penas.

— E então, Ava? Quando começam as aulas da sua faculdade? — eu quis saber.

— Na primeira semana de fevereiro. Acho que daqui a um mês e duas semanas.

— Vai fazer o quê? — indagou Serafim.

— Engenharia civil.

Ele fez uma careta, como quem diz "nada mau".

— E você? — perguntou ela para ele.

— Não vou fazer nada. — E vi que ele ficara ruborizado pela pergunta.

Antes que Ava insistisse no assunto e ferisse o ego de meu primo, eu mudei o rumo da conversa falando sobre a primeira coisa que veio à mente.

— Que dia é hoje?

— Dia 20 de dezembro.

— Ainda? — perguntei, mais para mim do que para Ava.

— Sim, por quê?

— Faz quase uma semana que acabou o colégio, mas já me parecem anos.

— Também me sinto assim — disse ela.

Silêncio pensativo.

— Gostaria de beber alguma coisa? — perguntei para ela.

— Tem Coca-Cola?

— Claro que sim! — Sorri.

Fui até a cozinha e preparei um copo com líquido negro para Ava. Enquanto estava ali, olhei para meu reflexo na tampa de vidro temperado do fogão, agora levantada. Tive a impressão de que eu parecia um pálido cadáver, mas logo passou, e vi o blush resplandecendo nas bochechas, além do brilho vívido nos olhos. Respirei fundo e me acalmei, embora as mãos tremessem um pouco. Retornei para a sala, onde Ava conversava sobre sei-lá-o-quê com Serafim.

— Aqui está — disse a ela, entregando-lhe o refrigerante.

— Obrigada. — Piscou ela.

Quando o relógio bateu oito e quinze, a campainha tocou pela terceira vez, e agora havia a certeza de que era Miguel. Dei uma rápida olhada preocupada em Serafim, e apesar de seus lábios tremerem um pouco com o aviso da chegada de seu inimigo, ele parecia confiante, relaxado e até mesmo receptivo. Contendo um suspiro ansioso, eu fui novamente até a porta e a abri para que o amor entrasse na casa.

Miguel estava com os cabelos em um tom mais vívido de azul mentolado e julguei que ele havia retocado a cor. Deixava-o ainda mais pálido e as bochechas ainda mais rosadas. Dei-lhe um beijo rápido e estalado. Sua mão pousou levemente em minha cintura. Ele usava uma blusa social branca, meio aberta, com as mangas dobradas até o cotovelo. Assim como Serafim, usava jeans sem rasgos, mas as botas velhas de sempre.

— Tudo bem até aqui? — perguntou ele em um sussurro.

— Até aqui — confirmei, olhando para baixo.

Ele passou a mão levemente por meu rosto. Entrelacei meus dedos aos dele e o dirigi até a sala, apesar de que a essa altura ele já conhecia o caminho.

Deu um beijo em cada face de Ava, então se virou para Serafim e apertou sua mão amigavelmente. Ambos sorriram forçadamente, um para o outro, enquanto eu os observava. Olhei de relance para Ava, que retornou o olhar preocupado para mim.

— Vamos jantar, então! — Sorri, mais aliviada agora que eles se cumprimentaram.

Levei todos até a mesa de jantar formal. Servi saquê para mim e para os meninos, enquanto Ava insistia em tomar apenas Coca-Cola.

Sentei-me à mesa e todos começaram a se servir, tanto com peixe cru quanto com yakisoba. Eu estava de frente para Serafim, que se sentou ao lado de Ava. Miguel estava defronte à minha amiga e ao meu lado.

— Foi você quem fez isso? — perguntou Ava.

Serafim sorriu um sorriso sacana para mim.

— Não, eu pedi, na verdade — respondi, ignorando meu primo.

— Então, Miguel... — falou Serafim, do nada, dando um largo gole no saquê. — Você e Bela estão namorando ou o quê?

— Por que você quer saber isso? — perguntou Miguel, ríspido. Coloquei minha mão sobre sua perna, por debaixo da mesa, tentando acalmá-lo. Ele pareceu relaxar um pouco.

— Não falamos sobre isso ainda — respondi por Miguel.

— Não queria te ofender ou ser invasivo, Miguel — admitiu Serafim, o som do nome de meu amor ferindo-lhe os lábios.

— Tudo bem. Erro meu — falou Miguel, forçando um sorriso.

— Vocês já viram como Isa está dando conta da casa? — interrogou Ava, ajudando-me a manter a paz. — Tudo está tão limpo! Parabéns, amiga!

— Obrigada.

— Isa tem dom para cuidar das coisas ao seu redor — falou Miguel, passando a mão por meu ombro.

Imediatamente olhei para Serafim, a fim de ver sua reação ao olhar um gesto tão carinhoso de Miguel em minha pele, mas ele estava prestando atenção a outra coisa… ou pelo menos fingia muito bem estar. Deu outro gole no saquê e parecia esperar a hora do próximo cigarro.

Eu mesma bebi o saquê, que desceu queimando minha garganta. Passaram-se longos minutos, enquanto todos mastigavam desconfortavelmente, até que Ava exclamou, nos surpreendendo:

— Eu adoro ler. Vocês gostam de ler?

— Você sabe que eu gosto — falei.

— Sim, adoro! — respondeu Miguel.

— Meh — fez Serafim, dando de ombros.

Mirei Serafim com olhar cerrado. Eu sabia que ele gostava de ler. Ele gostava de fazer tudo o que pessoas inteligentes, como eu sabia que ele era, fazem. Apenas temia admitir. Tinha medo de ser quem já foi um dia, antes de sua vida decair.

— No momento estou lendo *O grande Gatsby* — continuou Ava.

— É mesmo? Eu amo essa história! — comentou Miguel.

— Isabela quem me recomendou.

— Isa tem muito bom gosto. — E colocou sua mão sobre a minha.

Desta vez eu percebi o que Miguel estava tentando fazer: tocando-me a cada instante para mostrar a Serafim que eu era dele. Era esse o plano desde o princípio, e eu mesma o havia elaborado. Entretanto, no mesmo momento em que tive essa epifania, vi os olhos de Serafim sobre as nossas mãos, e ali estava incrustada tanta dor, tanto sofrimento e perda, que minha pressão caiu de súbito e pensei que fosse desmaiar ali mesmo.

Não suportava ver o sofrimento nos olhos verdes de Serafim. Era terrível. Pior do que assistir às minhas próprias angústias, de meu pequeno e íntimo ponto de vista. Eu não poderia fazer aquilo ao rapaz que tantas vezes me ajudou e que me fez tanto bem. Não conseguia aguentar a ideia remota de que eu era a causadora de sua dor.

— Isa? — perguntou Miguel, sentindo o frio invadir a ponta de meus dedos pela pressão baixa. — Você está bem?

— Sim — menti. — Apenas um pouco de frio.

Ainda não era o momento de colocar os sentimentos em palavras. Queria amaciar a situação, deixar Miguel e Serafim um pouco mais embriagados, de modo a ficarem mais sentimentais e compreensivos. *Depois do jantar,* pensei. Aí eu diria a verdade.

Mas haveria uma verdade sensata?

Ava arregalou os olhos negros para mim e então levantou sua Coca-Cola:

— Vamos brindar!

— Brindar a quê? — perguntou Serafim. Havia sinceridade em sua voz, e não amargura, contudo.

— Não sei. — Ela riu. — A que devemos brindar, Isa?

Dei de ombros.

— À vida — disse Miguel, sorrindo como um felino.

Todos levantaram os copos e bateram as bebidas. Quando foi a minha vez de bater o meu saquê com o de Serafim, olhamo-nos, e houve compreensão mútua em nossos olhos, o que me deixou mais confortável e ele também.

Miguel deu um beijo em minha bochecha, os lábios molhados de álcool, e eu me senti ruborizar. Senti-me instantaneamente protegida. Ele envolveu-me com um de seus braços.

Assim que acabamos de comer, fomos à varanda terminar de beber e fumar. Liguei algumas lâmpadas com luz indireta e ficamos ali, fingindo ser adultos, disfarçando nossas crianças.

Eu estava novamente naquele dia somente com os pés imersos na piscina. As sapatilhas negras e meu saquê estavam ao meu lado e eu ouvia a conversa que ocorria atrás de mim, na parte mais próxima a casa, onde estavam Ava, Miguel e Serafim. Virei meu rosto por sobre o ombro para observá-los, outro cigarro em minha mão para aliviar a ansiedade.

Ali ficavam os sofás impermeáveis e — é claro — brancos, e também a maioria das luminárias. Na mesinha de centro estava uma garrafa de Coca-Cola e outra de saquê. Três copos pela metade. Ava estava rindo de alguma coisa que Miguel dissera, enquanto Serafim estava, assim como eu, tenso, um cigarro entre os dedos. Pegou seu copo. Levantou o olhar verde de uva, que se conectou ao meu. Virei rapidamente, mas tive certeza de que Miguel nos flagrara, pois sua voz cessara de súbito, e, então, pude ouvi-lo se levantar e exclamar:

— Ora, ora, ora!

Um gélido calafrio por minha espinha.

— A noite está bonita. — E veio se sentar ao meu lado.

Alívio.

Ele cruzou as pernas e tirou do bolso de sua calça um maço de cigarros. Descansou o copo de saquê ao seu lado e acendeu um. Olhou em meus olhos e sorriu.

Não sorri de volta, desta vez. Chega de mentiras.

— O que há de errado? — perguntou ele.

— Muita coisa.

— Diga.
— Tudo precisa ser explicado.
— Tudo o quê? — Sua voz era, agora, preocupada.
Olhei em seus olhos de chocolate e me derreti dentro deles. Passei a mão por seu rosto e uma lágrima escorreu por minha bochecha.
Seus olhos se arregalaram de espanto.
— Nada — disse-lhe.
Peguei meu copo de saquê e virei garganta abaixo. Miguel fez uma expressão confusa, na qual ele estava em parte tentando me entender e em outra se divertia com minha audácia.
Retornei ao convívio humano e sentei-me ao lado de Serafim, no sofá. Miguel permaneceu alguns minutos fumando em minha varanda, da mesma forma como eu fazia. Ele e eu éramos iguais. Provavelmente, estava pensando sobre as mesmas coisas que eu – em como a água da piscina ondulava levemente com a brisa noturna, em como o voo dos morcegos era audível naquele condomínio silencioso e em como eu o amava de forma singela e pura.
Olhei para Ava, à minha frente, que disse:
— Amiga, por mais que eu tente, eu não consigo gostar desse aí.
"Esse aí" era meu primo.
Virei meu olhar para Serafim, que parecia se divertir com a opinião de Ava. Eu sabia que, para ele, ela não significava nada, e por isso tudo era tão engraçado.
— O que há de errado com ele? — perguntei.
— Ele é insolente, irresponsável e vive cheio de sorrisinhos misteriosos.
Analisei Serafim por uns instantes.
— Eu pensava a mesma coisa sobre você.
— É mesmo? — Ele arqueou as sobrancelhas.
— Não faça essa cara. — Eu ri. — Você queria passar essa imagem.
— Não consigo mais?
— Não, eu...
Nesse momento Miguel chegou à conversa. Ava me olhou feio, como quem diz: "Foi você quem armou a coisa toda. Agora dê atenção para Miguel e obedeça a si mesma".
Sorri para Miguel e estendi meu braço em sua direção, chamando-o com o dedo indicador. Ele caminhou até mim e segurou meus dedos com leveza, dando um delicado beijo na face externa de minha mão.
— Minha princesa — fez ele.

Sorri para ele ternamente. Sentou-se ao meu lado e eu fiquei espremida entre os dois rapazes no sofá pálido. Pensei, em um momento de puro sarcasmo, que a cena merecia uma foto.

Então, Serafim sorriu para o nada, de forma irônica. Levantou-se, levando consigo a garrafa de saquê. Entrou na casa e não pude vê-lo mais.

Abri minha boca, na intenção de gritar alguma coisa, mas fui impedida por Ava, que novamente se pôs a tagarelar, a fim de manter a situação dentro do controle:

— Bem, agora ele levou a bebida de vocês, aquele ser desprezível.

— Só nos resta o vinho — comentei.

Miguel sorriu para mim e passou o dedo indicador pelo meu queixo.

— Então, vamos pegá-lo — sussurrou em meu ouvido.

Assenti com a cabeça, peguei Miguel pela manga da camisa e o puxei para dentro da casa. Deixamos Ava sentada com sua Coca-Cola e ela entendeu o recado. Fomos até a cozinha e pegamos o vinho. Serafim não estava em lugar algum. Abrimos a garrafa e Miguel deu os primeiros goles. Como ele estava tomando tudo para si, dei um tapa em sua mão e comecei a rir. Puxei a garrafa de seus lábios incessantes e comecei a beber da mesma forma compulsiva que ele, e desta vez quem riu foi Miguel.

Não demorou mais do que dez minutos para que o efeito das duas bebidas, agora unidas em meu sistema, deixasse-me embriagada e Miguel também.

Quando dei por mim, a luz da cozinha havia sido apagada por um de nós e eu estava deitada sobre o corpo dele. Tudo no que eu conseguia pensar era em como os seus lábios tinham o delicioso gosto do vinho. Lambi-os com avidez e, em seguida, os mordi, querendo me alimentar de Miguel. Ele deslizou sua mão pelas minhas costas e até mais embaixo, e repousou-a ali, pressionando os dedos contra minha pele de vez em quando. Eu dei pequenos beijos em seu rosto, depois em seu pescoço, seus braços, seu peitoral, sua barriga, e, quando estava em um local baixo demais, eu subi novamente.

— Isa, para de brincar comigo — gemeu ele.

Eu apenas ri.

Sentei sobre ele e olhei seu rosto, analisando sua fisionomia. A luz que entrava era a do luar, e assim consegui ver que seus olhos estavam dilatados pelo desejo, e a cena era toda em preto e branco. Seus cabelos estavam cinzentos e sua tatuagem se destacava no marfim que era sua pele. Desci lentamente até seu pescoço e lambi a tatuagem, fazendo-o estremecer.

Eu sabia que naquele momento ele estava em minhas mãos, e tinha de concordar comigo mesma que ele era extremamente respeitador, deixando que eu tomasse cada passo por vontade própria, sem impor nada.

— Eu te amo — sussurrei em seu ouvido e comecei a desabotoar sua blusa.

Meus dedos tremiam, desesperados, como se Miguel fosse desaparecer dali a qualquer instante. Eu queria tê-lo para mim, de modo que, não importasse o que acontecesse, ele seria para sempre meu.

Havia tanto desejo, tanta tristeza e tanto medo em meu gesto, que parecia que eu iria derreter sobre meu amado. Quando cheguei ao último botão, ouvi um grito estridente vindo de Ava, que ainda estava na varanda, dada a distância da voz.

— Merda — disse Miguel.

Levantamo-nos apressados e Miguel nem se deu ao trabalho de fechar a camisa. Ao corrermos até a sala, percebemos por que Ava gritara: ocorrera um apagão. Olhei para a parede de vidro que separava a sala da varanda e percebi que, apesar do grande luar, uma tempestade se aproximava rápida e violenta, e as plantas do jardim dançavam ao som do vento com ímpeto malicioso, como se pudessem voar dali assim que bem desejassem.

Ava acabara de entrar na casa, arfante, fechando a porta de vidro corrediço atrás de si, quando nos viu pelo brilho do luar que já esmorecia e exclamou:

— Meu Deus! Foi só falta de luz! Que susto idiota! — confessou. — Espero não ter atrapalhado nada.

Eu comecei a gargalhar pelas suas últimas palavras, em cósmica ironia, e percebi que, na correria, eu havia levado o vinho até ali. Dei um último largo gole. Miguel riu também e Ava, apesar de não entender nossa piada interna, também o fez.

Coloquei a garrafa sobre o chão, delicada e desajeitadamente pela tontura da bebida. Quando retornei, eu gritei, subitamente.

— Pique-pega no escuro. — Cutuquei Miguel e saí correndo, rindo.

Sem parar de rir, dei duas voltas pela sala, com Miguel e Ava me perseguindo às pressas, todos gargalhando. Subi as escadas e o som de pés contra o chão pareceu morrer por um momento, como se ambos tivessem me perdido. Mas quando cheguei ao final do corredor, no andar dos quartos, na frente da porta do aposento de meus pais, ouvi passos pesados e decididos andando até mim. Quase gritei, quando uma mão masculina se colocou sobre minha boca, e eu sorri. Assim que a mão saiu dali, eu sussurrei:

— Você me pegou.

E então, enquanto minhas costas estavam sobre a porta do quarto de papai e de mamãe, a sombra colocou uma das mãos em minha cintura, e com outra abriu a porta. Entramos ali. Joguei-me sobre a cama king size, entregue, e Miguel se colocou sobre mim. Prendendo-me como uma refém, manteve meus pulsos colados à colcha branca perolada, que era agora obscura pela falta de luz.

Lábios ávidos se uniram aos meus. Miguel estava me beijando de forma inusitada: não havia intervalos entre a languidez e a fome, como de costume. Era apenas o desespero, um desespero rápido e apaixonado que nunca havíamos vivenciado, pois nos sentíamos seguros com relação um ao outro, sempre tão imersos em nosso pequeno mundo, que vivíamos os momentos como se estivéssemos de férias em uma ilha paradisíaca e nada pudesse nos perturbar, nem mesmo meus fantasmas ou os dele. Mas agora Miguel estava me segurando como se a qualquer momento eu pudesse evaporar. Ele devia estar com vontade de terminar o que comecei, pensei.

Apesar da diferença, o beijo era muito, muito bom. Fazia com que minha cabeça girasse fora de órbita e não importava se eu estivesse de olhos fechados ou abertos: tudo era negro, e eu poderia ver pequenos pontos brancos e brilhantes em todos os lugares, extremamente tonta como eu estava. Aqueles lábios me faziam perder o ar, tão sedentos eram. Meu sangue corria por lugares que não pensei que pudesse sequer sentir e comecei logo a ficar acalorada, embora a noite fosse fria e tempestuosa.

As mãos de Miguel largaram meu pulso e desceram lentamente até meu quadril, fortes em seu aperto. Miguel não estava delicado. Segurava meu corpo contra o dele, e pude sentir a pulsação de seu coração através de suas veias, tal era a proximidade de nossas peles. Não havia mordidas nem lambidas, mas havia tanto toque, tanto arfar e tanta sincronia nos movimentos, que eu estava me deleitando com aquela experiência nova.

O choque foi quando ele desceu seus lábios para meu pescoço, pois eu senti o cheiro.

Não era lua, mar e tabaco.

Mas, sim, maracujá e canela.

Naquele instante, enquanto meu coração parava e meu cérebro tentava raciocinar, o vulto ergueu o rosto sobre o meu. E um trovão, incandescente através das finas cortinas brancas, mostrou o contorno de suas feições para mim.

Os olhos verdes estavam amarelados pela paixão e o sorriso era o mais brilhante de todos que ele já havia mostrado para mim: a mais pura e sublime felicidade, como a de um peregrino que achara uma limonada em pleno deserto.

Serafim.

Eu estava beijando Serafim.

Vinte e três dias e meio

Eu precisei me controlar muito para não gritar. Mas isso não significa que eu não me comportara de forma brusca, abrupta.

Ao ver seu rosto, eu levei minha mão aos lábios e a mordi, em punho. Quando viu minha reação, Serafim imediatamente saiu de cima de mim e se encostou à porta, agora fechada.

— Isabela?

Tirei a mão de minha boca. Senti uma dor lancinante. Com certeza minha pele sangrava.

— No que você está pensando? — sussurrei-lhe um grito, sentando-me na cama.

— Mas...

— Você é meu primo! Primo de primeiro grau!

— Bela...

— Não, não me diga nada. Não posso acreditar no que acabou de acontecer. Isso aqui está virando um manicômio.

Ele suspirou e não tentou argumentar mais. Levantei-me e fui até a outra extremidade do quarto. Meus olhos começavam a se acostumar com a escuridão e logo pude ver o desenho de seu rosto e o delinear de seus movimentos. Fiquei encarando-o. Pensei que deveria tentar tirá-lo da porta, abrindo caminho para retornar a Miguel. Também pensei que eu tinha de dar um tapa em seu rosto, como em novelas mexicanas ou antigos livros britânicos. Mas tudo o que pude fazer foi ficar paralisada, observando seus gestos. Muito provavelmente eu entrara em choque e não foi porque eu simplesmente o havia beijado.

Mas porque havia gostado. Virei de costas para ele e puxei meus cabelos pela raiz, como se ao arrancá-los eu também pudesse alterar minha memória. Ouvi seus passos receosos — toc, toc, toc — até mim. Ele pôs as mãos em meus ombros para me reconfortar.

— Não! — gritei. — Não me toque!

Afastei-me dele e corri para a porta.

— Bela, escute... — chamou-me ele.

Virei meu rosto em sua direção.

— O que é?
— Há uma coisa que preciso lhe contar.

Eu estava prestando atenção. Ele suspirou e andou até mim antes de continuar a falar, o que foi o seu erro. Ao sentir novamente seu cheiro, meus lábios secaram e minha respiração ficou dificultada, como se meu corpo ansiasse por mais de seu toque. Era irracional. Afinal de tudo, ele era meu primo. Esse sentimento era asqueroso, incestuoso. Inaceitável.

E meu coração pertencia a Miguel.

— Não posso ficar perto de você agora — cuspi as palavras.

Tudo no que pude pensar foi em correr para meu quarto. Desviei de Serafim e fugi dali o mais rápido possível. Fechei a porta atrás de mim silenciosamente, para que ninguém naquela casa soubesse onde eu estava.

O quarto estava escuro, assim como o resto do mundo. Mel não estava e provavelmente saíra para caçar. Olhei ao meu redor, para o breu que me cercava, e me apavorei mais ainda, como se tivesse novamente sete anos. Era como se a morte me esperasse ali — como se sempre houvesse habitado aquele ambiente, espiando-me pelas frestas das gavetas, nas sombras projetadas pelas cortinas, no canto de um reflexo de espelho onde os olhos não alcançavam.

Corri até a cama e me abracei ao travesseiro, buscando consolo.

Eu não podia pensar, não podia pensar, não podia pensar.

Ou enlouqueceria.

Segundos intermináveis se passaram até que a porta de meu quarto fosse aberta lentamente, rangendo de modo suave. Entrou alguém, quase invisível naquelas trevas.

Não seja Serafim, meu Deus... Não seja Serafim.

Então, minhas preces foram atendidas, porque eu ouvi Ava gritando:
— Eu te peguei! — E começou a rir, jogando-se em cima de mim.

Só quando estávamos devidamente abraçadas na cama, como irmãs, ela percebeu que eu não estava rindo. Então, sussurrou-me:
— Você não está se divertindo. O que aconteceu?

Abracei-a mais forte.
— Acho que você já sabe.

Pausa.
— Tenho minhas suspeitas.

Joguei a informação:
— Eu beijei Serafim pensando que fosse Miguel.

Ela congelou em meu aperto.
— Você só faz besteira.

— Eu sei.

Ava se sentou ao meu lado. Eu permaneci deitada.

— E agora? — questionou ela.

— Não sei. Não consigo pensar.

Ela esfregou o rosto com as mãos.

— Esses dois ainda vão te deixar louca.

Estremeci com o pensamento.

— O que eu posso fazer? — perguntei, mais para mim do que para ela.

Levantei-me no escuro, busquei um de meus maços de cigarros que sabia estar na mesa de estudos e acendi um com o isqueiro que estava dentro dele, no espaço em que antes habitavam cigarros que já foram usados. Encostei-me à bancada, passei a mão nos cabelos e mordi o lábio inferior. Traguei uma vez, traguei duas. Fez com que me sentisse mais controlada, mas não menos perturbada pelo que acabara de acontecer.

Ava esperou até que eu me aquietasse para se levantar, ficar frente a frente comigo e dizer:

— Você tem quatro opções. Não conte para Miguel, ou conte para Miguel e lide com as consequências, ou troque Miguel por Serafim, ou mande ambos saírem de sua vida antes que seja tarde demais.

— Estou em dúvida entre as duas primeiras.

Senti, pelo momentâneo silêncio, que Ava estava sorrindo pelas opções escolhidas por mim, como se ela já soubesse que eu ficaria nessa corda bamba.

— Então, não diga nada a ele até ter certeza. Apesar de tudo, acho que a culpa não foi realmente sua. Estava tudo escuro e você pensou que fosse Miguel. Pense nisso.

Assenti e, em seguida, senti certo alívio. Não havia considerado a hipótese de que eu era uma vítima do destino. Talvez porque em meu interior eu soubesse que eu realmente traíra Miguel por ter gostado do beijo de meu primo e, principalmente, por não ter mudado de opinião ao saber que era ele, no fim das contas — o que me deixou brevemente enjoada.

No momento em que concluí meu infeliz raciocínio, duas coisas aconteceram. A primeira era que a luz havia voltado, com um zumbido estridente, que foi abaixando pouco a pouco até se estabilizar. A segunda era que Miguel acabara de entrar no quarto, os olhos de chocolate brilhando derretidos sob a dourada e fraca luz artificial.

Ele com certeza não escutou nossa conversa criminosa, pois eu e Ava estávamos sussurrando e havia um sorriso imaculado nos lábios de Miguel, que estavam esculpidos em mármore rosa.

— Droga! Você a achou antes de mim!

Dei um grande trago em meu cigarro ao ouvir sua voz. Ava sorriu e falou:

— O prêmio é seu! — Uma referência a mim. — Por hoje, chega. Tenho que ir para casa agora. Amanhã preciso sair cedo com minha mãe, que tem reclamado que a estou negligenciando. Portanto — disse vindo até mim e deu-me um beijo de despedida —, vou embora agora.

Em seguida, deu um abraço em Miguel e saiu do quarto. Antes que seu vulto desaparecesse, chamei-a.

— Ava, fique! — gritei, desesperada, estendendo minha mão em sua direção como se pudesse puxá-la pelo ar. Não queria ficar a sós com Miguel naquele momento. Minha mente estava em um maremoto de pensamentos lógicos e ilógicos e precisava de sua ajuda para organizá-los.

— Depois nós nos falamos.

A porta foi fechada com um pequeno baque. Sua resposta era, na verdade, um conforto. Ela entraria em contato comigo o mais cedo possível – eu sabia, pelo tom de sua frase – para saber se tudo correra bem.

Suspirei aliviada e joguei-me na cama.

— Por que esta cara? — perguntou Miguel, fazendo menção ao meu beicinho e cenho franzido. — Agora temos tempo para ficarmos juntos, — E para ficarmos juntos, ele queria dizer beijar.

— Não, temos que conversar — confessei, apagando o cigarro em um cinzeiro de porcelana ao lado da cama, na mesa de cabeceira.

Mas o que havia agora para conversar? Estava tudo estragado. Não poderia convencê-lo de que Serafim não era uma ameaça para nós, tampouco lhe diria que eu gostava de Serafim somente como se deve gostar de um parente para que pudesse tranquilizá-lo. Nem eu mesma sabia o que sentia agora. Não podia estar apaixonada por ele, não fazia sentido. Eu amava Miguel. Mas havia me sentido tão bem com aquele beijo...

Ah... Eu estava divagando de novo. Concentre-se, Isabela!

— Tudo bem, pode dizer — falou ele, sentando-se ereto em minha cama. Também o fiz, cruzando as pernas como uma criança no jardim de infância, de frente para ele.

Eu pensei em lhe perguntar algo que estava incomodando minha mente levemente desde o dia em que ele havia desvendado meus segredos suicidas, de modo a dizer a ele algo importante ao mesmo tempo em que eu fugia do tópico inicial.

— Você conhece minha história. Mas eu não conheço a sua. — E segurei sua mão. Tentei apagar o beijo de meu primo de minha memória com o gesto e, embora o ato tenha intensificado a lembrança, empurrei o pensamento para o fundo, do fundo, do fundo de minha mente com todas as minhas forças, e prossegui a conversa. — Gostaria que me contasse tudo o que eu posso saber.

— Ah... — suspirou ele, aliviado. — Era apenas isso.

Percebi, pelo tom de sua voz, que ele temia que eu lhe contasse o que, na realidade, eu iria lhe dizer.

— Então, chegamos ao momento em que nos "conhecemos melhor", certo? — Riu ele, desenhando as aspas no ar com as mãos. — Tudo bem, vamos lá. O que você quer saber?

— Bem, basicamente, tudo o que foi importante para você.

Subitamente, ele me roubou um beijo rápido e delicado, um simples roçar de lábios.

— Para inspirar — disse-me.

Ele não tinha ideia do que havia me feito sentir naquele instante – culpa, uma culpa que atormentava minha alma como se um machado estivesse cravado no centro de meu coração. Ele tocou os lábios que haviam acabado de traí-lo.

Empalideci instantaneamente, mas ele sorriu, pensando que era a emoção do beijo.

— Como começar? — suspirou ele. — Quando eu tinha 13 anos, apaixonei-me pela primeira vez. O nome dela era Marina. Nunca vou me esquecer. Cheguei a beijá-la uma única vez. Ela era minha vizinha. Depois disso, ela se mudou para outra cidade, acho que Fortaleza. Nunca mais a vi. Doeu demais perdê-la, mas a vida segue. — Ele deu de ombros.

— E então? — incentivei.

— Na segunda metade de meus 14 anos, comecei a fazer tudo o que não se deve nessa idade. Andei com um grupo de amigos, se é que posso chamá-los assim, que me iniciou em tudo. Drogas, tatuagem, álcool e até sexo. Não sei por que agi assim. Acho que estava abalado pela perda de Marina e meus pais pareciam se importar somente com a gravidez da minha mãe.

— Você tem irmãos?

— Não — falou ele com pesar. — Minha mãe perdeu a criança na mesma semana em que minha avó faleceu.

— Nossa! — exclamei. — Meus pêsames.

— Tudo bem — confortou-me ele. — Já lhe contarei como superamos tudo isso.

Assenti.

— Nessa época, eu me sentia muito fragilizado. Como se o mundo fosse um lugar hostil para se viver. Como se eu também fosse hostil ao mundo. Ninguém conseguia decifrar os enigmas que surgiram em minha mente naquela idade, e, às vezes, à noite, quando vou rever meu passado, nem eu mesmo consigo compreender meus antigos pensamentos. Eu me sentia solitário e, não importava quantos amigos eu tivesse, quantas meninas caíssem de amores por mim, eu não me sentia completo. Como se faltasse alguma parte.

— Eu sabia que algo estava errado e, no ápice de minha instabilidade, eu tomava atitudes drásticas. Eu usei tantas drogas... Cheguei a cheirar cocaína por dois meses, mas logo parei, porque até mesmo eu, naquele período obscuro, vi que aquilo era uma roubada. De qualquer forma, nesses momentos eu fumava maconha, bebia cerveja e vodca, brigava com ambos os pais, saía de casa sem nenhum aviso e ia desbravar o mundo com os meus comparsas. Passava o final de semana fora de casa, dormindo na casa de meus amigos, festejando quase todos os dias, matando aula sem receios. Fui reprovado naquele ano. Mas nem cheguei a me importar quando soube da notícia. Apenas dei um soco na parede e joguei o boletim no lixo.

— O começo de meus 15 anos foi igual aos 14, com uma única exceção: eu havia adquirido depressão (era o que disseram os médicos mais tarde) e comecei a me sentir atraído pela ideia do suicídio, da beleza melancólica e negra que habita o coração de quem tira a própria vida por pura e espontânea vontade. Não sei o que me guiava àquela treva nem o que fazia com que meu cérebro se sentisse oprimido em meio a tantas ideias desconectadas, como me pegar observando um besouro contra a janela, a chuva caindo em lágrimas sobre um lago, ou me ver beijando uma menina cujo coração com certeza seria quebrado, o que me dava certo prazer homicida, mas eu comecei a me cortar no verão de 2009. Eu sentia uma libertação com isso, com a dor. Você sabe como é. Como se você esvaziasse tudo o que há de mal em você, toda a raiva e tristeza comprimidas dentro da sua alma, e então há a paz tão esperada. Mas não adianta fugir dos problemas por meio de sensações corpóreas. Eles tendem a voltar.

— E havia meus pais. Quando minha mãe chegou ao sexto mês de gravidez, houve o aborto e a morte da minha avó, Ieda. Foi uma parada cardíaca. Seu coração era fraco como o de um passarinho. Todos se comportaram da forma apropriada para se perder um ente querido. Também se portavam como o esperado pelo aborto de minha mãe. Os membros da família vestiram roupas pretas por três semanas. Os conhecidos davam "meus pêsames" quando nós passávamos. Meus pais e tios ficaram tristes e pensativos por algum tempo, mas logo tudo foi superado, como é natural. Mas eu saí do padrão desde o começo.

— Nenhuma lágrima foi derramada de meus olhos pela minha avó. Eu a amava tanto, venerava-a tanto, que, ao perdê-la, tudo não passava de um pesadelo para mim. Não pude acreditar. Entrei em choque. Ao ouvir minha mãe chorando em seu quarto no meio da noite, eu fingia para mim mesmo que não passava de um pesadelo repetitivo. Comecei a fumar maconha como quem mastiga chiclete, compulsivamente, e também foi quando fiz minha tatuagem, que você conhece.

Ele apontou para o desenho em seu pescoço, de uma cruz negra e simples.

— Quando minha ficha caiu, comecei a brigar com meus pais. Culpava minha mãe por ter perdido o bebê e pela falta de assistência à minha avó, que sempre teve problemas cardíacos, coisa de que me arrependi depois, e muito. Depois de um tempo me comportando dessa forma, meu pai me colocou em uma psicóloga. E ela salvou minha vida. No começo, hesitei em lhe contar as coisas, mas ela conseguiu fazer com que me sentisse confortável e logo a vi como uma amiga. Traduziu-me grande parte de meus sentimentos e me fez ver o mal que estava fazendo a todos ao meu redor e a mim mesmo. Explicou-me os riscos da maconha em relação ao cérebro de um jovem e me fez largá-la. Troquei-a pelo cigarro, entretanto. — E ele riu neste ponto da narrativa.

— É, nem me fale sobre isso — comentei, pegando um e acendendo naquele instante. Ofereci-lhe um, que ele pegou e agradeceu.

— Essa psicóloga, Lisa, me ajudou muito... Acho que nenhum pagamento em dinheiro seria capaz de recompensá-la pelo bem que me fez. Quando eu estava no meio do processo de recuperação, ela me mandou a um psiquiatra para que tomasse alguns medicamentos. Tomei os remédios por pouco tempo, pois eu me sentia meio oprimido pelo seu uso, como se só com ele me encaixasse na sociedade, ou seja, me sentia da mesma forma como você se sentia com relação aos medicamentos. Não fez muita diferença quando parei de usá-los. Eu já estava curado.

— Meus pais ficaram felizes com minha melhora e todo o passado foi esquecido. Eu era outra pessoa, tinha fé em mim mesmo. Ninguém era meu inimigo, no fim das contas. Comecei a andar em melhores companhias, formei-me na escola e passei em Letras. Mas... Meus pais...

Eles estavam voltando do trabalho juntos, de carro, quando houve um acidente na Avenida das Américas, na Barra da Tijuca. Faz um ano, agora, em dezembro. Eu... — Ele respirou fundo. — Eu já aprendi a lidar com isso, pois faz bastante tempo, mas... Acho que não é algo que se esquece fácil. Não é uma dor que se esvai. Tende a crescer, na verdade. Os parentes mais próximos se mudaram para o exterior e não tenho contato com os mais distantes. Dessa forma, sou apenas eu. Tive que lidar com tudo sozinho.

— Meus pêsames — repeti eu, e foram palavras mais sinceras e condolentes do que quando ditas anteriormente.

— Mas quando estou ao seu lado, eu me sinto um milhão de vezes melhor. — Sorriu um sorriso fraco. — E agora estou tentando passar para Jornalismo. Herdei o que meus pais tinham, o que não era pouca coisa, mas também não muita, e estou me virando. E é só isso.

— Muito bom! — falei. — Fico orgulhosa de você. — E acariciei seu braço.

— Agora estamos satisfeitos? — perguntou ele, aproximando-me para me beijar.

Virei o rosto.

— O que há com você hoje, Isa? — A voz era irritada.

— Nada.

— Não me parece nada.

— Estou como sempre estive.

— Não, não está.

— Quero um pouco de espaço.

— Eu não te entendo — exclamou ele, exasperado. — Em uma hora estamos nos beijando como nunca antes, e de repente você vira o rosto para mim. Não me diga que não há nada errado.

Apaguei meu cigarro no cinzeiro e ele repetiu meu gesto de forma rude, o que fez com que eu encolhesse os ombros e abaixasse a cabeça.

— Desculpe.

— Não peça desculpas. — A voz era áspera. — Alguma coisa aconteceu e você não quer me contar.

Um palavrão em minha mente.

— Estou com dor de cabeça. Deve ter sido a bebida — falei-lhe.

Ele relaxou um pouco.

— Vou fingir que é isso.

Passei a mão em seu rosto.

— Não é você. — Tentei confortá-lo.

— "Não é você, sou eu", certo? — sussurrou ele.

Embora a frase fosse uma acusação, havia uma melancolia pouco oculta em sua voz, o que me fez ceder. Eu suportava gritos e brigas, mas não o lamento. Não conseguia saber que era a causa da tristeza de qualquer pessoa sem que eu também não sofresse com isso. Ainda mais vindo de alguém que eu amo.

E foi, então, que me vi abraçando Miguel da mesma forma como Serafim havia me abraçado na piscina. Como se ele pudesse se desfazer em fuligem e ser levado pelo vento a qualquer instante. Cada milímetro do meu corpo estava plenamente consciente da sua presença, da sua pele tocando a minha, de sua respiração no pé de meu ouvido, do seu cheiro de lua, mar e tabaco, minha mente calculando involuntariamente o quanto seus lábios estavam longe dos meus.

Segundos se passaram quando, subitamente, meu coração acelerou com a ansiedade e o medo unificados, e meu desespero se tornou forte demais para que pudesse me segurar por mais tempo.

Foi por essa azul linha de pensamentos que a primeira lágrima escorreu por meu rosto e dividiu-se em duas quando deslizou pela minha bochecha, ecoando o sofrimento do meu coração partido.

Miguel sentiu a gota cair em suas costas. Delicadamente se separou de mim e ficou a me encarar, nossas testas encostadas. Fechei os olhos. Não podia ver o chocolate doce de sua alma naquele momento.

Veio a segunda lágrima.

— Não quer mesmo me contar o que está acontecendo?

Mordi o lábio inferior.

A terceira lágrima.

— Eu te amo — falei para ele, debilmente, como se fosse um argumento.

Ele beijou a ponta molhada de meu nariz.

A quarta lágrima.

— Eu sei — confirmou ele.

Abri os olhos e sorri para ele, enquanto a quinta lágrima escorria.

Com as mãos trêmulas, comecei a tirar sua blusa social, que ainda estava aberta. Ele precisava ser meu para que eu não mais temesse perdê-lo. Deslizei o tecido perolado até suas mãos, sentindo cada centímetro de seus braços. Quando chegou ao pulso, ele desprendeu-se totalmente da camisa. Miguel não vestia nada na parte superior do corpo, agora. Passei os dedos pela sua barriga delicadamente, perdida na textura macia e, ao mesmo tempo, dura de sua pele pálida como marfim. Subi meu toque para seu pescoço e então para seu rosto, e segurei-o com gentileza, mantendo seu olhar preso ao meu por infinitos segundos.

— Beije-me — disse eu em um sussurro.

E ele veio até meu rosto, decidido, e encostou seus lábios nos meus, como duas pétalas que se chocam em meio a uma queda delicada e abrupta, após quilômetros separadas, correndo lado a lado sem poderem se tocar, seguindo o curso do vento desleal.

Então as pétalas se mostraram duas bocas ávidas uma pela outra, como um leão que devora sua raposa, e eu era o mais frágil e submisso ser em questão. Ele me beijou, e beijou com força, e eu, desesperada pomba de asas quebradas, assustada com o silêncio de pensamentos que evaporavam rápido em minha mente, respondi ao seu anseio com um aperto em suas costas, aproximando-o mais e mais de mim conforme nos deitávamos lentamente em minha cama.

Eu estava por baixo, e devagar ele subiu meu vestido cinzento e o retirou de meu corpo como se seu gesto fosse sagrado, revelando meu conjunto de renda branca. Então, tornamos a nos beijar, e brinquei de peregrina com meus dedos em sua coluna, em seus ombros, em seus braços, em suas mãos, e retornava para o velho caminho, para repetir o gesto centenas de vezes. Beijei seus lábios, seu queixo, bochechas, nariz, olhos, e então seu pescoço e ombros. Ele estava receptivo e apenas suspirava sobre mim, o hálito morno e doce penetrando meus sentidos como uma facada que entra devagar nas quentes entranhas.

Como poderia dizer "não" a tão belo príncipe, a tão desesperado e suave beijo, a tanta tristeza escondida em cada canto ali do quarto? Aquela tristeza que mora em mim e também nele. Como um esquizofrênico que ouve vozes, era eu a poeta encontrando a melancolia em cada folha de uma bela flor, em cada ruído suave do vento, em cada suspiro proveniente dos lábios do meu amante.

Aliada à tristeza, havia aquela sensação que eu nunca havia conhecido propriamente, apenas de relance: a de se desejar o tanto quanto se é desejado. E logo eu me encontrei ali, com o coração aberto, totalmente exposto para que ele pudesse roubá-lo.

O quarto, dourado pela iluminação como se ali houvesse uma lareira, era quente, e a noite lá fora era fria como aço. Nós dois éramos duas estrelas se chocando, queimando tudo ao redor, causando tanta destruição quanto poderíamos. Eu estava unida a ele, tentando desesperadamente cavar, com as unhas, meu caminho para dentro de seu coração, arranhando seu corpo como se pudesse entrar ali, e então passando a mão por ele com leveza, como se me arrependesse de machucá-lo.

Ele retirou sua calça e botas desajeitadamente, enquanto eu sorria, esperando-o com paciência. Quando terminou de fazê-lo, retornou para meus braços e eu beijei seu cheiro, abracei seu toque e senti seu coração com a ponta dos dedos. Eu estava certa de que queria ser sua, e apenas sua, e sua por inteiro.

Naquele instante.

Naquele precioso instante.

Naquele precioso instante eterno.

O pacto fora selado.

Vinte e dois dias

Quando acordei, a primeira coisa que percebi foi que já passara de meio-dia. A cor amarelada da tarde de verão pintava o quarto rosa de vermelho e laranja. As cortinas estavam paradas e o calor inundava o ambiente. Acalorada, eu me sentei na cama. Olhei para minhas coxas ao sentir um suspiro saindo dos lábios de Miguel. Seu rosto era sereno e pacífico, e seu sono era profundo.

As lembranças da noite anterior inundaram minha mente e senti que o sangue subira às minhas bochechas. Eu me sentia, de todo modo, feliz e completa. Havia alguma coisa, entretanto, que incomodava o interior da minha mente, mas eu a ignorei. Ainda não era hora para pensar em problemas mundanos.

Levantei-me e dei-me conta de que estava nua. Meio embaraçada, corri até o banheiro e me embrulhei em um roupão de banho. Retornei ao quarto. Mel dormia próxima aos pés de Miguel, também relaxada. Podia ouvir um ronronar suave emanando de seu corpo.

Subitamente, meu estômago roncou. Pensei em acordar Miguel para ir tomar café da manhã comigo, mas seu sono era tão tranquilo, que tive pena de chamá-lo. Desci para a cozinha, solitária, a fim de preparar um copo de café preto. A casa parecia silenciosa e morta, e somente a consciência de que meu amante jazia em meu quarto pareceu me tranquilizar de medos tolos, como almas me espreitando atrás de móveis e cortinas.

Liguei o fogão e coloquei água para ferver na chaleira. Peguei o coador e o preenchi com café em pó. Coloquei uma caneca sob o utensílio. Quando a água começou a evaporar no fogão, devidamente quente, eu a derramei sobre o pó no coador e a bebida foi pouco a pouco enchendo a xícara de porcelana. Olhei ao redor, enquanto o café era preparado, e vi um bilhete grudado na geladeira, preso sob ímãs de morangos e bananas.

Fui até ali e retirei o pequeno pedaço de papel rasgado, lendo-o com dedos trêmulos.

> *Bela,*
> *Fui ao trabalho, que começa às três da tarde. Deveria ter saído mais tarde, mas não queria ficar em seu caminho.*
> *PS: Você deveria trancar a porta do quarto. Nunca se sabe se um vento pode abri-la durante a noite, ainda mais em dias de tempestade como ontem.*
> *Serafim.*

Olhei para o relógio. Eram três e meia da tarde.

Soube, então, o que estava incomodando minha mente.

Serafim.

O toque de seus dedos por meu corpo, o beijo ardente compartilhado na cama de meus pais. O palpitar do meu coração contra o dele. O sentimento de asco e desejo que senti ao ver seus olhos de polpa de limão, e não os de chocolate.

— Não, não, não... — sussurrei, enquanto me sentava, com as costas contra a porta da geladeira, pouco consciente sobre o café transbordando pela caneca na ilha da cozinha, as gotas pingando levemente no chão de forma rápida, assim como as batidas de um coração acelerado.

Pensei então em Miguel e em seu beijo doce, a sensação de sua pele pálida como a lua contra a minha, o amor transbordando entre nossos suspiros durante a noite, duas estrelas se chocando. Seu sorriso de mármore rosa. Seu cheiro de mar e tabaco. Sua voz melodiosa. Seu abraço tenro.

O abraço de Serafim na piscina e toda a paixão e desespero contido no ato.

— Chega, Isabela — murmurei novamente.

Entretanto, por mais que eu quisesse que meu coração e meus pensamentos parassem de travar a louca batalha entre si, eles continuaram, e uma cachoeira de imagens e sentimentos atravessou minha alma como uma flecha, cortando-me em pedaços grandes e pequenos, o sangue invisível vazando por todos os poros, a dor enrolando seu tecido viscoso e putrefato por meu corpo.

Onde repousava minha lealdade?

Eu estava traindo a mim mesma, pecaminosamente.

Traí meu amor com um parente de sangue, incestuosamente.

Mas, como dissera Ava, eu não sabia que se tratava de Serafim.

Oh, meu Deus! Mas que confusão...

Quando dei por mim, as lágrimas já desciam por meu rosto como um rio de tristeza. Naquele instante eu me senti sozinha como nunca havia me sentido antes, embora houvesse um coração pendendo pesado em cada um de meus ombros. Eu tinha de tomar uma decisão por conta própria, e não importava qual eu fosse escolher: alguém sairia ferido.

Eu estava encolhida e assustada naquele ambiente iluminado apenas pelos raios solares que vazavam pela janela, em uma posição vergonhosa e deprimente, quando Miguel apareceu, trajando apenas sua calça jeans, o peito desnudo como o de um anjo salvador em toda a sua glória translúcida na porta da cozinha.

— Isa? — A voz era preocupada.

Ele correu até onde eu estava e se sentou à minha frente, trazendo-me para seu colo. Acariciou meus cabelos e deu um beijo em minha testa.

— O mesmo problema de ontem? — questionou ele.

Assenti com a cabeça.

— Ainda não vai me dizer?

— Não.

Ele deu um beijo em cada uma de minhas bochechas molhadas e, em seguida, tocou meus lábios com os seus. O beijo foi demorado e lento, melancólico, e, por um momento, esqueci todos os problemas do mundo e fiquei consciente apenas de que seu corpo era quente e suas mãos eram dóceis em meus cabelos e em minha cintura.

Ao nos separarmos, ele olhou em meus olhos, sorriu e me disse:

— Já sei o que vai te deixar melhor.

— Sabe? — Minha voz era miúda.

— Bem, pelo menos vai te distrair.

— Não faça mistério — insisti, sorrindo, como uma criança mimada.

Ele riu.

— Vamos sair desta casa e ver o mundo.

Abracei-o.

— Mas antes, vamos limpar esta bagunça. — Ele se referia ao café espalhado no chão.

Levantou-se. Sorri novamente para ele, enquanto Miguel estendia sua mão para me ajudar a ficar de pé.

Assim que Miguel terminou de dar um trato no ambiente, subimos até o quarto. Pôs-me sentada na cama. Observei seus passos em meu pequeno quarto, e ele parecia um leão preso em uma jaula, enquanto abria o meu armário e retirava dali uma saída de praia.

— Nós vamos pegar sol? — Arqueei uma sobrancelha.

— Acho que você era mais bronzeada quando te conheci. Com certeza é algo que te faz bem.

— Não imagino que você e a praia se deem muito bem.
— Por quê?
— Você é muito branquinho.
Ele riu.
— Gostaria de ir ao cinema, então?
Ele colocou a roupa de volta no armário meticulosamente e se sentou em meu chão, pensativo.
— Não prefere ir a uma boate na Lapa? — eu quis saber.
— Agora você está falando minha língua.
Sorri para ele.
— Vamos ter que chamar o resto do pessoal. — Sorri, enquanto abraçava meus joelhos, já mais animada.
Ele piscou para mim, sedutoramente, em conformidade.
— Pare de ser bonito — reclamei, tacando um travesseiro nele.
Ele riu e levantou o nariz em arrogância. Mostrei-lhe a língua.
— Agora — sussurrou Miguel, aproximando-se de mim lentamente, engatinhando do tapete à cama, até que seus braços envolveram meu pescoço e seus lábios estavam a uma distância ínfima dos meus —, vamos nos divertir um pouco!
— Miguel, seu pervertido! — exclamei em um sussurro, rindo, enquanto meu coração acelerava e as partes de meu corpo nas quais meu amor me tocava ardiam em chamas.
— Você gosta dessa perversão.
— Pare de se gabar — foi o que eu disse.
Nossos lábios se tocaram como duas ondas se chocando em uma tempestade, uma devorando a outra, explodindo em milhares de gotas gélidas em meio a um ciclone de desejo, tristeza e ansiedade.
Miguel desamarrou meu roupão e mordiscou meu pescoço, enquanto eu fechei os olhos, entregue. Nos momentos que se sucederam, todos os meus problemas pareciam ter sido sugados por uma fenda até os cantos mais profundos da Terra. Sobramos apenas eu e Miguel contra o mundo, e o nosso poder era o amor mais tórrido que já existiu, manchando de sangue a malha tecida por divindades responsáveis pela ampulheta do tempo.

Horas mais tarde, após o sol se pôr, eu estava entrelaçada a ele no lençol novamente, passando a mão por seu rosto em um gesto de carinho terno.
— Tínhamos que fazer alguma coisa hoje, mas eu não me lembro — sussurrou ele, sonolento.

— Íamos a uma boate. — Eu ri.

— Ah, isso mesmo.

— Vou ligar para meus amigos.

— Tudo bem. Posso chamar a Lis?

— Quem?

— Minha prima — suspirou ele. — Que me levou à festa do Breno, onde nos conhecemos. Ela é amiga dos seus amigos, não lembra?

— Ah, sim — concordei, remodelando suas feições em um quebra-cabeça dentro de minha mente. — Lembro-me dela. Nunca fui amiga de Lis, entretanto. Mas, se ela é amiga de Breno e Vlad, tudo bem, pode chamá-la.

— Não vai chamar a ruivinha?

— Ava? — Eu ri. — Ela detesta boate.

— Ah, sim.

Dito e feito, ligamos para os nossos amigos e os chamamos para ir conosco à Lapa. Chamei Vlad, que aceitou de prontidão, e, em seguida, liguei para Breno, que pareceu relutante em ir devido à presença do garoto nórdico.

— Você vai estar comigo — protestei. — Não com ele. Você é livre. Não precisa se preocupar com Vlad.

— Não sei, Isa...

— Vai ser divertido. Vamos! Vamos! — insisti.

— Só para te fazer calar a boca, eu vou sim — resmungou ele.

— Eba! — exclamei.

— Como você vai para lá?

— Miguel vai dar carona para todo mundo.

— Então, está tranquilo — respondeu ele. — Eu te vejo que horas?

— Umas nove e meia.

— Ok. Beijos.

— Beijinhos.

Desliguei a chamada e olhei para Miguel, que me encarava com seus olhos de chocolate.

— O que é? — perguntei, meio tímida.

— Eu te amo.

Sorri para ele ao mesmo tempo em que tive a impressão de que meus lábios, aparentemente amistosos, estavam maculados com veneno, prontos para matar meu amante em uma trágica traição. Imediatamente, o remorso me invadiu por ter beijado Serafim. Mas não poderia me dar ao luxo de pensar sobre isso por muito tempo. Porque agora, oficialmente,

eu era de Miguel e ele era meu, e não poderia deixar algo ficar em nosso caminho. O meu amor de cabelos azuis estava fazendo de tudo para que eu esquecesse o tal "problema" que me perturbava. E eu daria tudo de mim parar satisfazer esse desejo dele, que seria tão bom para mim quanto para ele, de modo que eu lhe disse:
— Eu te amo mais.

Em torno de meia hora depois, eu estava dentro de seu carro, e Miguel estava dando a partida no veículo. Devidamente vestida, usando um corpete negro e botas que iam até meu joelho, Miguel não parava de olhar para mim e suspirar, balançando a cabeça negativamente.
— O que foi?
— Você está provocante.
— Está com ciúmes? Posso trocar de roupa.
— Não é isso. É que está me distraindo.
Eu ri e coloquei uma mecha de cabelo atrás da orelha.
— Pare de rir — disse-me Miguel.
Então, mordeu minha bochecha.
— Ai!
Saímos da rua de meu condomínio e fomos, primeiro, passar na casa de Breno, que era mais próxima do que a de Vlad. Apenas depois buscaríamos Lis. Chegamos à primeira morada bem rápido e no horário marcado. Breno me esperava na porta, com uma blusa preta e jeans escuros. Abaixei o vidro da minha janela no carro e assobiei para ele.
— Ui! — brinquei. — Poderoso.
Ele sorriu sem graça e entrou no veículo.
— Estou fazendo isso por você — disse ele, enquanto se sentava e colocava o cinto de segurança.
— Vai ser ótimo para você. É tudo o que precisa.
— Sei... — suspirou ele.
— Vamos buscar o príncipe Vlad, motorista — eu falei para Miguel.
— Ok, Miss Daisy.
Eu ri e ouvi um murmúrio vindo do banco de trás, e soou-me como uma leve risada indesejada vindo da parte de Breno.
Quando passamos para pegar o Vlad em seu prédio, tive de ligar para seu celular para que ele descesse de seu apartamento, pois ele não nos esperava de prontidão, assim como Breno. Demorou cerca de dez minutos, e poderia apostar um de meus olhos que ele ainda estava se arrumando quando chegamos. Ele apareceu divinamente, e pude entender por que

Breno havia caído de amores por ele. Delgado, loiro platinado e de olhos azuis como o mar em um dia claro, ele era perfeito. Usava uma blusa do The Doors com corte irregular e calças jeans claras.

— Oi, gente — falou com sua voz um tanto afeminada.
— Vlad — cumprimentei-o.
— Olá — disse Miguel.
— Oi — sussurrou Breno.

Totalmente indiferente à reação de Breno, Vlad começou a tagarelar alguma coisa sobre Sky Ferreira ou Crystal Castles, e também sobre a Dinamarca, que era onde ele iria morar dentro de poucos anos, pois descendia de lá por parte da mãe.

Ignorando suas palavras estridentes, eu olhei para Miguel, que dirigia concentrado, e passei a mão por seu ombro mais próximo, em uma tentativa de relaxá-lo. Ele sorriu, mantendo os olhos na direção, e, com um movimento tênue dos lábios, disse "eu te amo", sem evocar nenhum som. Sorri e retirei minha mão. Virei para a janela a fim de apreciar a vista da cidade. Deixei que o vento noturno banhasse meu rosto, refrescando-me. Sentia-me livre como não me sentia havia muito tempo, sem nenhum peso em meus pés. O ar fluía por meus pulmões com suavidade. Fechei os olhos e deixei que Miguel nos levasse até a casa de Lis.

Quando a garota entrou no carro, eu não pude vê-la direito. Somente quando chegamos à Lapa, e saímos do automóvel após Miguel estacionar o carro em um local seguro, eu pude reparar em Lis. Ela possuía cabelos roxos e o olhar daquelas pessoas que costumam quebrar corações, mas nunca partir o próprio. Era muito baixa, e me surpreendi por ter esquecido tal característica de Lis. Usava uma blusa do Nirvana e um par de coturnos que caíam muito bem em suas pernas delicadas e perfeitas. Nas orelhas estavam alargadores. Ela sorriu para mim ao me ver e, em seguida, eu a abracei em um cumprimento.

— Vamos lá? — perguntou Breno, aparentemente mais animado. Como eu, ele também se sentia renovado sob o sereno da noite do Rio.

— Estamos aqui para isso — falou Lis, pegando a mão de Breno e sendo puxada por ele até a boate a que queríamos ir. Tomei a mão de Vlad para mim também.

Quando entramos na fila, eu e Miguel tornamos a ficar juntos, enquanto Vlad se uniu a Lis e Breno. Dois casais se interpunham entre nosso grupo.

— Acha que eles conseguem resolver o problema deles hoje?
— Que problema?

— Não te contei? Sobre o dia em que fui ajudar Breno, logo depois de você dormir em minha casa pela primeira vez... Bem, eles tinham tido uma discussão. Não posso lhe contar exatamente o que é.

— Parece que eles estão se dando muito bem, na verdade.

Segui seu olhar e vi o braço de Vlad sobre os ombros de Breno, que sorria e olhava pensativo para o chão com as bochechas rosadas, enquanto Vlad e Lis conversavam sobre alguma coisa que eu não podia escutar exatamente o que era, devido ao misto de sons, como música, conversas e gritos que pareciam nascer com a noite na Lapa, que abafavam as vozes, mesmo próximas.

— Tomara que sim — suspirei.

— Eles estão juntos? — quis saber Miguel.

— Não sei. É complicado.

— Entendo... — Ele passou a mão no meu queixo e o ergueu em sua direção. — Ainda bem que não estamos nesse status, não é?

— E em qual estamos? — Meus lábios se moldaram em um sorriso.

— Namorando, é claro — falou Miguel, como se fosse a coisa mais óbvia do mundo.

— Isso não foi bem um pedido.

— Não posso pedir algo que já foi selado pelo destino — sussurrou.

Ao ouvir essas palavras, eu me derreti em seus braços e estava prestes a beijá-lo, quando a fila andou e uma garota gritou atrás de nós para que seguíssemos o fluxo. Eu e Miguel rimos e seguimos as ordens da garota mal-humorada.

Mostrei minha identidade ao segurança e ele me deixou passar, assim como Miguel. Entramos no ambiente e imediatamente fomos invadidos por luzes verdes e vermelhas. A música que tocava naquele momento era da banda Arctic Monkeys, e eu, instantaneamente, bati os pés no chão conforme passávamos nossos nomes às garotas do caixa e lhes pagávamos, recebendo a pulseirinha de ingresso em troca do dinheiro.

Peguei a mão de Miguel e subimos as escadas em direção à pista, na qual os meninos já começavam a dançar, enquanto iam em direção ao bar. Seguimos seus passos e, chegando lá, ouvi Vlad pedir um combo, que daria acesso à área VIP.

— Vão querer entrar no combo? — perguntou o loiro em um grito.

— Quais bebidas? — gritei eu.

— Champanhe, vodca e energético.

— Estou dentro! — falou Miguel.

— Eu também!

— Então, está fechado! — fez Vlad e pediu o tal combo ao bartender.

Fomos direcionados à área VIP, trajando novas pulseirinhas, que davam acesso ao camarote. Coloquei minha bolsinha preta sobre a mesa e Lis colocou a sua cheia de taxinhas ao lado da minha.

— Essa música é muito boa! — gritou ela para mim, enquanto tocava Alice in Chains.

Concordei com um aceno de cabeça, enquanto eu subia em um pufe e começava a dançar ao som pesado da música. O pessoal da pista comum parecia um bando de roqueiros sacudindo a cabeça com aquele som, e, se eram mesmo ou se estavam só de brincadeira, eu não me importei, mas ri e curti o momento. Miguel se uniu a mim em meu degrau inventado e começamos a dançar juntos. O garçom colocou o balde com as bebidas, gelos e copos sobre a mesa e imediatamente pedi a Vlad que preparasse um copo de vodca com energético. Sorvi a bebida um tanto rápido demais, enquanto Miguel bebia champanhe em uma taça.

Não sei o que há de tão diferente em boates alternativas do que nas comuns que me agrada tanto. Talvez o público, que se veste com roupas engraçadas e estranhas, alguns todos de preto com metais, outros com óculos de armação grossa e blusa xadrez, ou meninas que usam saia de bolinhas como se vivessem na década de 1950.

Talvez, também, fossem as músicas. Sempre havia rock, indie e dubstep, diferente do pop e eletrônica, comuns nas outras boates. Ou, talvez, em uma terceira alternativa, fosse o ambiente. Na Lapa, algumas boates eram construídas dentro das ruínas de casas antigas, o que me dava a impressão de que éramos todos almas remanescentes de um antigo Rio de Janeiro, tentando reavivar, com nossos toques frios e etéreos, uma era morta havia muito tempo, como nas velhas décadas, em que poetas, músicos e madame Satã andavam por aquelas mesmas ruas. Ou poderia ser a combinação de todas as opções anteriores. Só sei que eu me sentia bem, como se eu me encaixasse naquele mundo boêmio.

— Isa, você tem razão! Aqui está muito bom! — gritou Breno para mim de um dos pufes.

— Não é? Eu sei que é disso que você gosta!

Algum tempo depois, quando eu estava beijando Miguel e dançando colada ao seu corpo, algo chamou a atenção dele e ele paralisou, olhando por sobre meus ombros. Quando eu me virei, percebi o que o havia intrigado.

Breno e Vlad haviam começado uma discussão em nosso camarote e Breno parecia mais bêbado do que meia hora antes, o que me surpreendeu, pois ele nunca passava do estado "alegre" proporcionado pelo álcool.

Agucei os ouvidos para ouvir melhor, não por fofoca, mas preocupação. Lis, do outro lado do nosso cantinho VIP, trocou um olhar intenso comigo e compartilhamos dos mesmos medos por alguns instantes, em súbita compreensão mútua. Apenas nós e Miguel podíamos ouvir a conversa por estarmos naquela área um pouco isolada, e dei graças a Deus por isso. Não queria que a boate parasse para escutar a briga de meus amigos.

— Você não pode fazer isso comigo. Você me deu um fora e agora quer que eu volte a ficar com você?! — gritou Breno. — Fica todo carinhoso, como se nada houvesse acontecido. Não posso suportar sua falsidade. Você é muito imaturo.

— Não sei do que você está falando — Vlad foi curto e grosso, e também cínico.

— Sabe! E sabe muito bem! — rosnou o moreno. — Eu me declarei para você com a maior sinceridade e você ignorou isso. Foi correndo para outra pessoa no mesmo dia.

Vlad deu de ombros.

— Só queria te beijar hoje. Que mal há nisso?

— Você só pode estar de brincadeira.

Vlad deu um gole na bebida dele. Não disse nada.

— Sabia que eu fiquei doente por você? Eu fiquei com febre, em minha cama, e foi Isabela e o primo dela que me ajudaram a melhorar. — Senti Miguel se tornar uma estátua ao meu lado. — Ela me disse coisas importantes e acreditei que fosse superar você. Mas não consigo, Vlad. Você é uma droga.

Vlad pareceu ter tomado um tapa na cara por conta das palavras proferidas em ódio e paixão por Breno.

— Não pensei que fosse assim...

— Mas é.

— Breno, eu...

— Você, nada. Pense melhor antes de tomar atitudes que possam fazer mal às outras pessoas. Mas espere... Você é incapaz disso.

E com essa última frase impactante, Breno pegou seu copo com vodca e partiu em direção à pista.

Vlad olhou em meus olhos e pela primeira vez o vi desestabilizado. Sua eterna euforia fora transformada em perturbação e sincera confusão. Alguma coisa que Breno havia lhe dito, que suspeitei ser o fator de sua doença, havia mexido com seu emocional. Quem sabe, até mesmo com seu coração.

Ele fez menção de seguir Breno, quando Lis o segurou pela manga da camisa.

— Não vá. Deixe-o em paz.

Vlad, então, desvencilhou-se dela e tomou outro gole do copo de álcool.

— Quem disse que iria segui-lo?

E também foi em direção à pista.

Troquei outro olhar de preocupação maternal com Lis, que logo em seguida foi atrás de Vlad.

— Como assim você e seu primo o ajudaram? — perguntou Miguel.

— Ele me deu carona até lá e comprou remédios para Breno. Só isso.

— Só isso?

— Só.

Ele me abraçou e, em seguida, puxou meus cabelos com as mãos, mantendo meu rosto em direção ao dele.

— Só isso?

Seus olhos ficaram ensandecidos e incendiados por infinitos instantes cortantes.

— Não aconteceu nada, Miguel. Você está me machucando...

Relaxou o aperto em meu cabelo e sussurrou, mais controlado:

— Você é minha, Isa.

— Todo mundo sabe disso.

— Você sabe?

— Sua dúvida me magoa e sua raiva me fere.

Beijou-me violentamente, mordendo meus lábios até fazê-los sangrar. Separei-me dele à força.

— Não faça isso conosco.

— Desculpe-me. Eu te amo demais para te perder.

Passei a mão por seu rosto.

— Não faça disso uma relação doentia.

Saí dali para a área de fumantes, na varanda, onde a música ficava mais fraca e os temores, menos intensificados com as batidas baixas. O álcool em meu sangue me tornou melancólica e sonolenta, ali, sob o luar quente do Rio. Sentei e encostei a cabeça na batente da janela da velha construção, que uma vez fora a casa de alguém. Suspirei e acendi outro cigarro. Traguei e me acalmei aos poucos, até que as estrelas se tornaram difusas e o céu pareceu girar. Fechei os olhos, mas isso intensificou a tontura.

Apaguei o cigarro e fui trôpega até o bar. Comprei uma Coca-Cola para me sentir melhor. Conforme bebia o líquido doce — e extremamente gostoso —, eu olhei para a pista comum que ficava defronte ao bar. Dali, eu vi duas cabeças reconhecíveis — a alta e loura de Vlad e a mais baixa e negra de Breno. Eles estavam novamente discutindo. Fui até lá e fiz menção de puxá-los até o camarote, mas Vlad se separou bruscamente do aperto de minha mão e olhava para Breno com olhos marejados de lágrimas.

— Você não pode estar falando sério.

— Eu te amo, Vlad, e sempre vou te amar, mas isso não é algo bom. Você me faz mais mal do que bem.

— Não... — sussurrou Vlad.

Senti-me intrometida entre os dois. Mas as pessoas ao redor já paravam de dançar para olhar.

— Não façam escândalo no meio da pista — repreendi-os.

— E onde faço, Isa? Ele me seguiu até aqui.

— Não foi assim — cuspiu Vlad.

— E foi como?

— Esbarrei em você.

— Esbarrou em mim, enquanto eu falava com outra pessoa.

Vlad fechou ambas as mãos em punho.

— Pessoal, vamos ao camarote. — Tentei puxá-los mais uma vez.

Um sussurro veio dos lábios de Vlad.

— O quê? — perguntamos eu e Breno.

— Eu também te amo! — gritou Vlad com todas as forças em seus pulmões.

Breno paralisou ao ouvir essa declaração.

— O quê? — perguntou ele de novo, debilmente dessa vez.

— Você ouviu.

— Então, por que me tratou daquela forma?

— Tinha medo.

— Medo?

— Não quero pertencer a alguém. Eu quero ser livre para tomar minhas decisões.

— Quem disse que para tomar suas decisões você precisa estar solteiro? — perguntei, cruzando os braços.

Ele me olhou intensamente.

— Pode fazer o que bem entender, desde que não seja algo que vá ferir a pessoa que você está namorando — argumentei.

Seu olhar passou para Breno.

— E então? — perguntou o mais baixo.

— Deve ser a coisa mais idiota que faço desde o penúltimo aniversário da Isa, na adega da avó dela. — E com essas palavras pouco românticas, ele puxou Breno para si e passionalmente o beijou. Eles ficaram tão imersos naquele instante, que eu definitivamente me senti constrangida de estar ali.

Segurando fielmente minha Coca-Cola, retornei ao camarote, onde Lis e Miguel estavam sentados. Miguel bufava. Lis batia o pé no chão incessantemente, em sinal de ansiedade.

— Boas notícias! — suspirei. — Vlad declarou-se para Breno. Parece que está tudo bem, agora.

— Ah, o amor... — fez Miguel ironicamente.

Olhei feio para ele, cruzando os braços.

— Aleluia! — disse Lis. — Já não era hora.

— Concordo.

— Então, agora que está tudo resolvido, eu vou para a pista. Querem vir comigo? — ela nos convidou.

— Estou tranquilo aqui — dispensou Miguel.

Considerei a proposta, mas o olhar reprovador de Miguel fez com que também negasse o chamado de Lis.

— Na próxima vez, Lis.

Quando ela se retirou, mais saltitante agora, que nossos amigos estavam de bem, eu falei para Miguel:

— Por que está tão mal-humorado?

— Ainda me pergunta, Isa?

— Está com ciúmes de meu primo?

Ele revirou os olhos.

— Não me fale dele.

— Como não falar da causa de seu estresse?

— Estresse? É isso que você chama?

— Seu ciúmes me ofende.

— Por quê? Há razão para ofender?

— Parece que tenho conduta duvidosa.

— E tem?

Naquele instante, eu me silenciei e recordei do beijo de Serafim, e esse foi meu erro.

— Ah! Então você tem! Garota esperta! Roubou meu coração antes que eu percebesse que havia algo de errado em você.

Levou as mãos trêmulas ao rosto, cobrindo sua reação de mim.

— Miguel, nada aconteceu — menti, colocando uma de minhas mãos sobre as suas.

— Solte-me, Isa — falou ele, retirando suas mãos de suas faces bruscamente.

— Mas...

— Seu olhar me disse tudo. Agora conte o resto. O sexo foi bom? Foi melhor do que nós dois? Pergunto-me quando isso aconteceu.

Meus medos caíram sobre minha cabeça como um meteoro sobre a Terra no exato dia em que os dinossauros foram extintos.

— Miguel... — Minha voz tremeu e as lágrimas começaram a descer por meu rosto como se eu fosse uma nuvem densa e negra. — Nunca fiz isso com ele.

— Então, você o beijou? — perguntou ele, furioso. Levantou-se e se virou de costas para mim, mas pude ver suas mãos se fecharem em punho, com os nós dos dedos brancos pela força.

— Eu não sabia que era ele...

Ele se virou para mim em fogo.

— Você o beijou?

Assenti.

— Eu pensei que fosse você...

— Quando foi isso?

— No apagão. Não sabia que era ele, estava tudo escuro e estávamos brincando de pique-pega. Por favor, Miguel. Pensei que era você...

— Você gostou?

Sentei-me no pufe e me encolhi, puxei ambos os cabelos com as mãos até quase arrancá-los. Balancei-me para espantar os fantasmas que arranhavam minha alma, como se isso fosse acabar com meu tormento.

— Você gostou, Isabela?

Movi a cabeça em sinal de negativa, não em resposta, mas em desespero, enquanto deixei um gemido escapar de meus lábios.

— Era por isso que você estava agindo de forma estranha. Era a culpa, não era? Eu estava tentando te ajudar todo esse tempo, quando, na verdade, você havia me traído. E foi na mesma noite em que nós... Ah, meu Deus, Isabela! Olhe em meu rosto!

Não lhe obedeci e continuei a me balançar, chorando cada vez mais alto.

— Olhe em meu rosto, Isabela.

Levantei meu olhar para Miguel.

Seu olhar era diferente do que eu esperava. Não era frio ou distante. Nem furioso, como demonstrava sua voz. Era desesperado, angustiado. Havia partido seu coração. Levantei-me e corri até ele, prestes a abraçá-lo, mas logo me repreendi. Sabia por experiência que, se fosse me jogar aos seus pés, eu o perderia de vez. Ele sentiria nojo de mim e se afastaria. Então, eu parei a um passo de distância e o olhei fixamente nos olhos. Subitamente meu coração congelou e me senti indiferente a tudo aquilo, como se outra entidade possuísse meu corpo naquele instante. Com a voz grave e nem um pouco trêmula, eu disse:

— Eu já lhe disse que pensei que Serafim fosse você. Não importa se gostei ou não. Serafim é meu primo e eu jamais trocaria você por ele. Não sou louca ou incestuosa, e a maior certeza da minha vida é que eu te amo e ponto final. Você pode escolher entre ficar comigo, que o amarei para sempre, ou pode ficar sozinho. A decisão é sua.

Em seguida, peguei minha bolsa e, sem olhar para ele — ou eu desmoronaria outra vez e então meu discurso estaria perdido —, eu saí da boate e tomei um ônibus para casa. No caminho, dentro do veículo, eu deixei as lágrimas rolarem como uma montanha-russa. Eu não aceitaria perder Miguel por ter feito algo que eu jamais faria normalmente. Era óbvio para mim, e eu não podia negar, que eu possuía sentimentos por Serafim. Eram intensos, como carinho, afeição, compreensão. Gostava de suas piadas e de nossas brigas leves. Mas não chegavam à única palavra que definia por completo meu sentimento por Miguel: amor.

Com as pernas trêmulas, eu saí do ônibus e caminhei até minha casa. Enxuguei a maquiagem borrada dos olhos que escorrera através das lágrimas até minhas bochechas e coloquei a chave na fechadura da porta. Assim que entrei, eu não sabia da bomba que me esperava lá dentro, que fora preparada para explodir desde que Serafim colocara os pés em minha morada.

A primeira coisa que fiz depois de fechar a porta atrás de mim foi correr até a cozinha e pegar um copo de água gelada. O efeito do álcool já havia diminuído drasticamente, talvez por toda a adrenalina gerada em minha primeira briga com Miguel, mas ainda assim eu me sentia levemente tonta, de modo que a água me ajudaria a colocar a cabeça no lugar.

A segunda coisa foi acender um cigarro. Minha mente parecia estar em branco e não conseguia raciocinar com clareza. Era como se meus pensamentos, sempre fervilhando, finalmente estivessem cansados. Meu corpo estava exausto e úmido de suor. Senti um leve frio nas costas, causado pela brisa que adentrava a cozinha através da janela aberta. Fui até lá e fechei-a mecanicamente, como um robô.

Fechei os olhos e apoiei as mãos sobre a ilha da cozinha. Estalei os ombros e suspirei, o ar dançando ruidosamente desde meus lábios até pairar sobre o ambiente. Traguei a fumaça do cigarro mais uma vez e o apaguei na pia, jogando-o no lixo.

Mal havia me sentado em um banco que ficava ao redor da ilha quando uma voz rouca e conhecida me sobressaltou.

— Preciso falar com você.

Respondi para a voz que vinha da porta, atrás de mim:

— Não estou muito bem no momento.

— O que houve? — quis saber Serafim, sentando-se em um dos bancos que ficava defronte a mim, do outro lado do balcão.

— Nada demais. — Cocei a cabeça e coloquei os cabelos para trás.

— Coisas de menina.

— Foi Miguel?

— Pode ser que sim, pode ser que não. Apenas não quero falar sobre isso agora.

— Apesar de tudo, vou insistir em falar contigo, Bela. O que tenho a te dizer é realmente importante.

Só então eu reparei em Serafim. Ele estava com olheiras marcando o contorno de seus belos olhos verdes, como se fosse um panda. Seus cabelos negros estavam um pouco grandes demais, fazendo uma franja sobre sua testa. Serafim mordiscava o lábio inferior em sinal de ansiedade. Seus olhos claros estavam arregalados, em expectativa.

— O que é? — perguntei.

— Isso pode te chocar um pouco.

— Se for me distrair…

— Com certeza irá.

— Tudo bem, pode contar — falei, aproximando-me um pouco dele, em sinal de atenção.

— Logo depois de minha mãe morrer, quando eu estava procurando coisas no quarto dela, como agendas telefônicas ou dinheiro, a fim de que pudesse encontrar uma maneira segura de fugir daquela casa, eu encontrei uma carta. Estava dentro de um pequeno baú que destranquei com uma das chaves que estavam debaixo do colchão de mamãe.

— Sim? — incentivei.

— Não soube a quem estava endereçada, pois não havia nome. Mas o que importa é o que a carta continha.

Ele pegou um maço do bolso e acendeu um cigarro. Ofereceu-me um, mas eu neguei. Serafim deu um trago. Sua demora aumentava minha curiosidade.

— Nessa carta minha mãe confessava seu amor a um homem que conhecera em uma viagem pela Itália quando era mais jovem, talvez quando tinha 15 ou 16 anos. Pelo visto, ela o amou por anos, mas guardou o segredo dentro de si majestosamente. De qualquer modo, eles vieram a se reencontrar no Sul do Brasil antes de eu nascer, quando ela já estava casada. A carta foi escrita logo depois do ocorrido, e isso faz 18 anos.

Arqueei as sobrancelhas.

— Você tem...

— Exatamente essa idade. Eu sei.

Levei uma das mãos aos lábios. Entretanto, logo a retirei e disse:

— Isso não quer dizer nada. Eles podem ter apenas se encontrado casualmente.

— Não, não era só isso que havia na carta. Ela dizia a ele que sempre o amaria e que estava carregando um filho dele. Dizia, também, que o marido dela nunca poderia saber disso, pois ela dependia dele financeiramente e, se o perdesse, não teria para onde ir, uma vez que os pais dela não aceitariam essa vergonha. Minha família, por ambos os lados, sempre foi conservadora, embora estivessem em pleno século XX. Ela disse que daria à criança o nome de Serafim em homenagem ao amante. Não sei se esse é o nome dele, pois ela não disse que o era, apenas disse que era uma homenagem, entende? Dessa forma você pode concluir que não sou filho daquele homem desprezível que por tantos anos tive de chamar de pai.

— E também significa que... — comecei a frase sem coragem para terminá-la. Meu coração batia a mil por hora. Senti-me novamente tonta, mas dessa vez não era por causa da bebida.

— Que eu não sou seu primo — ele terminou por mim.

Toda a fragilidade na qual eu me encontrava apenas segundos antes ao suspeitar dessa teoria, agora que fora concretizada, transformou-se subitamente em raiva. Raiva causada pela minha impotência diante de uma história que mudaria rumos — se pequenos ou grandes não interessava —, mas ainda assim mudaria a rota de minha vida. Raiva causada, também, por Serafim ter mentido por tanto tempo para mim. De modo que andei até ele, bufando, e dei um soco no meio de sua barriga.

— Você sabe que isso não dói de verdade, não sabe?

— Seu idiota! — Soquei-o novamente, desta vez no braço, que estava em posição defensiva. — Você é tão burro, Serafim! Por que você escondeu isso de mim?

— Acalme-se, primeiro. Só quando estiver mais atenta eu lhe direi o motivo por ter guardado isso de você. — A voz dele era fria e ao mesmo tempo irritantemente cansada.

— Acalmar-me... — bufei. — Acalmar? Pelo amor de Deus! Primeiro, o que aconteceu hoje, pouco tempo atrás, e não, não me pergunte o que foi. Não vou lhe dizer. E agora eu tenho que ouvir essa... essa confissão, e ainda ficar calma? Você não é meu primo. Não tem meu sangue. Você nem se parece com meu tio, mas sim com sua mãe. Eu deveria ter suspeitado. Mas não... Por que não enganar a tola da Isabela? Vamos apenas mentir para ela. Vamos fazê-la de boba. Ela é tão ingênua e frágil, sempre tão deprimida e cabisbaixa. Vamos transformar a vida dela em um inferno confuso para ver se ela se agita mais! Você me beijou, Serafim, sabendo disso, e eu não. Como acha que me senti? Pensei que estivesse sendo incestuosa. Sabe o quanto isso é tóxico?

— Isabela, por favor, escute-me...

— Estou cansada de escutar todo mundo resmungando. Por acaso meu ouvido é uma privada?

Diante de toda aquela tensão, Serafim riu de minha pergunta exasperada.

— Vai se danar! — disse a ele e fui trotando até meu quarto.

Fechei a porta com força, causando um baque surdo, e tive impressão de que toda a casa tremeu. Mel correu para sua toca de pelúcia, escondendo-se de minha fúria.

— Você também vai me dar as costas, sua gata inútil?

Assim que retirei as botas apertadas, Serafim bateu à minha porta.

— Nem pense nisso! — gritei para ele.

— Isabela... — chamou-me do outro lado.

Ele entreabriu a porta.

— Nem mais um passo.

Pela fresta eu podia ver apenas seus olhos, luminosos e melancólicos, através do efeito da luz enfraquecida que emanava do abajur cheio de estrelinhas em meu quarto.

— Você tem que ouvir o resto.

— Diga-me, então. — Desisti e sentei-me na parede que ficava ao lado da porta.

Ele também se sentou e encostou a cabeça no batente da porta, no lado de fora do quarto, e suas costas se encostariam nas minhas se não existisse uma parede entre nós.

— Eu não lhe contei nada porque pensei que você não me deixaria viver aqui, e eu precisava de um lugar onde ficar. Nos primeiros momentos, isso me foi proveitoso e não havia nenhum remorso dentro de mim. Minha vida me ensinou a aproveitar as oportunidades. De outra forma, eu acabaria com meu dinheiro e não teria onde morar. Mas então, depois de alguns instantes ao seu lado, eu logo soube que você era tudo o que eu precisava para encontrar luz em minha vida — suspirou ele. — No começo, eu não sabia da existência de Miguel. E era tudo claro como cristal. Mesmo se você não fosse me amar da forma pela qual eu ansiava, mas de forma fraterna, estaria feliz em ficar perto de você. Quem sabe, um dia, eu teria uma chance.

— Quando soube de Miguel, fiquei desesperado. Cometi um erro ao brigar com ele no seu aniversário, agora eu sei disso. Deveria ter respeitado sua decisão, mas não ter surtado e dado um murro no nariz dele por ciúmes. Meu descontrole se deu ao concluir que, já que você o amava mais do que a mim, iria me mandar embora ao saber da verdade. E esse temor foi intensificado depois da briga. Eu não suportaria te perder, Bela. Então continuei mentindo.

— Entretanto, ontem, eu me senti tão bem ao seu lado... Como se fosse onde eu devesse estar o tempo todo. Eu te abracei, enquanto você estava precisando de ajuda no chão de seu quarto. Senti uma necessidade tão brusca de te ver melhor, de ser eu o causador de um futuro sorriso no seu rosto. Pude ter noção do que você estava sentindo. Um vazio interior, uma necessidade de se recolher, formando uma bola para que a dor passasse. Eu já me senti assim, apenas me tornei frio o suficiente para não mais sucumbir aos meus medos.

— Mas o jantar logo começou, e você e Miguel formavam um casal perfeito. A todo instante ele te tocava e aquilo me feria, mas eu tinha de parecer forte e indiferente, de modo que você fosse ficar feliz. Eu passei por situações cruéis em minha vida, Bela, e já digeria a ideia de que eu não tinha lugar no seu mundo tão iluminado.

— Chegou um momento em que nossos olhares se encontraram, contudo. E você captou em mim minha fraqueza. Viu que aquilo me machucava. E naquele instante eu soube que me ver assim te feria. Sei que você não me ama e que não me deseja da mesma forma como deseja Miguel, mas vi que se preocupava comigo. Depois, na varanda, eu não aguentei mais ver vocês dois juntos. Aquela cena estava me matando. Então, eu subi para meu quarto.

— Quando a casa ficou escura por causa do blecaute, eu saí para o corredor para ver se estava tudo bem com o restante das pessoas. Mas assim que saí do quarto você passou correndo por mim, rindo baixinho. Eu segui seu cheiro de flores. Você disse algo como "agora você me pegou" e pensei que as palavras estavam sendo ditas para mim. Então, por um insano momento, julguei que você me queria. Acreditei que meus desejos mais íntimos haviam se concretizado. Mas óbvio, era mentira. Esqueci que você não tinha conhecimento de que eu não sou seu primo.

— Ao perceber que você não sabia que se tratava de mim, imediatamente eu desmoronei. Tentei te dizer a verdade, sabia que era a hora certa, mas você fugiu daquele quarto e passou a noite com Miguel no seu. Eu sei o que vocês fizeram, mas não foi porque um vento passou na sua porta e eu vi a cena casualmente, como ficou sugestivo no bilhete. Foi porque, mesmo na varanda, eu consegui ouvir sua risada e os murmúrios vindo de seu quarto. Vi sua sombra projetada na parede. Não olhei por muito tempo, é claro. E a dor foi como perder minha família de novo. Não havia mais lugar ali para mim. Não conseguiria dormir nesta casa sabendo do que estava acontecendo, então peguei minha moto e fui até a praia, mesmo sob a chuva, e fiquei pensando e pensando a noite inteira.

— Retornei no começo da tarde apenas para pegar o necessário para ir trabalhar. Não quis ser um incômodo para você e também não podia vê-lo saindo de seu quarto. Sua felicidade passou a ser, para mim, como veneno, Bela. Eu amava vê-la completa, mas não poderia suportar saber o motivo disso.

— Enfim, tudo o que disse, em suma, foi que não lhe contei a verdade por medo de te perder. Porque eu te amo.

Serafim suspirou e deu um último trago em seu cigarro.

— Pode me passar o cinzeiro?

Perplexa, peguei o objeto e passei a ele. Nossos dedos se tocaram com o gesto e meu coração, em um bum, disparou.

— Saia daqui, Serafim — sussurrei, temendo meus próprios sentimentos.

— Quer que eu saia da sua casa ou de sua porta?

— Da minha porta.

Ele fez menção de se levantar.

Abri a boca com a intenção de chamá-lo de volta, mas não disse nada. Ele ouviu um suspiro subsequente saindo de meus lábios, então abriu a porta do quarto por completo e estendeu uma mão para me ajudar a me levantar.

Olhei para seu rosto acima do meu e, enquanto eu me levantava com sua ajuda, nossos olhares não se desgrudaram. Havia uma paz instalada no fundo de sua íris e a forma como ele se movia fazia com que parecesse ter acabado de tirar um terrível peso dos ombros. Ficamos de frente um para o outro, absortos em nossas almas.

Um instante para os pensamentos voltarem à ativa.

Miguel havia, naquela mesma noite, comportado-se como um animal selvagem. Ele quase me machucara fisicamente ao puxar meu cabelo e entendia que ele estava se sentindo traído por um beijo, mesmo que eu não fosse de todo culpada.

Eu havia partido seu coração, mas, ao ouvir suas palavras em um momento de ódio, ele também havia partido o meu. Se não fosse pela conversa que acabara de ter com Serafim, eu provavelmente estaria tendo outra crise de depressão ou ansiedade em meu chão. Talvez eu até tivesse voltado a cortar os pulsos ou algo parecido. Miguel era o centro de meu mundo e, quando ficava desestabilizado, esse mundo sentia um terremoto por toda a sua superfície.

Mas Serafim era o oxigênio que me mantinha viva.

Dada a situação atual, eu não sabia se Miguel me queria mais. Eu deveria, provavelmente, esperar até o dia seguinte para ver se ele se desculpava, ou, na pior das hipóteses, para saber se ele ainda me amava. Entretanto, relembrei palavras que já havia pensado, e nesse instante elas pareceram gravadas a ferro quente em minha memória.

A vida é curta, o tempo tem pressa e a morte não hesita.

Serafim havia dado o seu melhor para que, inicialmente, eu não soubesse da verdade que jazia na história trágica de sua família. A primeira parte por ele contada não fora cedo dita, aparentemente, por temores pessoais. Mas a segunda, dita agora, definitivamente era a demonstração de que ele se importava comigo.

Significava que ele me amava. E eu diria mais: embora houvesse amor, também havia dentro dele o fogo da paixão. Ele havia sofrido demais em sua vida e queria que eu fosse sua luz. Queria que eu o salvasse.

Eu também precisava ser salva. Miguel havia sido o escolhido para o cargo. Entretanto, um erro meu, de Serafim e do próprio Miguel — a sua ciumenta reação – tornou toda a situação um drama sem fim. Eu ainda o amava, é óbvio. Um amor forte como o nosso, que chegara rápido, mas firme, não pode se esvair completamente.

Mas eu estava magoada, e não poderia negar que uma segunda parte de meu coração fora abrindo cada vez mais espaço para o garoto de olhos verdes. Suas demonstrações de atenção, de afeto, de cuidados com meus amigos foram, pouco a pouco, tijolo por tijolo, construindo uma morada dentro do meu peito.

Instantes antes, quando mal havia retornado da boate, eu estava me sentindo completamente perdida. Mal conseguia sentir ou pensar. Mas Serafim estava ali para provar que o mundo ainda valia a pena. Ao descobrir suas mentiras e suas razões, eu percebi que eu o amava de volta.

E Miguel, que pensei ser o par de asas que me protegeriam do vento cortante do inverno, mostrou-se ser um superprotetor sufocante.

Uma inversão de papéis havia sido instalada.

O jogo de cartas do destino havia virado.

Serafim precisava ouvir, agora, a minha verdade.

Retorno à realidade.

Serafim estava a menos de um passo de distância. Sendo mais baixa do que ele, sentia sua respiração em minha testa. Com nossos olhares ainda unidos, eu lhe disse:

— Nunca lhe disse que não te amava.

Seus olhos verdes tremularam em esperança.

— Não senti nada na primeira vez que o vi, isso é verdade. Mas devagar, bem devagar, você foi conquistando meu coração por meio de pequenas atitudes. Agora não tenho mais controle sobre mim, nem sobre meu destino.

— Bela... — suspirou ele.

— Deixe-me concluir — falei, pousando minha mão sobre seus lábios, que ameaçavam vir em minha direção. — Eu amo Miguel e talvez nunca venha a deixar de amá-lo. Mas quero que saiba o que aconteceu entre mim e ele hoje e que, apesar disso, eu lhe disse o que disse com sinceridade, independentemente do ocorrido. Você não é uma peça de ciúmes em um jogo doentio. Não o usarei para provocar Miguel.

Sua sobrancelha se arqueou em curiosidade.

Contei-lhe sobre a briga e também o motivo pelo qual ela foi causada. Tentei omitir as agressões físicas de Miguel, mas na mais sutil sugestão de que tal coisa pudesse ter acontecido, Serafim fechava as mãos em um gesto de raiva contida. Ao concluir, ele me disse:

— Não sei se me sinto feliz por um ato meu o afastar de você ou se fico triste por você quase perder alguém que ama.

— É tudo muito confuso.

— Não precisa ser confuso. Só precisa escolher.

— Não consigo pensar sobre isso. Enlouquecerei se for mais pressionada do que já estou sendo — murmurei um tanto rápido demais.

Ao ver o desespero súbito em meus olhos, ele passou a mão por meu rosto e se curvou para ficar mais próximo de mim, fazendo shhhhh, shhhhh, para me acalmar.

— Eu jamais falaria essas coisas para você. Jamais te trataria mal. Se estivesse com ciúmes, eu trataria do assunto com o outro rapaz, nunca botaria a culpa em você. Se você estivesse comigo, eu teria plena confiança em seu amor.

— Tanto "se"...

— Não precisa haver. É só você me pedir.

Antes de perguntar, eu já sabia a resposta.

— Pedir o quê?

— Que eu a beije. Para valer, dessa vez.

— Não posso deixar você me beijar.

— Por quê?

Como eu não disse mais nada, ele sorriu da forma sarcástica de sempre, parecendo ainda mais atraente do que já estava, em meio aos seus cabelos negros, olhos verdes de uva e músculos grandes e delineados.

Antes que eu ao menos tivesse tempo de protestar, ele colocou a mão em minha cintura e me puxou para ele, fazendo com que eu expirasse o ar de meus pulmões em surpresa.

Apenas um segundo depois, ele tocou meus lábios de forma ansiosa, mas ainda assim gentil. Era como entrar em uma eterna bola de fogo — meu coração se acelerou de uma forma quente e diferente, como se não mais fossem as asas de um beija-flor, mas um relógio desregulado cujos ponteiros dos segundos corriam e corriam sem parar, sempre me lembrando que a vida deveria ser vivida, e não esquecida no cotidiano.

Enquanto eu o beijava, eu me senti extremamente jovem e livre, e não atada a um amor que prendia minha alma. Serafim passou a mão por meus cabelos e então em minhas omoplatas, e levemente pressionou minhas costas — o suficiente para me marcar, mas não para machucar. Quando eu já estava sendo levada pelo momento por tempo suficiente, a culpa envolveu meu corpo em uma aura azulada e eu o empurrei para longe.

— Não posso traí-lo de novo, Serafim.

— Nós nos amamos, Bela. Eu sei disso. Você sabe disso.

— Sim, eu sei, mas isso não me dá o direito de trair Miguel mais uma vez. Não posso simplesmente terminar com ele em nosso primeiro momento de dificuldade. Eu posso ter me declarado para você, e você, para mim, mas não poderemos consumar nada enquanto eu estiver nos braços de outro — exclamei.

— "Consumar"? É disso que você chama "dar uns pegas"?

— Estou falando sério. Não brinque comigo.

— Bela...

— Esse beijo é tudo o que temos. Guarde em sua memória e eu também o farei. Saia do meu quarto, por favor.

— Bela, não faz sentido... — tentou ele.

— Saia.

Ele permaneceu no mesmo lugar. Cruzou os braços e me encarou.

— Não seja uma criança — reclamei.

Nenhum movimento.

— Por favor, Serafim. Você está partindo meu coração.

Os braços foram descruzados. O olhar se tornou mais sério. Ele deu dois passos em minha direção.

— Fora! — gritei. — Não estrague minha vida mais ainda!

Como ele ainda estava com os braços estendidos em minha direção, eu me virei e peguei o volume de *As virgens suicidas* sobre meu criado-mudo e taquei sobre ele. Lágrimas ameaçavam descer de meus olhos, mas as contive. Eu precisava espantá-lo ou me desfaria em pedaços. Acertei seu ombro com a lombada do livro.

— Ai, Bela... — gemeu ele.

Quando estava prestes a gritar novamente, ele disse:

— Já estou indo. Mas não pense que me esquecerei desta noite facilmente. — E saiu do quarto, fechando a porta com leveza.

— Temo que também não — sussurrei eu, deixando, finalmente, as gotas escorrerem por minhas bochechas.

Olhei ao redor e vi um frasco de remédios para dormir sobre o criado-mudo, que rolara um pouco ao ser derrubado no instante em que eu pegara o livro para jogar em Serafim. Eu não o usava havia meses, desde que deixei de frequentar o psiquiatra, mas sabia que funcionava bem. Temendo não dormir direito devido à noite turbulenta que tivera, tomei dois comprimidos do vidrinho, desliguei as luzes, vesti o pijama e deitei-me para sonhar.

Felizmente, o sono veio rápido e logo eu me vi perdida em universos imaginários, muito mais interessantes e serenos do que minha amarga e tempestuosa realidade.

Vinte e um dias

Acordei sem abrir os olhos. Espreguicei-me na cama, totalmente relaxada. Naquele instante eu só tinha certeza de que me chamava Isabela, possuía 18 anos e que alguma coisa dentro de mim me incomodava, enquanto outra me acalentava. Mas nada era específico nesse sentimento misto — apenas uma certeza concreta sobre o que eu sentia.

Abri os olhos e percebi que era noite. Perguntei-me se havia dormido por tão pouco tempo assim, já que já começava a recordar vagamente o dia anterior e me lembrava de ter ido dormir aproximadamente às três da manhã. Mas ao ver a roupa usada na Lapa — o corpete, a bolsa e as botas jogados em um canto do quarto —, as memórias emergiram em minha mente na mesma intensidade que uma martelada.

Fui até a bolsa determinada a pegar meu celular e verificar o horário. Cambaleei um pouco até chegar lá, tonta de sono. Peguei o aparelho e vi que eram seis da noite do dia seguinte. Eu havia dormido por mais de doze horas. Guardei o celular no bolso do pijama e suspirei. O remédio fizera um bom trabalho, afinal.

Entretanto, quando fui guardar a bolsa no cabideiro, vi que sua alça estava enrolada. Ao desatar os pequenos nós nos elos de metal, a bolsinha, que estava aberta, revirou e dali caiu minha carteira e um pedaço de papel. Não me recordava desse segundo item. Curiosa, eu o peguei e, ao perceber o que era, senti uma fisgada na boca do estômago, em um sinal de ansiedade.

Minha, Seu.

Seu cheiro de gengibre e mel
Das flores da primavera
Que a cercam como um véu
Cabelos dourados,
Farfalhantes
Como penas de pombas brancas
Lábios da rosa que desabrocha

Entreabertos com um sussurro
A voz cálida como o vento da manhã
Olhos escuros
Expondo as trevas de seu passado

Cheguei para amá-la como minha
Para desatar os nós de seus cabelos
Limpar a negra maquiagem borrada
Do rastro de velhas lágrimas
Para costurar suas feridas antigas
Nunca antes tratadas

Para dizer a ela que seu coração
Fora forjado na mesma forma
Do que o meu
E que nascemos da mesma água
Do mesmo rio
Minha doce Isabela.

Devo dizer que isso foi um baque em meu peito.

Sentei-me no chão. Continuei segurando o papel com as mãos trêmulas. Miguel provavelmente o havia posto na noite anterior em minha bolsa, enquanto eu estava distraída.

Reli o poema uma, duas, três vezes, as palavras escritas por Miguel rodopiando em minha mente. As lágrimas ameaçavam brotar novamente de meus olhos, mas as segurei. Não aguentava mais chorar. Até que ponto eu poderia continuar me lamentando sem que sofresse uma desidratação por isso?

Em menos de duas semanas meu mundo havia virado de cabeça para baixo. Eu costumava ser a garota depressiva, a bela menina triste que escreve poemas e fuma — até demais — para neutralizar o vazio em seu interior. A depressão, que antes era uma constante em minha vida, agora passara a surgir apenas de passagem, pois eu estava muito ocupada tentando solucionar problemas que surgiam um atrás do outro.

Talvez estivesse sendo substituída pela ansiedade. Mas quem era eu para me diagnosticar? Será que eu precisava voltar a frequentar o psiquiatra ou o neurologista? O problema se passava somente em minha mente doente? Ou será que, em outro caso, a realidade que era louca e eu era completamente sã?

Abracei os meus joelhos, fechei os olhos e apertei o papel com uma das mãos. Quando estava prestes a vagar no interior de meus pensamentos mais fúteis em uma fuga, eu me vi desperta por uma música suave vinda do lado de fora do quarto.

Levantei-me sem me importar com a aparência descabelada ou com meu velho conjunto de pijamas de malha. Saí do quarto seguindo a bela melodia que confortava meu coração e servia de antídoto para minhas conclusões trágicas.

A música, como havia suspeitado, vinha do quarto de Serafim. A porta estava entreaberta, então entrei sem bater. Ele estava tão concentrado em seu violão que não percebeu que eu havia chegado, ou então mascarou que percebera minha presença com destreza.

Ali, naquele quarto, eu percebi que a melodia era uma música da banda Muse. O nome do som era "Unintended". Traduzi em minha mente o que Serafim cantava. O refrão era basicamente isto:

> *Você poderia ser a minha escolha não intencional*
> *Para viver o resto da minha vida*
> *Você deveria ser aquela que eu sempre vou amar*

Quando Serafim terminou, descansou o violão inclinado ao lado da cama e olhou para a janela, sem se virar para mim.

Bati palmas para ele e me aproximei de seu lugar, sentado sobre o colchão.

— Isso foi para mim? — perguntei.

Então, eu soube que ele realmente não me vira entrar no ambiente, pois ele se sobressaltou e ficou ruborizado em questão de milésimos de segundo. Quando suas faces tornaram a ficar pálidas e ele parara de olhar em meus olhos, ele abaixou o rosto, subitamente absorto no tapete sob seus pés.

— Acho que isso não importa, não é?

Tencionei dar um passo em direção a Serafim, mas meus joelhos trêmulos insistiram em permanecer no mesmo lugar. "Eu te amo", eu queria gritar. Como não o fiz, paralisei ao lado da porta, os lábios abertos com a intenção de dizer alguma coisa, mas sem nenhum som passando por eles.

Meu coração parecia absorver uma quantidade infinita de dor e desgaste. Cada batida, impulsionada naqueles instantes, parecia jorrar lágrimas por minhas veias. Eu queria poder reconfortá-lo, ir até ele e dizer que tudo iria ficar bem. Mas não iria. Pois jamais poderíamos ficar juntos.

Tudo o que consegui lhe dizer após eras de silêncio, como se a palavra fosse um choro, foi:

— Desculpe.

— Não se desculpe, Bela. Nenhum de nós é culpado. Nem mesmo o azulzinho.

— Miguel?

— Não gosto de dizer o nome dele.

Assenti, compreendendo o que ele deveria estar sentindo, ou seja, tanta dor quanto eu.

— Vou tomar café da manhã lá embaixo, agora — falei, sem jeito, apontando para o cômodo abaixo do quarto de Serafim.

— Quer ajuda?

Seus olhos percorreram um lento caminho por meu corpo até chegar aos meus, em desejo e admiração, como se eu fosse um troféu de uma competição que ele merecia ter ganhado, mas que perdera para um segundo lugar. Um esboço de sorriso foi desenhado em seu rosto, mas era mais um espelho da tristeza dentro de si do que uma expressão de felicidade.

— Não precisa — respondi, engolindo seco. Fui imediatamente impelida por meus sentidos a correr e lhe dar um beijo para acalentá-lo, mas fui impedida por minha consciência. Respirei fundo e saí dali para ir até a cozinha.

Eu já havia comido o meu habitual prato de ovos mexidos e café com leite quando meu celular vibrou no bolso do short do meu pijama ao receber uma mensagem.

Vinha de Miguel.

Isa, precisamos conversar. Vamos nos encontrar hoje?

"Será que ele quer terminar comigo?" foi a pergunta em minha mente. Entretanto, não lhe disse nada sobre minhas conjecturas. Apenas lhe enviei o seguinte:

Pode ser. Onde?

Depois de cinco minutos, ele respondeu:

Na Pedra do Arpoador, às oito horas.

Respondi-lhe uma confirmação, em seguida olhei para o relógio. Os ponteiros marcavam sete e quinze. Subi ao quarto de Serafim e lhe avisei que precisava sair. Pelo olhar defensivo e duro em seu rosto, percebi que ele sabia sobre o que se tratava sem que eu precisasse dizer o que era. Segundos antes de eu me virar para sair de seu quarto, vi o seu sorriso irônico, aquele que guardava piadas macabras para si, formando-se em suas feições. Mas foi por apenas um momento, pois no instante seguinte eu já me encontrava em meu quarto, prestes a preparar um banho.

Quarenta minutos depois eu já estava pronta. Eu já podia sair de casa para chegar ao local no horário marcado. Eu usava um vestido preto, muito simples, curto e de alças finas. Nos pés eu calçava as botinhas de couro de sempre.

Com apenas o celular e o maço de cigarros nas mãos, fui até a sala e me despedi de Serafim — que a essa altura estava assistindo a um show de rock na televisão —, dando-lhe um beijo na bochecha. Ele me deu outro, mas senti que ele desejava mais, assim como eu. Tomando controle da situação, ao desvencilhar-me dele, eu sorri, como se o congratulasse por seu esforço. Em seguida, saí de casa.

Eu caminhei lentamente até Ipanema. Cada passo parecia me tornar mais etérea. Minha história parecia um esboço de outra vida, cada vez mais distante. Eu era apenas um eco no tempo. Apenas um suspiro que desvanecia aos movimentos ondulatórios da dança do vento.

Sem aguentar por muito tempo sem fumar, eu logo tirei um cigarro do maço e o acendi, tragando-o em seguida. Relembrei-me de uma passagem de *O retrato de Dorian Gray*, que dizia: "O único jeito de se livrar da tentação é ceder a ela". E eu não poderia discordar de Oscar Wilde naquele instante.

Quando alcancei a praia, senti-me um pouco perdida no meio de todos os carros com suas luzes que cegavam passeando pela orla. A quantidade de vidas ali me perturbava. As varandas com luzes acesas e famílias jantando, tomando vinho; janelas das quais era possível ver adolescentes em festas, e também as de hotéis caros, com mulheres e homens elegantes discutindo suas fortunas; pessoas caminhando na rua com seus cachorros, ou andando de patins e skate no calçadão; crianças comprando sorvete em um quiosque, ainda trajando roupas de banho, pois provavelmente tinham passado seus dias gloriosos de férias na praia. *Elas ainda têm tanta coisa para aprender,* pensei. *Não só na escola, mas também na vida. Tantas emoções para apreciar e sofrer...*

Com essas observações perturbadoras, eu me vi chegando ao pé da Pedra rápido demais. Miguel ainda não estava lá. Sentei-me em um banco e joguei o cigarro que havia terminado no lixo que estava ao lado do lugar em que me sentara, acendendo outro em seguida. Cruzei as pernas e penteei os cabelos molhados com as mãos.

Então, ele apareceu, em toda a sua beleza felina, que agora me assustava um pouco. Não só pela selvageria que sabia existir em seu cerne, mas também por sua unicidade. Não havia ninguém no mundo como Miguel.

Ele era charmoso em cada movimento. Era bonito em seus olhos doces de chocolate; no sorriso que se formara sutilmente em seus lábios ao me ver. Era bonito quando seus pés tocavam firmemente o chão e também na angulosidade projetada por suas longas pernas a cada passo. Era bonito ao ajeitar uma mecha de cabelos de menta que caía sobre um de seus olhos. Era bonito por toda a sua aura de boemia. Até no cigarro que repousava entre dois dedos de suas mãos pálidas.

— Boa noite, Isa — falou ele, formalmente.

Levantei-me e disse:

— Boa noite.

Não nos tocamos.

Em silêncio, subimos a pedra. Como da outra vez em que estivemos ali, ele me ajudou a subir, estendendo sua mão ou alçando-me pela cintura. Quando chegamos ao topo, divididos entre as luzes da cidade e as das estrelas, ele se sentou e eu imitei seu movimento.

— Você me chamou aqui para dizer alguma coisa. — Minha voz era distante.

—— Sim — suspirou ele.

— Então, diga — pressionei-o.

— Eu pensei sobre o que você disse. Aquilo sobre ser feliz para sempre ao seu lado ou permanecer sozinho. Isa, eu amo você e isso não vai mudar. Não posso deixar meu ciúmes atrapalhar nossas vidas.

— Você me agrediu, Miguel. — Minha voz era um tapa.

— Sinto muito por isso. Quando você fala, parece que foi até um caso de recorrer à lei...

— E quem disse que não? Sabe como me senti com isso?

Ele olhou para baixo, envergonhado.

— Eu juro, Isa. — Sua voz era trêmula pela emoção. — Que nunca mais farei você se sentir mal, frágil ou impotente, ainda mais diante de uma agressão. Não acredito que eu tenha tido a audácia de te tratar da forma com que fiz. Sei que é leal a mim, e quando pensei em sua explicação sobre o apagão... Deveria ter te escutado na hora, mas estava cego pela raiva. Isa, perdoe-me. Eu errei, e errei feio.

Não foi necessário pensar muito antes de lhe dizer:

— Eu o perdoo, Miguel. Não sou de guardar rancor. Mas eu o conheço há pouco tempo, embora já saiba muita coisa sobre você. O que me garante que você não vai repetir o erro?

— Eu já disse que juro, Isa. Sou um homem de palavra.

— Bem, vou acreditar em você desta vez. Mas, se acontecer de novo, estaremos terminados.

Ele assentiu.

— Tenho que lhe contar uma coisa antes de você pensar que estamos totalmente de bem. Isso pode te enfurecer de novo. Não vou guardar segredo como da outra vez. Eu faço jogo limpo.

Seu olhar subiu para meu rosto e sua expressão era temerosa, como se eu fosse capaz de extrair seu coração de seu peito, esmagá-lo por entre meus dedos e em seguida jogá-lo no mar abaixo de nós, deixando que virasse comida de peixe.

— Serafim contou-me que não é meu primo de sangue. Sua mãe traiu meu tio com outro homem. Era um segredo até que ele descobriu. Só depois de muito tempo ele resolveu me contar, quando percebeu que era tempo de dizer a verdade. E agora sei que amo Serafim.

Mesmo na distância que estávamos, sentados um de frente para o outro, eu percebi que sua respiração se acelerara. Ele fechou os olhos e levou as mãos aos ouvidos, como se não conseguisse ouvir o restante do que eu tinha a dizer.

— Está terminando comigo? — ele quis saber.

Gentilmente, retirei suas mãos de suas orelhas.

— Não seja bobo. Acabei de dizer que te perdoo e que continuo com você. Eu não estou terminando nada. Só estou lhe contando um fato.

— Mas você disse que o ama... — Sua voz era abobalhada.

— Eu te amo mais.

— Isso é tão distorcido...

— Eu sou a primeira a saber disso.

— Você quer ficar com nós dois ao mesmo tempo?

— Não, claro que não — falei rispidamente. Do que ele estava me chamando com essa pergunta?

— Então...

— Eu amo Serafim, mas eu amo você muito mais, como já disse. Então, vou continuar com você. Não tocarei em Serafim.

Ele olhou para as estrelas acima de nós. Esperei até que ele se recuperasse para terminar de dizer o que tinha de falar.

— Eu o beijei ontem, Miguel. Mas foi um único beijo, e só. Nunca mais irá se repetir. Porque eu sou sua, não dele.

— Você quer que eu aceite isso?

— É tudo que tenho a lhe dar.

— E é assim que serei feliz para sempre ao seu lado?

— Sim. O fardo é meu, não seu. Você mesmo disse que confia em minha lealdade. Estou aqui para provar que é verdade. Estou te contando o que ocorreu e também narrando o que não irá se repetir.

— Somos um belo triângulo, hein? — perguntou ele subitamente, com a voz melancólica.

— Não somos um triângulo. Somos apenas eu e você. Serafim não se deu muito bem dessa vez. Eu o amo e ele me ama, mas não há nada que possamos fazer. Quem é minha alma é você.

Ele sorriu tristemente. Aproximei meu rosto do dele e beijei seus lábios com docilidade. Ele retribuiu o gesto, que me remeteu ao beijo que tivemos na cozinha, enquanto eu chorava. Miguel tinha gosto de tabaco e menta naquela noite. Separei-me dele devagar, mas então ele me puxou em um ato impetuoso e continuou a me beijar. Derreti em seus braços, como açúcar diluído em água.

Quando a vida pareceu infinita, ele parou subitamente. Separou seus lábios dos meus e ficou a fitar meus olhos.

— Eu amo você. Toda a sua complexidade, sua honestidade, sua beleza bucólica. Sinto que nasci para ser seu.

Sorrindo para ele, lembrei-me de um trecho de seu poema e retirei um pedaço de papel meio amassado que estava guardado dentro do maço de cigarros. Abri e mostrei-lhe a poesia.

Um brilho de alegria tremulou nos olhos do meu amado.

— Foi a coisa mais linda que já escreveram para mim. — Eu ri, levando a mão aos lábios.

Lágrimas começaram a descer de meu rosto conforme a paz era instalada dentro do meu corpo. Ao mesmo tempo em que eu estava desesperadamente triste, eu também estava muito feliz. Embora uma parte de meu coração estivesse partida por Serafim, a outra metade parecia reluzir em amor pelo menino com cheiro de mar e tabaco, completa e segura, sem mais cicatrizes, sem mais manchas.

Miguel olhou de mim para o papel, e então para mim de novo. Sorriu.

— Isso não é nem um terço do que sinto por você.

— Não exagere. — Eu sorri.

Ele passou a mão por meu rosto como sempre costumava fazer e eu inclinei a cabeça, absorta em seu toque, sentindo cada milímetro de sua palma acariciando minha bochecha.

— Sempre juntos? — perguntou ele.

— Sempre juntos — confirmei.

Acima de nossas cabeças, as estrelas pareceram brilhar mais intensamente, tremulantes no véu negro do céu noturno como lágrimas de cristal.

As últimas horas

Poucas semanas se passaram, mornas e cálidas, em um piscar de olhos. Passei o Natal na casa de Ava e seus pais, que também convidaram Miguel. Serafim foi trabalhar naquela noite, fazendo um turno extra, ou ao menos foi o que ele disse, pois duvidei que o bar no qual ele trabalhava estivesse aberto nessa data cerimoniosa. Entretanto, pensei em quantas almas solitárias precisavam de uma bebida ou duas para passar as horas tristes de um dia tão feliz para se passar em grupo, e, a partir dessa justificativa, fui me convencendo.

Já o Ano-Novo, eu o passei na praia com Miguel, Vlad e Breno, e foi tão pacífico e clichê quanto poderia ser. Não sei onde Serafim passou sua virada naquele dia. Eu e Miguel havíamos estabelecido, sem dizer palavra, que seria melhor que eu ficasse o quão longe de Serafim eu pudesse. E eu desempenhava meu papel muito bem, apesar da dor que sentia ao me ver longe dele.

O meu tempo foi dividido entre Miguel, Ava e os meninos. As chuvas de verão pareceram se concentrar naquele período, em contraste com meu estado de espírito leve e feliz.

Saí com Ava para irmos ao cinema e também para colocarmos as novidades em dia. Vlad e Breno estavam namorando, mas não era incômodo ficar perto deles, pois emanavam uma aura tão completa, que eu sempre me sentia bem, só por estar com os meninos, com ou sem Miguel.

Conheci o apartamento de Miguel em Copacabana e passei a maioria dos dias e noites lá, e quase estávamos morando juntos. Brincávamos de dominó quando o tempo estava muito ruim para sair de casa, mas também fomos a alguns bares e boates.

Durante o dia, permanecíamos deitados em sua cama, vendo programas de televisão ou filmes clássicos, como *Rebecca* ou *Clube da luta*. Depois de nossa conversa, ele não foi mais à minha casa. Apenas eu fui à dele.

O último dia

Era dia 11 de janeiro. Estava sentada na cama de Miguel, trajando apenas uma blusa de meu namorado e um cigarro nos lábios, quando o próprio se aproximou de mim com uma xícara de café nas mãos, que estava tão quente, que soltava um delicado vapor em direção ao teto.

A luz do amanhecer tornava o quarto todo amarelado. Os pôsteres com imagens de Londres e Moscou possuíam cores distintas das originais, mais vívidas. A cama, com lençóis negros, parecia reluzir em um novo tom de roxo.

Miguel possuía olhos dourados àquela meia-luz e seus cabelos estavam mais esverdeados do que o azul costumeiro. Usava apenas uma calça cinza de moletom e a pele pálida de seu peitoral parecia brilhar um pouco quando exposta ao sol, tão translúcida era.

— Quer um gole?

— Não, obrigada — respondi, o coração se acelerando ao vê-lo. Perguntei-me até quando eu continuaria a sentir que sempre o via pela primeira vez, apaixonando-me repetidamente a cada vez que ele aparecia.

Miguel se sentou ao meu lado.

— Estava encarando a parede? — perguntou ele, envolvendo-me com um de seus braços.

— O quê?

— Quando cheguei aqui a encontrei com o olhar distante, apontando para a parede à sua frente.

— Ah, estava apenas pensando sobre as últimas semanas.

— E foram pensamentos felizes?

— Mais do que felizes. — Eu olhei em seus olhos, sorrindo.

Ele se aproximou de mim, com sua respiração em meu rosto. Fechei os olhos, absorta na aproximação de nossas peles, ainda não conectadas em nenhum ponto. Lentamente, eu fui sentindo a pressão de seus lábios contra os meus e logo um beijo doce era formado, no qual somente nossas bocas se tocavam, mais nenhuma parte do corpo.

Miguel se separou de mim e piscou apenas um dos olhos, em uma provocação.

— Vamos sair hoje?

Deitei-me em sua cama, jogando-me de costas no colchão, os braços estendidos sobre minha cabeça.

— Onde? — Minha voz era preguiçosa.

— Bar?

— Pode ser — suspirei. — Mas qual?

— Você não me parece muito animada.

— Não estou mesmo. Tenho um pressentimento de que deveria ficar em casa.

— Na sua casa?

— Não, aqui, na sua. Está tudo tão gostoso, principalmente esta cama. Mas não nego que sinto saudades de meu quarto. Não gosto, também, de deixar a Mel sozinha por tanto tempo.

— Você vai todos os dias na sua casa quando está vazia.

— Só para colocar ração no prato dela e pegar algumas roupas. Não sou uma boa mãe se passo em casa todos os dias apenas para botar comida e água em seus pratinhos.

— Quer ir a um bar na sua rua? Depois podemos ir à sua casa para brincar com a gata.

Olhei para ele, preocupada.

— Mas ele vai estar na minha casa à noite — sussurrei em protesto.

O nome de Serafim fora banido de nossas conversas.

A essa altura, a imagem do rival de Miguel era quase um esboço em minha mente. Mal o via quando passava em casa. Comunicávamo-nos, geralmente, por bilhetes na geladeira, apenas discutindo sobre inutilidades domésticas. Eu passava em casa, geralmente, nos momentos em que ele saía para o trabalho. E durante a noite, nas parcas vezes em que eu ia para casa dormir, ele estava lá, mas nos evitávamos, cada um em seu respectivo quarto.

Quando eu acordava, pela manhã, ele saía de casa para passear na praia ou algo do tipo. Mas não significava que, a cada vez que eu esbarrava com ele em algum cômodo, quando raramente acontecia, eu não sentisse o seu beijo novamente em meus lábios. Nem que meu coração o tivesse esquecido. Muito menos os sonhos, que criavam imagens perturbadoras em minha mente, nas quais eu me via correndo até Miguel em um longo corredor, mas Serafim sempre aparecia no meio do percurso, interceptando-me. Entretanto, eu isolava essa parte de mim mesma para um canto de minha alma e deixava-a lá, chorando, encolhida, em um quarto nebuloso.

— Se formos cedo, ele ainda vai estar no trabalho — eu pensei rapidamente.

— Tudo bem. Podemos esticar na praia depois.

— Fechado — respondi a Miguel.

Por volta das quatro da tarde, eu estava saindo de seu carro. Miguel abrira a porta do banco do carona e estendera a mão para que eu saísse, gentil como sempre. Eu sorri e peguei sua mão, mas, em uma surpresa, ele me puxou para seu abraço e beijou a ponta do meu nariz. Eu ri e nos separamos.

O bar à nossa frente se chamava Corça Rosa. Era um nome diferente para um bar carioca, decerto, mas se encaixava ao ambiente, que remetia a um pub.

No lado de fora, cadeiras e mesas de madeira rústica, um lampião rente à entrada. O interior era quente e havia garrafas e garrafas decorando as paredes, numerosas. Sobre nossas cabeças, um ventilador de teto velho e meio enferrujado. Bancos em frente ao balcão. Um pequeno espaço no meio do ambiente para mais mesas e cadeiras de madeira.

Depois de uma conversa, decidimos permanecer no lado de fora, por conta dos cigarros. Então, retornamos para lá e nos sentamos de frente para o carro. Uma senhora passou ao nosso lado torcendo o nariz para nossos cigarros, com um buldogue francês em seu colo.

— Estive escrevendo esses dias — comentou Miguel, depois de pedirmos uma garrafa de cerveja. — Quando você vai na minha casa.

— Poemas? — questionei.

— Mais ou menos. Acho que poesia em prosa.

— Não te vi escrevendo.

— Eu o faço enquanto você dorme.

— Ah, sim. Romântico.

— Sou um Romeu.

— Não gosto do Romeu.

— Sério? Pensei que todo mundo gostasse dele.

— Ele se apaixonou por Rosalina e, em um piscar de olhos, esqueceu-a por Julieta.

— E quem disse que ele realmente amava Rosalina? Podia ser uma queda, apenas. Julieta era o amor da vida dele. Era a alma dele. Ela o entendia. Rosalina era... Uma garota pelo qual ele sentia desejos carnais, apenas, talvez? Uma paixão intensa, mas passageira. Com Julieta era amor.

Percebi uma ligação com minha própria história ao ouvir as palavras de Miguel. Não lhe respondi mais nada, apenas assenti em concordância, em uma repentina simpatia por Romeu.

A nossa cerveja chegou e o garçom nos serviu um copo para cada, pondo também um cinzeiro sobre a mesa. Quando ele saiu e se juntou aos seus colegas no fundo bar, meu olhar o acompanhou. Tudo se passou em questão de segundos.

Senti um calafrio percorrer minha espinha. Meu coração se acelerou como as asas atordoadas e machucadas de uma andorinha presa em uma gaiola, que, após viver anos de liberdade, via-se em um lugar em que definharia quando, por cansaço, desistisse de lutar, com a delicadeza de sua ossatura impedindo-a de se libertar.

Em meio aos garçons de uniforme negro, estava Serafim. Ele não havia me visto e sorria de alguma piada de seus colegas. Lembrei-me, então, de que ele me dissera que estava trabalhando em um bar no fim de minha rua, mas que nunca me dissera o nome do estabelecimento. Havia, pelo menos, cinco bares por ali. Ele estava justamente no Corça Rosa.

Retornei o olhar a Miguel, com os segundos arrastados e tensos. Ele olhava para seu carro, prestando atenção a alguma parte do veículo em específico, totalmente alheio ao novo capítulo da nossa história.

Sem me conter, olhei para Serafim de novo. Ele usava a camisa e calça preta como todo garçom ali. Estava lindo, como sempre. Reparei em seus braços fortes contra o algodão apertado da camisa. Gostaria de flutuar até ali somente para tocar sua pele, protegida apenas pelo fino tecido negro, que serviria de tênue escudo contra meu toque. Subi o olhar. Os seus olhos verdes e infinitos sorriam e pude perceber que daqui a uma década, mais ou menos, ele possuiria pés de galinha causados por sorrisos sinceros em sua juventude. Seus lábios carnudos sorriam e os dentes brancos eram um extra à sua beleza de guerreiro.

Então, eu vi para o que, ou melhor, para quem ele sorria. Uma garçonete, de cabelos negros e ondulados, olhos azuis como o mar. Mais alta do que eu, mais voluptuosa do que eu. Unhas vermelhas. As minhas eram ruídas. Saia preta, regata preta, pele rígida. Eu usava uma camiseta da banda The Smiths e calças jeans. Olhei dele para ela e dela para ele. Ela parecia estar devorando-o com os olhos e tocou-o no braço da forma com que eu desejava fazê-lo. Ele parecia perceber a sedução da bela mulher, mas se fingia de desentendido, esquivando-se sutilmente de seu toque.

Senti o impulso de me levantar, andar até ali e dizer a ela que ele era meu, que eu o amava e ele me amava de volta. Que ele não se interessaria por ela, pois o nosso amor nascera do acaso e nada poderia quebrá-lo.

Mas a voz de Miguel me trouxe à realidade e eu dispersei meus pensamentos traidores. Em um flash visualizei uma lápide em uma colina, à noite. Vermes sobre a pedra. Mas foi tão rápido, que perguntei se realmente havia tido essa visão ou se era só um *déjà-vu* de algum sonho obscuro.

— Você está bonita hoje — disse ele. — Mas me parece preocupada. O que aconteceu?

— Nada — respondi, emburrada. — Devo estar um pouco nervosa, só. Não sei o que pode ser. Talvez hormônios femininos. Talvez a lua.

— Ah, sim... — fez ele, retornando ao seu próprio mundo, tomando um gole de sua cerveja.

Naquele instante eu quis dar um tapa em seu rosto. Gostaria que Miguel percebesse o que se passava comigo. Que me retirasse dali, levasse-me de volta para sua casa e me tomasse em sua cama novamente, apenas para dizer, por meio de gestos: "Você é apenas minha e de mais ninguém. Pare de sonhar com outro. Somos apenas eu e você".

Gostaria que, desta vez, ele fosse a besta que vivia dentro de si. Mas naquele momento, ele parecia um simples gatinho, indefeso, à mostra para os predadores. Servil.

Quando olhei novamente para o fundo do bar, Serafim me viu. Nossos olhos se conectaram. Ele endireitou a coluna, alerta. A mulher ao seu lado se mostrou indiferente à sua nova postura. Continuava falando com ele, enquanto Serafim a ignorava, olhando no fundo de meus olhos.

Ele percebeu, em minha expressão, os ciúmes — algo inédito para ele. Percebeu que eu estava desesperadamente apavorada com a possibilidade de perdê-lo; percebeu que eu queria que parasse de falar com a mulher bonita imediatamente, que queria que ele me tranquilizasse e dissesse que ela era apenas uma colega.

Mas, após esse segundo passar, ele sorriu de forma irônica, maldosa, e voltou a conversar com a garçonete. Desta vez, ele tocou na cintura dela e a aproximou de si, dizendo uma gracinha em seu ouvido. Ela gargalhou e olhou em minha direção. Parecia se deleitar nas palavras de Serafim.

Eu sabia que minha conduta, naquele instante, era repreensível. Meu amor estava bem na minha frente; e eu era dele e ele era meu, mas uma terceira parte de mim — a parte irracional, que despertava na presença de Serafim — gritava em meu sangue, fervilhando.

Meu coração explodia em fogo e pólvora, e nada do que minha razão me dissesse acalmaria minha alma. Pois o ciúme não é algo racional, razoável. É um urro no escuro, um berro dentro de meu núcleo, e ninguém poderia escutá-lo dali. Abafava a consciência, silenciava os fatos, o concreto. Manchava a lógica com o instinto.

Olhei para Miguel. Ele percebeu que havia algo mais sério do que hormônios femininos em meu olhar.

— O que há? — ele quis saber.

Peguei o copo de cerveja à minha frente e derramei o líquido dourado por minha garganta. Senti uma leve ânsia, mas a contive.

— Isa? — perguntou, perturbado.

Então, ele olhou para o fundo do bar e viu a cena que me atormentava. Seu olhar voltou para mim e havia uma mágoa em sua alma, uma nova ferida, vívida, somada às cicatrizes que estavam começando a se remendar.

— É isso o que está te incomodando? — Sua voz era como gelo, ou ácido, ou a combinação dos dois.

— Desculpe... — comecei a dizer.

— Isabela, não peça desculpas. É seu coração que pensa nele, não sua mente. Ninguém controla o próprio coração.

— Não posso discordar disso — sussurrei, humilhada. Ele havia, como sempre, resumido meus sentimentos em palavras simples. Ele conhecia minha alma e meus temores. Era impossível esconder algo de Miguel.

— E sabemos que você o ama também, certo? Isso não é nada novo. Eu respeito isso, já discutimos sobre o assunto. — E, subitamente, mudou o rumo da conversa. — Estou pensando em comprar mais desta cerveja para levar para casa. Eu não a conhecia...

Fechei os olhos, tentando me afastar daquele instante pelo máximo de tempo possível. Estava em uma situação doentia, tóxica, envenenada. Como Miguel poderia aceitar com tanta facilidade meu amor por Serafim, a ponto de dizê-lo trivialmente, como se não o ferisse? Éramos algo torto, nós três. Eu amava ambos os rapazes e eles me amavam de volta — e eu tinha plena certeza disso, por mais que Serafim tentasse me ferir, usando meus ciúmes contra mim, em uma vingança pessoal estúpida. Mas, de alguma forma, todo aquele amor se convertia em uma insana relação de posse, e quando não o era, era uma abdicação total dos próprios direitos, a fim de proporcionar paz para o próximo, ferindo quem o fazia.

Não havia escapatória. Estávamos presos em uma redoma repleta de hienas e abutres, e nós éramos um único coração morto, apodrecendo, sem chance de se tornar brilhante e vívido como fomos outrora, antes de conhecermos nossas felicidades e nossas angústias.

— No que está pensando? — fez ele, ao perceber que eu não prestara atenção ao que ele estava dizendo.

— Em nada — respondi. — Estava tentando me distrair — menti.

— Ah... — suspirou ele, apagando seu cigarro no cinzeiro à nossa frente, no centro da mesa.

— Acho que não me sinto muito bem — anunciei, sentindo a pressão cair e a tontura começar a me tomar. As pontas de meus dedos esfriavam rapidamente.

— Vamos sair daqui — falou Miguel, tencionando se levantar.

— Não — contradisse eu. — Ficaremos aqui.

— Acho que seria melhor para nós dois se fôssemos para casa.

— Não acho sábio fugir.

Ele revirou os olhos, derrotado. Aproveitei aquele instante para bisbilhotar Serafim novamente. Ele servia uma bebida para um garoto no interior do bar, mais ou menos da nossa idade, mas continuava conversando com a morena ao seu lado, atrás do balcão.

Ela colocara uma de suas longas e negras mechas de cabelo atrás da orelha, mas deixara um pedaço solto, e ele a ajudara a pôr os fios em seu devido lugar. Senti um soco na boca de meu estômago, como se fosse capaz de regurgitar diante daquela cena. Meu coração se apertou, implodindo dentro de meu peito.

Miguel me observava, enquanto eu olhava Serafim.

— Tem certeza de que não quer sair daqui? — ele quis saber, a voz grave.

— Tenho.

Ele puxou o ar para dentro de seus pulmões, preparando-se para o que diria a seguir:

— Eu sinto que você nunca poderá ser completamente feliz ao meu lado.

— O quê? — exclamei. — Não seja bobo. Mas é claro que posso.

— Tudo bem, esqueça. Vamos conversar sobre outras coisas.

Miguel retornou a tagarelar. Suspeitei que fosse um teste, mas não tinha certeza. Então apaguei meu cigarro e acendi outro em seu lugar, tragando nervosamente. Tentei não retornar a olhar para Serafim e consegui, com muito esforço. Mas também não conseguia focar em Miguel. Apenas olhava para o cigarro entre meus dedos, as brasas lambendo o papel que enrolava o tabaco, lentamente consumindo o objeto de meu vício até se tornar um longo tubo preenchido por cinzas...

— Vamos para casa — disse-me Miguel, pondo a mão sobre a minha, chamando minha atenção. — Você não me parece nada bem.

— Não suporto mais isso — sussurrei.

Fechei os olhos de novo. Eu era o Homem de Lata que havia conseguido um coração, após tanto tempo o desejando, mas que agora, ao obtê-lo, não sabia como administrá-lo.

Não queria voltar ao tempo, não queria desfazer todo o caminho trilhado até aquele instante, mas eu queria, com todas as minhas forças, poder apagar as luzes de meus pensamentos, nem que fosse por um segundo. Desligar-me do mundo.

Apenas um momento de silêncio emocional e psicológico.

— Não vou nem lhe perguntar o quê — fez Miguel. — Isa, pare de drama. Você está comigo, agora. Não com ele. Sei que o ama. Mas se você soubesse se controlar um pouco...

— Controlar? — questionei, abobalhada.

— Sei que é pedir demais, mas... Estou fazendo minha parte. Sabe o que eu realmente gostaria de fazer? Andar até o final deste bar, pegar seu maldito primo — disse ignorando meu protesto ao dizer que Serafim não era meu parente — e bater com a cabeça dele na parede do estabelecimento até que todos estivessem encharcados de sangue e ele estivesse morto. Isso se chama instinto, ciúmes — falou ele pacientemente, como um pai explicando algo importante a uma filha. — E você o está sentindo agora, por ele, o que me enlouquece mais ainda. Mas sabe o que aconteceria se eu o matasse? Eu seria preso. Perderia você. E eu jamais me perdoaria por tirar a vida de alguém, por mais que eu não tenha muita simpatia para com a pessoa. Então, Isa — suspirou —, você o ama, mas está comigo. Você mesma disse que não quer ficar com ele. Foi você quem decidiu isso. Lide com seus sentimentos, assim como lido com os meus. Às vezes, apenas o amor não basta para manter uma relação.

Olhei em seus olhos, prestando atenção aos movimentos de sua íris de chocolate ao leite.

— Você tem razão — respondi. — Vamos para casa. Não vou retirar nada de bom daqui.

— Tão rápido? — Riu ele. — Tudo bem.

Chamamos o garçom que nos atendera e pedimos a conta. Fomos caminhando até minha casa, sem necessidade de retirar seu carro da rua, pois minha morada era praticamente em frente ao Corça Rosa — só era necessário subir uma pequena ladeira para entrar no condomínio e dobrar uma curta esquina.

Ao entrarmos em casa, Mel estava notoriamente sentindo minha falta. Ela desceu as escadas, miando alto, e correu até onde eu e Miguel estávamos, próximos à porta da entrada. Ela se jogou em minha perna, abraçando-a com as patinhas, as unhas arranhando-me um pouco. Peguei-a no colo e fiquei lhe dizendo gracinhas, enquanto ela fechava os olhos e ronronava, em deleite.

— Como ela está barrigudinha! — exclamei. — Seu tio está lhe dando comida a mais, é? — brinquei, coçando suas orelhas.

— Que horas ele chega aqui, mesmo? — perguntou Miguel.

— Daqui a uma hora, mais ou menos — falei, olhando para o relógio.

— Tempo de sobra — disse ele, puxando-me para si.

Beijou-me delicadamente, sem pressa. Deixei que Mel pulasse de meu colo, então eu o envolvi com meus braços, agora quase tão pálidos quanto os de Miguel. Ele passou sua língua por meus lábios e desceu seus beijos para meu pescoço, retirando minha blusa lentamente, ali mesmo na sala da entrada. Miguel me levou até o sofá, ainda me beijando, e me jogou ali, com suavidade bruta.

Miguel se pôs sobre meu corpo e suas mãos me tocavam com leveza, como as asas de um corvo branco, em uma revoada sobre a neve do inverno, e tudo era cálido. Mas, de repente, as asas se mostraram serem as garras de um leão. Puxou-me para si, barriga contra barriga, e senti o calor de seu corpo me envolver como um manto. Sua pele e a minha estavam se tocando em quase todos os lugares possíveis, e eu me derreti na sensação. Miguel retirou a própria blusa e a intensidade de nossos toques aumentou.

Eu estava perdida dentro de nosso pequeno mundo, quando algo fez com que meu coração se sentisse apertado. Arfei com a dor súbita, mas Miguel continuou com suas carícias, pensando que estava me agradando. Eu senti como se traísse a mim mesma, levando uma facada em meu peito, como se estivesse contrariando meu coração, tão partido em duas partes, tão dividido.

Sei que devo parecer louca, e talvez eu seja, mas eu sentia que, ao beijar Miguel, eu estava magoando a mim mesma e Serafim. Não me importei com o fato de que Serafim tentara me fazer sentir ódio, poucos minutos antes, ao falar com a garçonete. Também ignorei o fato de que estava com Miguel há semanas, em dias de paz quase utópica.

Entretanto, eu desejava Miguel, ardentemente. Eu gostaria de poder unir meus átomos aos dele, fazendo com que nós nos tornássemos um só ser, contrariando as leis do Universo. Gostaria que ele continuasse com seus beijos e nunca mais parasse, em hipótese alguma. Eu queria que pudéssemos ficar juntos, daquela forma, jovens e felizes, por toda a eternidade. Mas isso era impossível.

Seguindo o oposto do conselho de Miguel, eu não estava me controlando, mas me entregando a sentimentos irracionais e instintivos. Eu sabia que eu me machucaria por isso posteriormente, por esses atos impulsivos, mas a dor em meu peito, sufocando-me, rasgando minha alma em milhares de pedacinhos, obrigava-me a parar de tocar em Miguel, pois isso manchava a memória de Serafim em minha mente, apesar de toda a minha vontade de continuar a fazê-lo.

Foi quando, subitamente, eu me separei dele, colocando ambas as minhas mãos em seu peitoral, afastando-o de mim. Tirei minhas pernas do entrelaço que formavam em sua cintura e tentei não tocá-lo mais em nenhum ponto. Ele pareceu, inicialmente, confuso, mas então suas bochechas ficaram rosadas de raiva contida. Havia, nesse seu sentimento, algo a mais do que rejeição: a consciência do motivo pelo qual eu não o desejava naquele momento.

— Você não me quer? — perguntou ele.

— Hoje, não.

Passou a mão nos cabelos desgrenhados e azuis e saiu de cima de mim, colocando sua blusa. Imitei seu gesto, indo até a entrada, onde peguei minha camiseta e a vesti.

— Desculpe — disse-lhe.

— Isabela... — começou ele, e senti um arrepio em minha espinha.

— Não posso continuar assim.

— Assim como? — perguntei, temendo o que ele diria a seguir.

— Você nunca estará completa ao meu lado, pelo menos não agora.

— O que quer dizer com isso? — incentivei-o a continuar.

— Precisamos de um tempo, Isa. — Sua voz era repleta de ódio guardado, aquele tipo de raiva gerado pela impotência diante de uma situação em que não temos controle. — Pensei que estava tudo bem entre a gente, perfeito, até hoje. Nós somos tão iguais, mas... Você ama Serafim também. Enquanto você não se desiludir e perceber que vocês são totalmente incompatíveis, e que ele não passa de um canalha, você continuará pensando nele como um Deus inalcançável ao seu toque. Por isso preciso que você passe um tempo sozinha. Você precisa se decidir. Mas não estarei aqui para sempre. Apenas se lembre disso.

E, em uma réplica de seu gesto no dia em que nos beijamos pela primeira vez, ele saiu da minha casa, com seus passos pesados e felinos, como um ladrão que roubou minha alma sem nenhum escrúpulo.

E a porta foi fechada com um leve baque. Deixou-me absolutamente sozinha naquela casa, encarando a brancura mórbida que envolvia o ambiente, tão meticulosamente decorado por minha mãe.

Levei a mão ao peito, que se acelerara com o choque da separação abrupta, abrindo espaço para mais uma ferida pútrida em meu peito.

Quando ouvi a porta da entrada sendo fechada com um baque suave novamente, indicando a entrada de Serafim, eu estava na cozinha, sentada ao lado do fogão, meus joelhos encostados em meus seios.

Mel estava sobre o balcão, deitada preguiçosamente, movendo sua cauda de vez em quando, observando-me com seus olhos amarelados. Entendia por que ela me analisava com tanto fervor: eu deveria parecer, realmente, uma peça de comédia trágica naquele instante — com uma garrafa de vinho já quase em seu final debaixo de um dos braços, um cigarro nos lábios e um cinzeiro próximo aos pés. Agarrava-me aos meus artefatos como se fossem a solução mística para meus problemas.

A primeira coisa que Serafim fez ao chegar a casa, para a minha infelicidade, foi ir até a cozinha. Ao me ver naquele estado — encolhida, provavelmente com pálpebras inchadas e olhos vermelhos —, ele riu brevemente.

— O que houve com você? Passou um furacão na cidade sem que eu percebesse? — perguntou ele, cruzando os braços. Havia uma expressão divertida em seu rosto. Com certeza, ele acreditava que eu estava naquela situação deplorável por tê-lo visto conversando com a garçonete.

Bem, e o era, mas apenas em parte.

— Não lhe interessa. — E, ao ver sua pose tão displicente, servi-me de mais vinho, sorvendo-o diretamente da garrafa.

— Você não me parece nada bem. — Arqueou uma das sobrancelhas.

— Não fique achando que estou assim pelo seu showzinho de hoje — falei, sem um traço de emoção na voz. — Eu também tenho uma vida, sabia?

— Ah! — exclamou ele, falsamente desapontado, sentando-se na minha frente. — Pensei que eu fosse a razão de sua existência.

— Vá para o inferno.

— Nós dois vamos, mas tudo a seu tempo.

— Não acredito que terei de te aturar após a morte.
— Por isso o chamamos de inferno.

Sem o menor medo de uma recusa, pegou o maço de cigarros que repousava ao lado do cinzeiro, retirou um de dentro do pacotinho e o acendeu com meu isqueiro. Ao ver meu olhar cerrado de desaprovação, com o cigarro pendendo de seus lábios, ergueu ambas as mãos em sinal de redenção.

— Pelo amor de Deus... — implorei, passando a mão que estava livre em meus cabelos, puxando-os em desespero, olhando para cima. — Se veio me perturbar, saia daqui. Apenas me deixe em paz.

— Bela — disse, com a voz mais séria —, aconteceu alguma coisa grave?

— Você quer mesmo saber?
— Se eu puder ajudar...
— Miguel terminou comigo. — Joguei as palavras.

Não olhei Serafim ao dizê-las. Fiquei encarando o azulejo negro sob meus pés. Traguei o cigarro para aliviar a tensão da minha frase. Nunca pensei que algo dito por mim mesma pudesse me ferir tanto, que pudesse fazer com que sentisse meu coração ser esmagado sob o peso de cada letra proferida.

Ao anunciar que Miguel terminara comigo, o pensamento tirou seu manto de irrealidade e se transformou em um fato.

— Oh...

Silêncio constrangedor.

— Não sei o que dizer — declarou Serafim.
— Nem eu. — Dei de ombros. — Por isso estou bebendo. Parece-me a única solução viável.

— Uma garota me disse, um dia, que beber para afogar as mágoas não me traria nada de bom. — Seu sorriso, agora, era melancólico. — Tentei obedecê-la.

— E conseguiu? — perguntei, sorrindo com mais leveza agora que ele havia parado de me atazanar.

— Bem... — Passou a mão nos cabelos negros bagunçados, sorrindo de lado, sem graça.

— Ah! É muito bom saber que você realmente me escuta.

Nós dois rimos depois de uma breve pausa e a sensação foi morna, como um chocolate quente em um dia frio.

— Até que você consegue ser suportável quando quer.
— Não posso controlar meus charmes naturais.

Revirei os olhos.

— Vamos para a varanda? — perguntei. — Não aguento mais essa luz artificial. Quero um pouco de escuridão natural. Assim eu me acalmarei.

— Você é sempre tão nefasta — fez ele, balançando a cabeça negativamente. — Mas tudo bem. Vamos ver suas trevas.

Apagamos nossos cigarros no cinzeiro. Quando me levantei, entretanto, cambaleei. O álcool batera em meu sistema com aquele movimento e tudo começou a rodar em alta velocidade. Fechei os olhos, mas a sensação foi intensificada. Apoiei-me sobre o fogão para não cair.

— Opa, opa, opa — assobiou Serafim. — Vossa Majestade precisa de uma pequena ajuda.

— Estou perfeitamente bem — menti.

— Estou vendo. — A voz estava carregada de sarcasmo.

Antes que pudesse protestar, Serafim me pôs em seu colo, levantando-me como se eu pesasse o mesmo que Mel. Dei-lhe socos em seus ombros e em suas costas para que me soltasse, mas ele apenas riu e me manteve firme em seus braços.

— Solte-me, seu idiota. — Minha voz era débil.

— Não, ou você vai conseguir fazer a proeza de se machucar ao simplesmente andar por sua própria casa.

— Não esqueça o vinho — gritei, quando ele já saía da cozinha em direção à sala, apontando para onde a garrafa jazia solitária.

— Esqueça você o vinho — disse ele e continuou andando.

— Eu te odeio, Serafim.

Ele riu novamente e me levou até a sala. Abriu a porta corrediça que dava para a varanda com os pés. Ao sairmos da casa, ele me deitou sobre uma das chaises que ficavam entre a piscina e a casa, debaixo do céu de verão. Deitou-se ao meu lado, a uma distância razoável.

— Está feliz com seu céu, agora?

— Muito mais.

Bem acima, as estrelas brilhavam como pequenos cristais atados ao céu negro. Não havia uma única nuvem, e a lua estava em sua primeira fase do estado decrescente, ainda quase cheia.

— É lindo — sorri. — Eu simplesmente amo a noite.

— Pensei que preferisse o dia quando te vi pela primeira vez. Você era bem mais bronzeada.

— Eu costumava pegar sol porque estimula a produção dos hormônios que te deixam feliz, por meio da sintetização de vitamina D. Não era exatamente porque eu gostava. Passou a se tornar um hábito depois de um tempo.

— Isso é algo extremamente típico de você — brincou. — Nem me surpreendo mais. Pegar sol só para produzir felicidade. — Riu ele, e, ao ver o quanto isso me soava extraordinariamente caótico e deprimente, eu também ri.

— Eu estou muito bêbada — anunciei depois de um tempo.

— Estou percebendo. Você não estaria falando comigo se estivesse sóbria.

— Errado. Não estaria falando com você porque estava namorando Miguel.

— E agora você se dá a permissão? — A voz divertida mascarava a curiosidade mórbida de seus sentimentos mais íntimos.

— Sim — suspirei. — Não poderia me dar ao luxo de falar contigo. Cá entre nós, eu tinha medo de mim mesma.

— Como assim? — Ele se fez de desentendido.

— Eu o desejo demais para não sucumbir a você. — Eu tinha plena consciência de que apenas dizia essas palavras por estar devidamente embriagada, mas, exatamente por estar nesse estado, eu não me importei.

Serafim não me respondeu, mas pude sentir meu corpo aquecendo com a promessa dos momentos que poderiam se seguir à minha fala. Mesmo àquela distância, eu soube que Serafim também adentrava um solo perigoso.

Mas, antes que pudéssemos debater o assunto, eu lhe perguntei:

— Quem era aquela morena?

Serafim pareceu relaxar, deitando-se de lado para melhor me observar, com a cabeça apoiada sobre o braço dobrado.

— Uma colega de trabalho.

— Por que a usou para provocar ciúmes em mim?

— Eu senti sua falta — falou ele, a voz em um sussurro. — Magoou-me vê-la com Miguel. Uma coisa é passar os dias esperando topar com você em um corredor e poder finalmente ver seu rosto, mesmo que sem querer. A outra é vê-la com a razão da nossa separação. Eu fui impulsivo e enganei a pobre da garota, que, por sinal, chama-se Andressa. Mas era a única forma de atenuar o que eu estava sentindo, quero dizer, provar para você que eu estava melhor sem estar perto de ti.

— E você estava?

— Nem por um instante.

— Foi um golpe baixo, você sabe.

— Eu sei.

— Miguel percebeu que eu senti ciúmes e por isso terminou comigo — desabafei.

— Meus pêsames? — A frase começara como uma afirmação, mas terminara em uma pergunta.

— Claro que me sinto uma pessoa horrível. Sei que deveria ter me controlado e colocado minha cabeça no lugar — continuei a falar, como se ele não tivesse dito nada. Deitei-me de lado, de frente para ele, da mesma forma que Serafim fizera. Seus olhos verdes possuíam as pupilas dilatadas. — Mas não pude me controlar mais do que você pôde esta noite.

Nossos rostos estavam próximos. Com a mão trêmula, passei a mão por sua bochecha em uma carícia. A sensação de minha pele contra a dele esquentou meu sangue, deixando-me febril. Meu coração se acelerou instantaneamente, fazendo-me ficar mais tonta do que já estava. Ele fechou os olhos, aproveitando a suavidade do meu toque.

— Não devemos fazer isso — disse ele subitamente, segurando minha mão com firmeza e retirando-a de sua face.

— Por quê? — eu quis saber, com a voz pouco ocultando a mágoa da recusa.

— Você está bêbada e vai se arrepender disso pela manhã.

— Só porque estou alterada não significa que não estou fazendo o que quero.

— Querer e poder são coisas diferentes.

— Se pensa que o estou usando como tapa-buraco de Miguel, está enganado.

— Você terminou hoje com Miguel. Tem certeza de que se sentirá bem depois?

— Não sei. — Fui sincera.

Ele apenas me encarou, com as feições sérias.

— O que eu sou para você, Bela? — O timbre da pergunta era repleto de solidez.

— Minha fraqueza.

Agora foi a vez de ele me tocar. Passou a ponta dos dedos delicadamente por meu braço livre, caminhando por minha pele, fazendo com que eu me arrepiasse.

— Eu senti sua falta — repetiu.

— Também senti a sua.

— Você é a melhor coisa que eu nunca tive.

— Penso o mesmo sobre você.

— Tem certeza de que não é algo de apenas uma noite, enquanto está embriagada?

— Sim.

— Eu te amo, Bela.
— Eu também te amo, Serafim.

E, então, eu não pude mais me controlar. Erguendo-me pelo cotovelo, eu me aproximei de Serafim e toquei seus lábios com os meus, em um beijo suave e doce.

Meu coração, que já disparava, pareceu querer se libertar do meu tórax. Inchou e inchou até não caber mais dentro de mim. Senti o sangue disparar por minha corrente sanguínea, cantando uma melodia diferente, em cores vivas e fortes, em batidas desreguladas e intensas, ensurdecendo-me um tanto. A espera para poder finalmente beijar Serafim havia terminado — estávamos livres para aproveitar cada toque, cada suspiro, cada arfar, sem peso em nossas consciências.

Então, Serafim tocou meus ombros e me empurrou de volta ao acolchoado da chaise, derrubando-me com força. Beijou-me com mais força e mais voracidade. Como da vez em que o beijei no quarto de meus pais, eu vi estrelinhas no escuro devido à ausência de oxigênio em meu organismo.

Ele fazia com que eu deixasse de ser eu mesma e passasse a ser outra Isabela, mais audaciosa, menos temerosa, mais entregue. Passei a mão por suas costas e as enfiei por debaixo de sua blusa preta do uniforme de trabalho, arranhando sua pele levemente. Por sua vez, Serafim desceu uma de suas mãos até meu joelho e levantou minha perna, envolvendo-a em sua cintura.

Ele parou o beijo, de repente. Nossos rostos estavam quase se tocando, a uma mínima distância. Seus olhos verdes fitavam os meus e um sorriso de lado foi lentamente formado em sua expressão.

— O que houve? Por que parou? — reclamei, envolvendo minha outra perna em sua cintura.

— Estou tentando gravar este momento.
— Por quê?
— Esperei por ele por muito tempo.
— Cuide do meu coração — sussurrei em resposta.

Tornou a me beijar e me dei de presente aos meus sentidos, agindo conforme meu instinto ordenava. Retirei a blusa de Serafim, estourando os botões com um puxão de ambos os lados da roupa, ainda com seus lábios em contato com os meus. Enquanto eu o beijava, senti um sorriso em sua expressão e também sorri em resposta. Ele terminou de despir a camisa e explorei seu corpo com minhas mãos abertas, cada detalhe de sua pele sendo arquivado em minha mente.

Nos braços de Serafim eu me sentia despida de qualquer devaneio sombrio, e tudo se preenchia com luz e calor, embora também houvesse uma parcela de obscura pecaminosidade em nossos gestos. Eu o queria tanto, que meu coração parecia querer explodir, fugir de mim. Era um desejo ardente, uma paixão repleta de fogo.

Tão logo eu concluí esse raciocínio, Serafim rasgou minha blusa ao meio, expondo meu sutiã de seda negra. Mordeu meu lábio inferior e desceu seus beijos até minha barriga, fazendo com que eu arfasse e arqueasse a coluna. Chegando lá, ele desabotoou minha calça e a retirou, rápida e habilmente.

Aquele misto de sensações provocadas pela troca de toques e carícias com Serafim era para mim como uma droga entorpecente. Eu sentia que estava em um Universo paralelo, no qual poderíamos levitar à menor menção de prazer e permanecer flutuando no espaço eternamente, rodopiando entre as estrelas.

Levava-me à loucura aquele tanto de vontade que se concentrava no centro do meu peito, e se espalhava, em agulhadas dolorosas, por toda a minha corrente sanguínea. Matava-me aquela sensação de entrega, aquele anseio por mais e mais beijos.

Ele não me tratava delicadamente, como se eu fosse quebrar, mas como se fôssemos selvagens em uma terra desabitada e ninguém pudesse interromper nossos momentos juntos. Poderíamos fazer o que quiséssemos, simplesmente por sermos livres e independentes do restante do mundo, porém dependentes um do outro. Ele era as chamas que moravam nos raios do sol, e eu estava tão próxima de todo esse calor, que sentia minha carne derreter e queimar, queimar e derreter, e a sensação era tão dolorosa quanto extasiante.

Naquele ambiente quente da noite de verão, eu me tornara uma estrela de nêutrons, assim como Serafim, e nos preparávamos para nos chocar em uma dança da morte, irreversível e fatal para ambas as partes. Mas, mesmo sabendo do nosso destino, não conseguíamos impedir a nós mesmos de continuar com nossa luxúria lúdica. Era um contrato letal o que estávamos assinando, mas eu simplesmente não me importava, e deixei-me levar por aquela paixão.

Quando Serafim terminou de se despir, ele me perguntou:

— Você tem certeza de que quer fazer isso?

Dessa vez, eu o empurrei pelos ombros e me posicionei sobre seu corpo, agora deitado. Prendi seus pulsos, fazendo com que seus braços ficassem estendidos, rendendo-o em uma posição submissa.

— Toda a certeza do mundo.

Explodimos em uma supernova.

A última noite

Eu não dormi.
Ao meu lado, deitado em sua própria cama, Serafim o fazia, contudo. Seus olhos fechados eram tão lindos quanto eram abertos: longos cílios negros decoravam as pálpebras levemente sombreadas devido às suas noites de insônia.

Sua respiração era calma e relaxada, e pude perceber que aquele subir e descer de seu peitoral desnudo me acalmava, controlando meu ritmo respiratório. Sorri para seus cabelos de ébano, desembaraçados, formando ondas. Senti um poderoso instinto de tocar esses fios, para mim tão caros, mas não queria de despertá-lo. Os lábios dele estavam fechados, mas sorriam tenramente.

— Eu te amo — sussurrei para Serafim, tão baixo, que eu mal ouvi o som raspar minha boca.

Em seguida, dei-lhe um beijo suave na testa. Sentei-me sobre a cama e me espreguicei. Olhei para o relógio, que marcava três da manhã. Vesti uma camiseta que estava sobre a mesa de cabeceira, meio amassada, estampada com o rosto de Ozzy Osborne. Coube em meu corpo perfeitamente, como se fosse um de meus pijamas, se não fosse até mais confortável. Acendi um cigarro e levantei-me, encostando-me à parede, próxima ao violão de Serafim.

Ao sair do lado de Serafim, o peso da realidade caiu sobre meus ombros, quase os quebrando com sua brutalidade. Senti as velhas névoas negras me cercarem, mas me agarrei a elas, a única válvula de escape, pois aniquilavam os sentidos. Nuvens de tempestade se uniam, percebi, ao olhar a imagem passada através das janelas abertas. Apaguei o cigarro no cinzeiro que ficava próximo à cabeceira da cama e saí do quarto de Serafim, sem ver mais nada, apenas a negritude que me cegava os movimentos.

Ao entrar em meu próprio quarto, eu senti a escuridão do mundo. Cenas que gostaria de ter apagado, que pensei ter suprimido em mim mesma até deixarem de existir, explodiram em meu cérebro.

Lembrei-me de minha primeira briga com Miguel, quando estávamos na Lapa e ele puxara meus cabelos e mordera meus lábios até fazê

-los sangrar. Senti-me culpada por não ter contado a ele que eu beijara Serafim antes dessa discussão agressiva. Talvez ele houvesse compreendido tudo de forma mais branda e não houvesse sofrido com minhas omissões. Tal culpa fez com que arfasse e levasse as mãos ao peito, que se encolhia e encolhia, humilhado.

Lembrei-me de como eu tive de obrigar-me a esquecer de Serafim, enquanto eu o amava tão fortemente, por estar namorando Miguel. Nos dias que se passaram, eu pensei tê-lo retirado da minha mente, embora, lá no fundo, meu coração chorasse, sentindo sua falta.

Cada segundo longe de Serafim partira-me em pedaços sanguinolentos, mas só então eu via esses pedaços, boiando em minha alma, ou seja, eu traíra Miguel dentro de meus mais profundos sentimentos. Ao perceber que essa traição suprimida era, também, minha culpa, senti mais e mais dor em meu coração, conforme eu me sentava no meio do meu quarto.

Miguel havia terminado comigo por conta de minha luxuriosa vontade, por conta da minha pálida e cálida paixão. Era tudo tão ambíguo – como dois amores poderiam ser ao mesmo tempo tão santificados e tão amaldiçoados? Miguel me abandonara, com a promessa de que voltaria, mas eu sabia, naquele instante, que ele jamais o faria. Estávamos terminados, para sempre. Ele havia perdido a confiança em mim. Eu havia vendido minha alma ao diabo.

E Serafim... Eu possuía plena certeza de que, agora que havíamos nos deitado, após uma noite tão lânguida e morna, como a luz do dia, ele não iria me desejar novamente. Pois essa é a verdadeira natureza masculina: são controlados pelo desejo, movidos por seus egos. Será que eu valia tanto para ele quanto ele cantava? Não. Acredito terem sido mentiras musicais saídas diretamente dos lábios de um peregrino.

Enganei a todos, inclusive a mim mesma. E havia tanto pecado em tudo isso, tanta vulgaridade na pureza de meus sentimentos, incompativelmente claros em contraposição à minha obscura alma, que me senti, novamente, culpada, só por ser quem sou. Por sentir o que sinto. E foi como se naquele instante meu coração fosse assassinado, deixando de existir.

Meu amor, afinal, havia me ferido.
Assim como fora previsto.
E a culpa era toda minha.
Eu havia trilhado minha própria morte.
Senti-me subitamente abandonada.

Mais uma vez no eco da história, eu me via sozinha.

Olhei para cima, para onde Deus deveria estar conforme diziam os católicos. Olhei para o céu, vendado de meus olhos pelo teto de meu quarto, mas ainda assim mirando o rosto de nosso mítico criador, e lhe disse:

— Eu não posso permanecer assim, dividida em duas. Eu era apenas uma metade, e agora possuo mais duas metades, e não sei onde encaixá-las. Parece uma peça pregada pelo destino. Não nasci para ser plena, não nasci para ser feliz. O que fiz para merecer isso? Diga-me o que fiz. — A última exigência foi terminada em um sussurro soluçado, a sílaba final quase abafada em meu tormento. As lágrimas desceram de meus olhos como as águas de um rio, rápidas e consistentes, irrequietas e incontroláveis.

Levantei-me e as imagens da minha vida me banharam em turvas tempestades, como a que ocorria fora de minha casa, fora de meu limbo, de meu caixão de concreto. Eu me vi, novamente, aos 11 anos, sofrendo as consequências de um amor malfadado. Senti de novo o tormento de amar e ver esse amor morrer, como acontecia novamente agora.

Vi, também, meus pais abraçando-me quando eu retornei de minha primeira ida ao psicólogo, consolando-me. Vi, em uma cena quase em preto e branco, meus pais ouvindo de meu psiquiatra, quando eu tinha 16 anos, que eu possuía depressão crônica. Os olhares de meu pai e de minha mãe se encontraram, e foi apenas naquele instante que eles perceberam que havia algo de errado em mim, e só naquele momento, pois nos anos seguintes eles tentaram me tratar como se eu fosse completamente sã, desde que eu tomasse os remédios prescritos. E, por último, relembrei todas as vezes em que eu cortara meu pulso na esperança inútil de que fosse me sentir viva novamente.

Após pegar um maço de cigarros que repousava sobre o criado-mudo, fui em direção ao banheiro, caminhando como um robô. Abri a porta com a intenção de tomar um banho e tentar, ao menos tentar, lavar-me de todos os meus pecados.

Entrando ali, liguei as luzes brancas e pálidas, que, no silêncio absoluto, fizeram um zumbido, ecoando nas paredes de azulejos de mesma cor. Retirei a blusa que havia acabado de vestir. Assim que a dobrei e a coloquei ao lado da pia, com o maço de cigarros que estava em minha mão, algo captou a atenção de meu olhar — o colar que Serafim me dera descansava sobre o mármore da bancada, brilhando como uma estrela de ouro.

Coloquei-o em meu pescoço e, em seguida, abri o medalhão pelo fecho: em cada face do objeto repousava uma foto: à direita estava Miguel, e à esquerda, Serafim. Lembrei-me vagamente de ter imprimido ambas as fotos em segredo e as colocado ali. Pensei que não haveria momento mais propício para trajá-lo.

Nua, com apenas o cordão de ouro em meu pescoço, eu liguei as águas quente e fria ao mesmo tempo, para que o banho ficasse em uma temperatura morna e agradável. A banheira foi enchendo lentamente, a água se assemelhando a um cristal crescendo de forma extremamente acelerada, em um filme que demorara séculos para ser produzido. Quando atingiu a altura correta, desliguei as torneiras e me deitei sobre a porcelana, sentindo instantaneamente meu corpo se aquecendo.

Fechei os olhos e o vazio preencheu meu peito. Não havia mais nada para ser pensado ou dito. Mais nada para se fazer. Minha vida, uma sequência distanciada e parca de redemoinhos espiralados, que apenas se erguiam após longos períodos de pesada inconsistência, havia chegado ao seu ápice, e agora era o momento perfeito para seu desfecho, como a queda de Lúcifer.

Eu me sentia a menina corrompida, a vida desperdiçada, o espaço vazio entre a escuridão e a luz. Eu era a lua de sangue, a penumbra fúnebre que manchava a malha do tempo. Era um ser tão miserável, que não merecia viver após perder tantos anos de existência esperando que algo de bom fosse me libertar.

Não, não aconteceu o esperado: nenhum príncipe veio me salvar em seu cavalo branco, nenhum andarilho aparecera em um deserto carregando um cálice de água para refrescar-me e matar minha sede por aventuras e amores.

Não, eu esperara em vão por um milagre, e nessa esperança eu me perdera, e agora eu estava sendo punida por isso.

Aos olhos de Deus, eu era apenas uma ovelha negra, pronta para o abate — destacava-me por meus pecados não cometidos e pelos que o foram; destacava-me pela minha vulnerabilidade sonhadora, por minha incapacidade de simplesmente sobreviver e pela constante ânsia de ser resgatada de mim mesma.

Novamente eu vi, em flash, minha lápide, a pedra coberta por vermes em uma colina à meia-noite. A lua negra se encobria de vergonha nessa visão, escondida atrás de nuvens densas e avermelhadas, iluminadas pela cidade próxima a meu eterno descanso.

Tudo o que eu queria, naquele instante, era paz. Silêncio. Sem mais lágrimas, sem mais desespero, sem mais angústia, sem mais sorrisos, pois eles eram a prévia de um futuro show de horrores mental e psicológico.

Não queria mais amar — já havia feito tudo o que podia para que tal quesito funcionasse em minha curta e triste vida, mas, visivelmente, eu tinha fracassado. Não confiaria em mais ninguém a partir desses incidentes. Estava tão quebrada, que sabia não mais funcionar em sociedade — mas já pouco sabia me comportar perante outros seres humanos.

Eu estava tão solitária, que a ideia do suicídio me era um acalento. Era o abraço de uma velha amiga, o da Morte. Eu vinha conversando com ela desde que me apaixonara pela primeira vez, mas não tivera a devida força de vontade para cessar meus sofrimentos. E a Morte flertara comigo em retorno, chamando-me para seu limbo negro a cada mínimo deslize da minha parte. Negado essa companhia havia eu várias vezes, mas sabia que, um dia, eu sucumbiria.

Eu precisava me libertar.

Dessa forma, levantei-me lentamente da banheira na qual me encontrava. Fui até a bancada, molhando parte do piso de ladrilho branco como osso. Eu havia deixado, tempos antes, um pertence dentro de uma das gavetas sob o balcão — uma pequena navalha, escondida em uma *nécessaire* da minha época de automutilação.

Sorri para minha própria sorte, por não a ter jogado fora após conhecer Miguel e acreditar que ele me salvaria.

Fina como a foice de minha melhor e mais nefasta amiga, a lâmina cortaria minha carne como um açougueiro destrinchando uma ave. Peguei-a e a virei em minhas mãos, analisando seu poder. Meu coração se acelerou com a adrenalina. Retirei um cigarro do maço de Marlboro sobre a bancada e o acendi, tragando o com prazer, a despedida de meus vícios mortais.

Retornei à banheira, sem pressa alguma, e percebi com júbilo que a água estava morna — o que impediria a imediata coagulação de uma ferida. Olhei para os meus braços e para os pulsos tão machucados, tão cheios de cicatrizes, e senti a tristeza me envolver em um abraço gélido. Havia passado por muitos obstáculos, mas as feridas de cada um deles não se curaram dentro da minha alma. A parte emersa de meu corpo estremeceu de frio.

Encostei a lâmina gelada contra minha pele e inspirei, fechei os olhos, expirei. Abri os olhos. E, então, enfiei o metal em minha pele, e o sangue imediatamente brotou de dentro de mim — sangue tão melancólico, sangue com tão pouca serotonina.

Caminhei com a navalha por todo o meu antebraço. O sangue jorrou, tornando a água da banheira rosada em vez de transparente, os matizes se tornando cada vez mais escuros conforme eu perdia meu líquido vital. Sentindo o êxtase da liberdade fluir dentro de mim, cortei o braço direito, mais rápido do que havia feito com o braço esquerdo. Deixei que a navalha caísse sobre o piso de ladrilho. Deitei a cabeça no encosto para pescoço talhado na porcelana da banheira, relaxando.

A negritude pacífica foi me envolvendo pouco a pouco, conforme eu me sentia desvanecendo em felicidade. Minhas pálpebras ficaram cada vez mais pesadas, então fechei os olhos, sentindo uma incrível sonolência. Todos os meus membros foram sendo anestesiados conforme eu era esvaziada.

A última imagem em minha mente foram quatro rostos, nunca antes unidos em minha vida.

Meus pais, Serafim e Miguel.

Traguei mais uma vez, expirando a fumaça placidamente. Antes que pudesse mover meus dedos até a borda da banheira de água cor-de-rosa, o cigarro caiu dentro d'água com minha mão inerte e, então, a escuridão tão desejada me envolveu.

Libertei-me.

FONTE: Adobe Garamond Pro
IMPRESSÃO: Paym

#Talentos da Literatura Brasileira
nas redes sociais